全新譯校 經典新版世界名著 7

The Gadfly

牛虻

〔愛爾蘭〕伏尼契 著
曹玉麟 譯

經典新版　世界名著

閱讀經典名著確實是不一樣的宴饗。人們對於經典名著，不會只說「我讀過」，而是說「我又讀了」。事實上，我每次去讀它，都會讀出新的東西，新的精神。

——當代義大利名作家、後設小說大師卡爾維諾（Italo Calvino）

真正的光明，絕不是永遠沒有黑暗的時候，只是永不被黑暗掩沒罷了。真正的英雄，絕不是永遠沒有卑下的情欲，只是永不被卑下的情欲所征服罷了。閱讀經典名著，永遠可以使人自我昇華，不陷於猥瑣。

——法國名作家、諾貝爾文學獎得主羅曼羅蘭（Romain Rolland）

閱讀文學經典、世界名著，能夠滋潤現代人的心靈，使人對世事、愛情與人性重新有一番體悟。

——美國現代名作家、諾貝爾文學獎得主海明威（Ernest Hemingway）

台灣曾出版的世界名著與文學經典可謂汗牛充棟，然而，細察譯文品質與內容，大多是三十至五十年代大陸譯者的手筆，其行文用語的方式與風格，早已與當代讀者的閱讀習慣、閱讀趣味脫節，以致不再能喚起讀者的關注。這一套「經典新版　世界名著」是全新譯本，行文清晰、流暢、優雅，用語力求充分符合當代人的品味。故而，是「後真相時代」中尋求心靈滋養者最適切的選擇。

譯者序

曹玉麟

伏尼契（一八六四—一九六〇），出生在愛爾蘭科市，主要是以小說《牛虻》而知名。該小說自一八九七年出版以來，在疆域廣闊的俄國受到熱捧之後，被翻譯成多種文字，在世界各國廣為流傳。許多譯者也以不同的翻譯風格和表述形式出版了多個版本，牛虻為民族解放而獻身的大無畏氣概和傳奇的人生故事深受廣大青年的喜愛，並影響了幾代人。

《牛虻》以十九世紀三四〇年代義大利人民反對奧地利殖民統治的鬥爭為背景，以愛國志士牛虻的命運、遭遇和結局為線索，熱情歌頌了義大利人民為民族解放、國家獨立所做的英勇鬥爭。牛虻鋼鐵般的意志、視死如歸的精神、嫉惡如仇的品格，激勵和鼓舞了一大批年輕人。

牛虻原名亞瑟，出身於義大利的一個英裔富商家庭。他從小受到家人的歧視和排擠，在苦悶和憂傷中度過了童年，身邊能給他安慰和關懷的，只有神父蒙泰尼里和青梅竹馬的瓊瑪。

當時的義大利正遭受奧地利的殖民統治，青年義大利黨爭取民族獨立解放的思想和行動吸引著當時的熱血青年，亞瑟決心獻身於這項事業。在一次秘密集會上，亞瑟邂逅了童年時的玩伴瓊瑪，並悄悄愛上了她。

一次，亞瑟向新任神父懺悔時，說出了秘密革命組織的名稱和自己實施革命行動的事。新任神父隨即告密，致使亞瑟和一批同志被捕。當他從獄吏口中得知是新任神父出賣了他時，心靈受到極大的刺激和打擊，對偽善的宗教產生了懷疑。前來迎接他出獄的瓊瑪誤以為是亞瑟出賣了同志，打了他一個耳光後憤然離去。

屋漏偏逢連夜雨。傷心欲絕的亞瑟剛回到家，一心想將他趕出家門的嫂子告訴他一個隱藏已久的秘密：亞瑟是蒙泰尼里的私生子！這個消息猶如晴天霹靂，擊碎了亞瑟對人世、對宗教的所有美好憧憬，他砸碎了家裡的神像，留下了一份遺書，僞裝成投海自盡的假象，最後偷渡去了南美洲。

在南美洲，他漂泊流浪，度過了十三年煉獄般的生活。當他再次踏上義大利的土地時，他已經變成一個堅強、冷酷、老練的以「牛虻」爲筆名的革命黨先鋒了，他用犀利的語言和筆墨爲武器，繼續與反動勢力鬥爭著。

十三年的流浪生活讓亞瑟的相貌發生了巨大變化，以至於連蒙泰尼里和瓊瑪都認不出他來了，然而他精神上的變化更爲巨大。回到義大利後，牛虻成了反對教會最激烈的人。他對以蒙泰尼里爲代表的教會勢力進行了猛烈地抨擊和不妥協地鬥爭，力圖喚醒對教會心存幻想的人們。當再一次與瓊瑪相遇後，瓊瑪被牛虻的鬥志和堅強吸引，並從牛虻的身上隱約感覺到昔日戀人亞瑟的影子。

當年，瓊瑪在看到亞瑟遺書時深受打擊，認爲是自己害了亞瑟，所以一直不能原諒自己。現在，她渴望證實牛虻就是亞瑟，並一次次地進行試探，但牛虻始終不能擺脫過去的痛苦和打擊，一直不願開口承認自己就是當年的亞瑟，但內心深處對瓊瑪的愛卻絲毫沒有改變。

牛虻不只以辛辣的語言和尖刻的文章攻擊敵人，他還積極爲起義做準備。他組織戰友到山區偷運軍火，途中被暗探和騎警包圍。亞瑟開槍射擊掩護戰友撤退，蒙泰尼里的突然出現徹底改變了牛虻的生命軌跡。要麼開槍殺死親生父親自己脫險逃生，要麼束手就擒，牛虻選擇了後者，扔掉了手中的槍。

牛虻的戰友們設法營救他，但身負重傷的牛虻暈倒在越獄途中，使營救行動功虧一簣。在監獄中，當蒙泰尼里試圖勸說牛虻放棄革命時，牛虻揭露了他的僞善，並譴責他當年的卑劣行爲。蒙泰尼里終於認出眼前的人正是自己的兒子。當牛虻要蒙泰尼里在兒子和上帝之間做出選擇時，蒙泰尼里選擇了上帝。

牛虻堅強不屈的精神感動了獄警，他自願幫牛虻帶信給瓊瑪。在信中，牛虻承認自己就是亞瑟，並向她表達了始終不渝的愛。至此，瓊瑪才豁然明白：牛虻就是她曾經愛過而又冤枉過的亞瑟，這讓瓊瑪悲慟欲絕。

蒙泰尼里在牛虻的死刑判決書上簽了字，判處槍決牛虻。刑場上，牛虻親自指揮顫抖的劊子手們對自己開槍，慷慨就義，直到生命的最後一刻，他也仍然是一個勝利者。

牛虻慷慨赴死後，喪子之痛和無盡的悔恨折磨著蒙泰尼里的身體和靈魂，他最後在極度的痛苦中死去。

《牛虻》不僅是一部動人心魄的革命書籍，也是一部文學名著。書中波瀾起伏、驚心動魄的故事情節，和對人性、人情的深刻描寫，感染著一代又一代的年輕人。它所體現出的對於革命理想的激情，它所引起的心靈震撼和共鳴，使得我每次翻閱、每次欣賞都心潮澎湃，尤其是牛虻臨刑前給瓊瑪的信，讓無數人止不住熱淚盈眶。作爲此書的譯者，我願意陪伴您一起感受牛虻視死如歸的浩然正氣和大義凜然，更願意陪伴您感受牛虻對瓊瑪刻骨銘心的愛和對純真愛情的執著嚮往！

生命已逝，但牛虻精神永存！

目錄
Contents

chapter

第三部 考驗

SECTION 1

命運

chapter 1

蒙泰尼里神父

亞瑟坐在比薩神學院的圖書館裡，認真地翻閱著一遝布道用的手稿。那是六月的一個晚上，天氣炎熱。爲了涼爽起見，窗戶全都打開了，百葉窗卻半掩著。神學院院長蒙泰尼里停下手中的筆，慈祥地看了一眼這個正埋頭於手稿中的孩子。

「找不到嗎，親愛的？沒關係的，或許是被撕掉了，讓你白忙活了這麼長的時間。那一節我再寫一遍吧。」

蒙泰尼里的聲音雖然低沉，但是渾厚、洪亮，這讓他的話總是有一種獨特的魅力，他像一位天生的演說家，有著抑揚頓挫的語調。每當他和亞瑟說話時，語氣中總會帶著一種慈愛的意味。

「不，神父，我一定要找到它，我清楚地記得您是放在這兒的。再說，即使您再寫一遍，也不可能跟原稿一模一樣啦。」

蒙泰尼里繼續埋頭工作。窗外一隻懨懨欲睡的金龜子在懶懶地叫著，小販拖著長音的叫賣聲從街道那頭傳來，「賣草莓嘍！賣草莓嘍！」聲音被風一吹，顯得悠長而又凄涼。

「《論瘋病人的治療》，在這兒。」亞瑟邁著輕盈的步子從房間走過，如此輕慢，常使素有教養的家人感到惱火。他個子不高，身體單薄，與其說是三十年代的英國中產階級少年，還不如說更像十六世紀肖像畫中的義大利人。

亞瑟有長長的眉毛，敏感的嘴唇以及纖細的手腳，他身上的每一部分都過於精緻小巧了。他要是靜靜地坐在那裡，別人準會誤以爲他是一個穿著男裝的美麗少女。可當他行動起來的時候，他那輕盈而敏捷的動作，總使人想到一隻沒有利爪的溫順的美洲豹。

「真的找到了嗎？亞瑟，要是沒有你，我可怎麼辦哪！我肯定會丟三落四的，這下好了，我用不著再重寫一遍了。咱們到花園去吧。我來幫你溫習功課，你有哪裡不明白嗎？」

他們出了門，走進了綠樹成蔭且環境幽靜的修道院花園。神學院所占的建築，曾是古老的多明哥教派的一座修道院。兩百多年之前，這個方方正正的院落被收拾得井井有條。兩排筆直的、被修剪得矮矮的黃楊成爲天然樹籬，圍攏出一片空地，裡面種植著茂密的迷迭香和薰衣草。

如今，那些曾經栽種過它們的白袍修士已入土了，並逐漸被人們遺忘，然而這些幽香的花草依然盛開。在這寧靜的仲夏之夜，雖然已經沒有人再去採集它們來做花草藥了，但生機勃勃的荷蘭芹和耬斗菜，仍塞滿了石板路的裂縫；院子中央的水井也早已讓位給了羊齒葉和縱橫交織的景天草。

玫瑰花也枝繁葉茂，紛亂的根蔓延過小徑；樹籬中盛開著碩大的紅罌粟花；高高的毛地黃在亂草中垂下了頭；無人照料的老葡萄藤沒有結果，藤條攀附在枸杞樹枝上，垂掛著，慢悠悠地晃動著濃密的樹冠，透出一種幽怨。

在院落的一角，一棵夏季才開花的木蘭枝繁葉茂，矗立著，像是一座寶塔，四下伸出乳白色的花朵。一張做工粗糙的木凳緊挨著樹幹，蒙泰尼里就坐在那上面，亞瑟在大學裡主修的是哲學，他在課本上碰到了一些難題，於是來向他的神父請教。他雖然不是神學院的學生，可是蒙泰尼里對他而言，絕對是一部真正的百科全書。

「待會兒我就走了，」一個問題解答完之後，亞瑟說：「不知道您還有沒有別的事情需要我來做。」

「我現在不想接著工作，不過，如果你有時間，我倒願意你能多待一會兒。」

「噢，那好！」他倚在樹幹上，透過濃密樹葉的縫隙，仰望寂靜的天空，上面有最早出現的閃著微弱光芒的星星。他那雙深藍色的眼睛，在烏黑睫毛的映襯下，顯得夢幻般神秘，這是遺傳自他那出生於康沃爾郡的母親。蒙泰尼里轉過頭去，避開那雙眼睛。

「你看上去很累，親愛的。」蒙泰尼里說。

「沒有辦法。」亞瑟的聲音帶著些微的倦意，神父馬上感覺到了。

「你不該這麼急著上大學，你要照顧病人，整晚都睡不好，身子都要被累垮的。我本該強求你在離開里窩那前好好休息一陣子的。」

「不，神父，那麼做也沒有用，母親過世後，在那個悲慘世界裡我無法繼續待下去，茱莉亞會把我逼瘋的！」

茱莉亞是他同父異母兄長的妻子，對他來說就像插在肋骨間的一根毒刺。

「我不是想讓你和家人住在一起，」蒙泰尼里溫和地說道：「我知道，沒有比那更讓你難堪的啦！不過，如果你能接受那位英國醫生朋友的邀請，在他家待上一個月，回頭再去上學，那麼你的身體會好很多，也許對你更合適。」

「不，神父，我不會那麼做的。沃倫一家人都很善良，很和氣，但他們並不瞭解我，而且他們認為我不幸，從他們的臉上就能看出來。他們會想盡辦法安慰我，還會談到我的母親。瓊瑪當然不會那樣，在我們很小的時候，她就知道什麼話不該說。可其他人會說的。還有——」

「還有什麼呢，我的孩子？」

亞瑟從一根低垂的毛地黃梗上摘下了幾朵花，焦躁地在手中揉碎它們。

「那個小鎮我沒法待下去了。」他停了片刻，接著說：「那裡有我小時候她常給我買玩具的店鋪，有她病重之前我常扶她去散步的沿海小路。無論走到哪裡，總讓我觸景生情。賣花的姑娘會捧著鮮花朝我走來——好像現在還需要它們一樣！還有教堂墓地——我不得不離開那兒，一看到那地方我就悲傷不已——」

他說不下去了，坐在那兒把毛地黃花揉得粉碎。漫長而又深沉的寂靜，使他不由得抬起頭，他對神父為什麼會如此沉默感到不解。木蘭樹下，天色越來越暗了，一切看起來都模模糊糊，但是還有一絲餘光，能夠看見蒙泰尼里煞白恐怖的臉。

只見他低垂著腦袋，右手緊緊抓住木凳的邊緣。亞瑟忙扭過頭，心中生出一種敬畏與異樣之感。他感覺自己好像在無意間闖入了聖地。

「我的上帝！」他想，「和他相比，我顯得多麼渺小、多麼自私啊！即使我的煩惱如同他自己的煩惱，他也不會比這更傷心了吧？」

一會兒，蒙泰尼里抬起頭來，往四周看了看。「我不會勸你回到那裡的，眼下無論如何也不會。」他用慈愛的語調說道：「可是你一定要答應，今年暑假必須好好休息一下。我看你最好遠離里窩那地區，我不能眼睜睜地看著你的身體垮下去。」

「神父，神學院放假您打算去哪兒？」

「跟以前一樣，我會帶著學生進山，一直到他們在那裡安頓下來。等到了八月中旬，副院長休完假回來以後，我就會去阿爾卑斯山散心。你願意跟我一起去嗎？我可以帶著你到山裡到處遊玩，你肯定會對阿爾卑斯山的苔蘚和地衣感興趣的。不過，只跟我在一起，你可能會覺得很乏味，對嗎？」

「神父！」亞瑟用茱莉亞所說的「典型的外國派頭」拍著手，「能和您一起去，叫我幹什麼我都樂意。只是——我現在還不能確定——」他停住了話頭。

「你覺得伯登先生會不答應嗎？」

「他當然不會願意的，但他也不好干涉我，我已經十八歲了，想幹什麼就可以幹什麼；再說，他只是我同父異母的兄長，我沒有必要對他言聽計從。他對母親一向不好。」

「話雖這麼說：不過要是他強烈反對，我看你最好還是不要公然違背他的意願。不然，你在家裡的處境會更艱難——」

「一點也不會更難！」亞瑟生氣地打斷了他的話，「他們一向恨我，過去恨我，將來一樣恨我——這和我做什麼沒有一點關係。再說，我是跟您——我的懺悔神父一起外出，有什麼不行呢？」

「你別忘了，他可是位新教徒。我看你最好還是給他寫封信吧，看看他是什麼態度。還有，你也別太著急了，我的孩子。不管別人恨你也好，愛你也好，最重要的是你自己怎麼做。」

這種責怪如此委婉，一點也不會讓亞瑟感到臉紅。

「好，我知道了。」他回答說，嘆了一口氣，「不過，這也太難了吧——」

「很遺憾，星期二的晚上你沒過來。」蒙泰尼里突然換了一個話題，「阿雷佐的主教到這兒來了，我本來是想讓你見見他的。」

「我答應了一個同學去他住的地方聚會，當時他們已經在等著我了。」

「什麼樣的聚會？」

聽到這個問題，亞瑟突然有些窘迫。「那——那不——不是什麼正——正常的會議，」他說道。由於緊張顯得有點口吃，「有個學生從熱那亞來了，給我們做了一次講話，我是說，一個演講。」

「他講了些什麼？」

亞瑟有些微的猶豫：「神父，請您不要問他的名字，可以嗎？因爲我承諾過——」

「我不會問你什麼，既然你已經答應了要保密，當然就不該告訴我。不過我覺得，到了現在，你應該可以信任我。」

「神父，我當然相信你。他講的是——我們，還有我們對人民的責任——還有，對我們自己的責任，他還講到了——我們能夠做些什麼，來幫助——」

「幫助誰？」

「農民——和——」

「和誰？」

「義大利。」

很長一段時間，兩人都很沉默。

「告訴我，亞瑟，」蒙泰尼里轉過身看著他，語氣很嚴肅，「這個事情你考慮多長時間了？」

「自從——去年冬天。」

「你母親過世之前？那她瞭解這件事嗎？」

「不——不瞭解。我——我那時還沒把這件事放在心上呢。」

「那現在呢，現在你把它放在心上了？」

亞瑟又捋了一把毛地黃花。

「是這樣的，神父，」他眼睛瞟著地面，開始說話：「我去年準備入學考試時，認識了很多同學。您可能還記得吧？嗯，從那時起，他們中就有些人開始跟我談論——談論這些事，還借書給我看，可當時我並沒把這事放在心上，只想早點回家去陪著母親。

「您明白的，在那個地獄般的房子裡，跟他們低頭不見抬頭見，她非常孤單，單是茱莉亞那張嘴就能把她活活氣死。再後來到了冬天，她病得更加厲害了，我就把那些同學和他們那些書全給丟到腦後了。

「後來，你知道的，我根本沒有到比薩來。如果當時我想到了這事，我肯定會跟母親說的，可我沒想起來。後來，我看她快要不行了——您明白的，我幾乎是一直在她身邊，直到她死去。我常常整夜不睡地看護她，瓊瑪．沃倫白天會來換我，讓我睡一覺。呃，就是在那些漫長的夜裡，我開始想起那些書，還有那些同學所說的話——而且考慮他們說得對不對，還有我的主對這樣的事情會怎麼說。」

「你問過主嗎？」蒙泰尼里的語調有些顫抖。

「經常問，神父。有時候我會向他禱告，求他指點我應該怎麼做，或者求他讓我跟我的母親一塊兒離去，可我得不到任何答覆。」

「可你一個字兒也沒跟我提過。亞瑟，我多麼希望你能信任我。」

「神父，您知道我當然是信任您的！但是有些事情是不能隨便講給別人聽的。我——在我看來，沒人能夠幫我——即使是您或者母親都幫不上我。我必須自己從上帝那裡得到答案。您知道的，這是關係到我的一生和整個靈魂的大事啊。」

蒙泰尼里轉過頭去，凝視著枝繁葉茂的欄樹。在茫茫的暮色中，他的身影看上去很模糊，像一個黑暗的幽靈，蟄伏在更陰暗的樹蔭中。

「後來呢？」他緩慢地說道。

「後來——她就死了。您知道的，母親臨終前的那三天晚上，我一直在她床邊的——」

他哽咽了，聲音停住了，可是蒙泰尼里紋絲不動。

「在她下葬前的兩天裡，」亞瑟接著說道，聲音更加低沉，「我什麼也思考不了。葬禮之後，我就病倒了。您應該記得，我沒能來做懺悔。」

「沒錯，我記得。」

「呃，那天夜裡我起來，走進了母親的房間，裡面空蕩蕩的，只有壁龕裡的十字架還在牆上。我突然想到，也許上帝能幫助我，於是我跪下來，等著——等了一整夜。早晨我醒來的時候，神父，我不知道該怎麼解釋，我沒辦法告訴您我到底看見了什麼——連我自己都搞不清楚。可我清楚一件事情，上帝給了我答案，並且我也不敢違背他的意志。」

他們在黑暗中坐了一會兒，都沒有說話。蒙泰尼里轉過身來，把一隻手搭在亞瑟的肩上。

「我的孩子，」他說：「上帝不允許我說他從沒跟你的靈魂講過話。但你要記住這事是在什麼情況下發生的，不要把因爲悲痛或患病時所產生的幻覺，當作他向你發出的莊嚴的感召。即使他真的是通過死亡的陰影來對你做出了回覆，你也千萬不要誤解他的意思。你心裡想做的究竟是什麼？」

亞瑟站起身來，一字一句地做了答覆，像是吟誦一段教義般緩慢。

「獻身於義大利，幫助它擺脫奴役和痛苦，幫助它趕走奧地利人，讓它成爲一個自由的共和國，沒有國王，只有基督。」

「亞瑟，想想你說的是些什麼！你甚至連義大利人都不是啊。」

「這沒有什麼妨礙，我就是我自己。既然我已經受到了上帝的指示，我就要爲它而獻身。」

又是一陣沉默。

「剛剛你說基督給了你什麼啓示——」蒙泰尼里緩慢地問道。

可是亞瑟打斷了他的話。「基督說：『凡是爲我而獻身的人，都將得到重生。』」

蒙泰尼里將胳膊靠在一根樹枝上，用另一隻手捂住自己的眼睛。

「坐一會兒吧，我的孩子。」他終於說了一句話。

亞瑟坐下來，神父用力地握住他的手。

「今天晚上我不能和你辯論，」他說：「這事來得太突然了——我沒有想過——我需要時間好好考慮一下，隨後我們再詳細地談談，可是現在，我只要你記住一件事：如果你因爲這件事而惹上麻煩，如果你——死了，我會心碎的。」

「神父——」

「別打斷我，讓我把話說完。我曾經告訴過你，除了你，在這個世上我已經沒有一個親人。我想你可能不是完全明白我的這句話。在你這樣小的年紀，要完全明白這句話是很難的。如果我像你這麼大，我也不明白。亞瑟，你對於我，就像是我的——就像是我的——我自己的兒子。你懂嗎？你是我眼中的光明，是我心中的希望。只要能讓你不走錯路，不毀了你的一生，我可以去死，但是我沒有辦法。我不要求你對我許下什麼諾言，我只希望你牢記這一點，並且凡事小心。在你做出任何決定前好好考慮清楚，即使不爲了你已過世的母親，那請你爲我想一想。」

「我會的——還有——神父，爲我祈禱吧，爲義大利祈禱吧。」

他默默地跪了下來，蒙泰尼里靜靜地把手搭在他垂下的頭上。

過了一會兒，亞瑟直起身來，親吻了一下那隻手，然後踏著沾滿露水的草地，腳步輕盈地走了。蒙泰尼里獨自坐在木蘭樹下，愣愣地望著前面茫茫的黑暗。

「上帝已經開始懲罰我了，」他想，「就像懲罰大衛一樣。我已經褻瀆了他的聖所，還把聖體捧進骯髒的手——他一向對我都很有耐心，如今終於降罪於我了。『你在背地裡幹這件事，我就要在以色列眾人面前、在日光之下懲罰你，所以你擁有的孩子必定要因你而死。』（引自《聖經》之《撒母耳記下》）」

chapter 2 亞瑟．伯登

對於同父異母的弟弟要和蒙泰尼里去「漫遊瑞士」的主意，詹姆斯．伯登先生不十分贊同。可斷然拒絕讓他跟一位神學教授進行增長植物知識的有益無害的旅行，在毫不知情的亞瑟看來，又顯得過於專橫和荒謬了。

他會立即把這歸結於宗教偏見或者種族偏見，可伯登家族一向是以開明和寬容而驕傲的。早在一百多年前，倫敦和里窩那的伯登父子輪船公司成立以來，這個家族就是堅定不移的新教徒和保守派人物。

然而他們以爲在和天主教徒打交道時，英國紳士也必須秉承正直的態度，所以當這家的主人發現鰥夫的生活索然無味時，他就娶了教導稚子的漂亮的家庭女教師、一位天主教徒爲妻。詹姆斯和托瑪斯，這兩個年長的兒子，雖然對與他們年齡相仿的繼母很厭惡，但也無可奈何，只好含慍不語。

老頭子死後，長子成了家，使原來難處的局面更加複雜。可是兄弟倆在她有生之年，都還儘量守護她，盡其可能地不讓她受到茱莉亞那張尖酸刻薄嘴巴的傷害，而且按照他們自己的意願照料亞瑟。他們甚至都裝出喜愛這位少年的樣子，他們的慷慨表現主要是大筆大筆地給他零花錢，並且一切聽其自便。

所以亞瑟收到回信時，還收到一張支票，並附有一句不冷不熱的話，允許他假期自便。

他把剩下的錢的一半用來購買植物學方面的書籍和標本夾，然後隨同神父動身，踏上他首次漫遊阿爾卑斯山的旅程。

蒙泰尼里心情輕鬆愉快，亞瑟很久沒有看到他這樣了。花園裡那次談話，使他震驚過後，心境又漸漸恢復了平衡，現在看待那個問題冷靜多了。亞瑟畢竟還很年輕，閱世還淺，他的決定還沒有成定局，只要曉之以理，自然還可以將他從那危險的道路上挽救回來，他還不算是已經走上了那條道路。

他們原本打算在日內瓦逗留數日，可是一看到白得刺眼的街道和塵土飛揚、遊客如雲的湖濱大道時，亞瑟便微微蹙起了眉頭。

蒙泰尼里一聲不響，饒有興味地望著他。

「親愛的，你不喜歡嗎？」

「說不上喜歡還是不喜歡，只是遠不是我所期待的樣子，不過，這湖很美，我也喜愛那些山的形狀。」

他們正站在盧梭島上，他指著日內瓦湖南岸，薩沃伊小鎮那邊連綿不斷的群山說：「但這個鎮樣子太死板、太整齊——儼然一副新教徒面孔，還帶著一種自滿自足的神氣。不，我不喜歡這地方，它讓我想起了茱莉亞。」

蒙泰尼里哈哈大笑：「可憐的孩子，太不幸了！嘿，我們來這裡是消遣解悶的，沒有必要非待在這兒不可，不如我們今天在這兒泛舟玩樂，明天早上進山，你覺得怎麼樣呢？」

「可是，神父，您不是想在這兒待幾天嗎？」

「我可愛的孩子，所有這些地方我都看過十多次啦。我這個假期就是要讓你玩得開心。你喜歡去哪兒？」

「如果您真是覺得去哪兒都無所謂的話，我倒願意沿河逆流而上，找到它的源頭。」

「羅納河嗎？」

「不，是埃維河，那河水多麼迅猛啊。」

「那麼我們就到沙莫尼去吧。」

他們駕著一葉扁舟，揚起白帆，在湖上漂泊了一個下午。漂亮的湖泊給亞瑟留下的印象，遠比不上暗淡混濁的埃維河深刻。他生長在地中海邊，見慣了瀲灩碧波，但他更嚮往奔騰激越的湍流，因此那條冰川一樣急促迅猛的河流給他帶來無限的喜悅。

「真是迅不可及啊！」他說。

第二天早晨，他們早早地動身前往沙莫尼。

當車穿行在美麗富饒的山谷田野間，亞瑟的情緒十分高漲。然而當他們上了克魯茲附近的盤山道路，四周是陡峭的大山時，他立刻變得很嚴肅和沉默。

過了聖馬丁，他們便棄車步行，緩步循山谷而上，在路邊的牧人小屋或小山村裡借宿，憑興致所向繼續漫遊。

亞瑟對自然景致很敏感，路過第一道瀑布時他狂喜異常，那副樣子看了真讓人興奮。可當接近雪峰時，他那股狂喜的勁兒立刻消失了，相反，他變得如癡如醉，進入一種夢幻似的超凡脫俗的精神境界。這是蒙泰尼里從未見過的。

他和群山之間好像有一種神秘的聯繫，他往往一連幾個小時躺在幽暗神秘、山風迴蕩的松樹林中一動不動，從高大挺拔的樹幹之間，望著那個陽光明媚的世界，那裡有閃光的雪峰和懸崖峭壁。蒙泰尼里則以一種悲哀的妒忌心情在一旁觀望著。

「我真希望你能耐心地告訴我你都看到了什麼，親愛的。」

有一天他正讀著書，偶爾抬起頭來，只見亞瑟仍像一個鐘頭前那樣，舒展身體躺在苔蘚上，姿態還是和以前一樣，睜大著一雙眼睛，忘我地望著碧藍的天空和皚皚的白雪。

他們遠離了大路，來到戴爾塞斯山泉附近一個僻靜的山村投宿，晴空萬里，紅日低沉。太陽低垂在萬里無雲的天空，掛在長滿松樹的山崗上，等待著阿爾卑斯山的晚霞照紅白朗山大大小小的山峰。亞瑟抬起頭來，眼裡充滿了驚奇。

「您問我看見了什麼？神父，我看見蒼穹中有一個偉大的、白色的影像，無邊無涯。我看到它長久地等在那裡，一個世紀接一個世紀，等待著聖靈的降臨。我是通過一個玻璃狀物朦朦朧朧地看到它的。」

蒙泰尼里嘆了一口氣。

「以前我也看到過這些東西。」

「您近來沒有看到過它們嗎？」

「再沒有看到過，我再也不會看到它們了。我知道它們在那兒，但是我沒有看見它們的眼睛了，我看見的是完全不同的東西。」

「那您看到了什麼東西？」

「我？親愛的，我看見的是藍天和雪山——我往高處只看到這些東西。然而在這下面，景象就不同了。」

他指一指腳下的萬丈深谷。亞瑟跪下來，俯伏在那陡直的懸崖邊緣上。高大的松樹，在夜色漸濃的傍晚更顯凝重，好像哨兵一樣布列於河岸兩邊。紅如火焰的太陽倏地墜落到刀削斧劈的群山後面，一切生命和光明都將大自然拋棄了。黑暗和險惡立刻進入山谷——陰森、恐怖的妖氛鬼氣——氣勢洶洶，張牙舞爪，全副武裝。

西邊的群山光溜溜的，懸崖峭壁彷彿是怪獸的牙齒，等待機會抓住一個悲哀的傢伙，將其犧牲品拉進那黑沉沉山林哀號的萬丈深淵。那高大的松樹是一排排刀林劍叢，低聲呼喚著：「摔到我們這兒來吧！」黑暗越來越濃，山泉在咆哮，因永久的絕望而狂暴地拍擊著禁錮它的岩石獄。

「神父！」亞瑟哆嗦著站了起來，起身離開了懸崖，「這簡直是地獄！」

「不對，我的孩子，」蒙泰尼里用柔和的聲音說道：「這只像一個人的靈魂。」

「坐在黑暗和死亡的陰影中的魂靈？」

「是那些每天在街上飄過你身邊的魂靈。」

亞瑟打了個寒戰，低頭望著下面的陰影，一片白色霧靄，朦朦朧朧，若隱若現，在松林中飄蕩，好似一個不能給人任何慰藉的魂靈。

「瞧，」亞瑟忽然說道：「走在黑暗裡的人們看到了偉大的光明。」

掉頭向東，只見冰雪覆蓋的山峰，在落日餘暉的映照下，如烈火燃燒，蒙泰尼里轉過身來，輕輕地拍了一下亞瑟的肩膀。

「走吧，親愛的，一點亮光都沒有了，如果我們再拖延下去，在黑暗中行走是要迷路的。」

「好像是一具殭屍。」亞瑟說道：不再看透過薄暮微微閃光的積雪山峰鬼怪似的樣子。

他們穿過毫無光亮的樹林，前往他們寄宿的牧人小屋。

亞瑟坐在屋裡的餐桌邊等著，當蒙泰尼里走進去的時候，他看到眼前的這個小夥子已經擺脫了陰森可怕的夢幻，完全變成了另一個人。

「哦，神父，快來看看這隻滑稽的狗！牠能讓後腿站起來跳舞呢。」

他對那條狗和牠精彩的表演是那樣全神貫注，就像剛才他被落日的餘暉吸引住那樣。

這家女主人的臉紅撲撲的，壯實的胳膊叉在腰間，脖子上繫著圍巾。她站在一旁，笑嘻嘻地看著亞瑟逗小狗玩耍。

「能玩得這樣開心的人，心裡肯定是無憂無慮的。」她用方言對她女兒說道：「這年輕人長得多標緻！」

亞瑟像個女學生羞紅了臉，那女人見他聽懂了她的話，又看到他那副窘態，便笑著走開了。

吃晚飯的時候，他沉默寡言，只是談論短途旅行、登山和採集植物標本的計畫。他那些如夢般的幻覺很明顯沒有影響他的情緒和胃口。

第二天蒙泰尼里醒過來的時候，亞瑟已經不見了。他天一亮就爬上山坡牧場，幫助加斯帕德放羊去了。

沒過多久，早餐準備好了，就在這時，他一溜小跑跑進屋裡。頭上沒有戴帽子，肩膀上馱著一個三歲的農家小女孩兒，小女孩兒手中拿著一大束野花。

蒙泰尼里仰起頭來，笑容滿面，他這副樣子，與在比薩或里窩那的那個嚴肅而寡言的亞瑟，是多奇妙的對照呀。

「你這個瘋瘋癲癲的傢伙，去哪兒瘋了？滿山遍野的瞎跑，連早飯都不吃了？」

「噢，神父，太有趣了！太陽升起的時候，山上景色十分壯觀，露水也很濃，您瞧哇——」他抬起一隻靴子，靴子上面濕乎乎的，沾滿了泥巴。

「我們隨身帶了一些麵包和乳酪，在牧場上擠了點山羊奶喝。噢，那才真叫棒呢！但是我這會兒又餓了，我還想分給這個小不點兒一點吃的。安妮特，吃點蜂蜜好嗎？」

他坐了下來，並把那個孩子放在膝上，隨後幫她把鮮花插好。

「不，不！」蒙泰尼里插話道：「我可不想看著你著涼，快去把濕衣服換下來。過來，安妮特，你是從哪兒把她抱來的？」

「是在村頭。她的父親——我們昨天見過的——就是村子裡的鞋匠。您看她的眼睛多麼漂亮！她的兜裡裝著一個烏龜，牠叫卡洛琳。」

當亞瑟換完衣服回來吃飯時，發現那孩子坐在神父的膝頭，正咿咿呀呀地給神父講小烏龜的事。烏龜在她那胖乎乎的小手裡呈四腳朝天狀，其目的是爲了讓「先生」欣賞牠那蹬個沒完沒了的小腳。

「瞧啊，先生！」她一本正經地用半懂不懂的方言認真地說道：「瞧瞧卡洛琳的靴子！」

蒙泰尼里坐在那兒逗著孩子，摸摸她的頭髮，誇獎著她的寶貝烏龜，還講一些美妙的故事給她聽。那家的女主人進來準備拾掇桌子，看見安妮特在翻騰那位教士的裝束、口袋，不禁驚奇得瞪大了眼睛。

「上帝教導小孩子家識別好人。」她說道：「安妮特總是怕見生人，可是你瞧，她現在一點也不拘束，跪下來，安妮特，快請求這位好先生在走前爲你祈福，這會給你帶來好運的。」

「我不知道您這麼會逗孩子，神父。」一個鐘頭後，他們漫步在陽光燦爛的牧場上，亞瑟說道：「那個孩子老是盯著您，您知道嗎？我想——」

「你在想什麼？」

「我只是想說——在我看來，教會不允許神職人員結婚，簡直是一件令人遺憾的事。我不明白這其中的對錯。要知道：培養教育孩子是一件大事，從一開始就讓他們受到周圍環境的良好影響，對於他們至關重要，因此，我認爲一個人的職業越高尚，他的生活越聖潔，他就越適合承擔作爲一個父親的使命。我相信，神父，假如您沒有發過莊嚴的誓言——假如你結過婚——您的孩子一定會很——」

「噓！」

那輕輕的噓聲是猝然迸發出來的，從而使接踵而至的沉默顯得更加深沉。

「神父，」看到對方表情變得憂鬱，亞瑟有點懊惱，便又開口道：「您認為我說的話有什麼不妥嗎？當然，我的想法也可能不對，但我只能認為我是自然就想到這件事的。」

「或許，」蒙泰尼里小聲地答道：「你現在還認識不到你剛才那番話的含義，再過幾年，你的看法就會不同了。這會兒我們最好還是談點別的吧。」

在這次假日旅行中，他們一直保持著輕鬆和諧的氣氛，但這件事給這種氣氛刻上了第一道裂痕。

他們離開沙莫尼繼續前行，途經太特納瓦爾山，來到瑪律提尼鎮，由於天氣悶熱得讓人喘不過氣來，晚飯後，他們坐在旅館涼臺上納涼，這裡樹蔭蔽日，遍山的景色一覽無餘。亞瑟拿出了他的標本盒，還用義大利語和蒙泰尼里認真地探討起植物學來。有兩位英國畫家正坐在陽臺上，一個在寫生，另一個在懶散地說著閒話。聊天的那個人似乎壓根兒就沒想到新來的兩位先生可以聽得懂英語。

「你就別在那兒胡亂地塗鴉什麼風景了，威廉。」他說：「你就畫那個充滿青春活力的義大利男孩吧，他正在投入地擺弄那幾片羊齒葉呢。你瞅瞅他那富有線條感的眉毛，你只需把放大鏡換成十字架，再把他的上衣和燈籠褲換成羅馬式的寬袍，一個形神畢肖的羅馬時代的基督徒就躍然紙上了。」

「讓你的羅馬基督徒見面去吧！我在吃飯的時候就和那個小夥子坐在一塊兒，他對那隻烤雞和對這些野草一樣著迷。他是夠美的，還有那漂亮的橄欖色的皮膚，但他遠不及他的父親富於畫趣。」

「他的——什麼人？」

「他的父親啊，就是坐在你前邊的那位啊。難道說你把他給忽略了？你看他儀表堂堂，氣宇軒昂。」

「你這個墨守成規的衛理公會教徒真是個呆子！你連一個天主教士都辨別不出來嗎？」

「教士？我的天啊，他原來竟是教士！對了，我忘了這事兒了，他們是發過堅守童貞等那一套誓言的。好吧，那樣的話，咱們就慈悲為懷，把那年輕人當成他的侄兒吧。」

「一對白癡！」亞瑟小聲地說道，兩隻眼睛閃爍著抬起頭來，「儘管如此，還得感激他們的好心，說我很像您。如果我真是您的侄兒就好了——神父，怎麼啦？您的臉色好蒼白啊！」

蒙泰尼里一手按著額頭，站起身來。

「我有點頭暈。」他用一種微弱而單調的語言說：「或許今天上午我待在太陽底下的時間太久了。我要去躺一會兒，親愛的，沒什麼，只不過是天氣太熱了。」

亞瑟和蒙泰尼里在呂森湖畔度過兩個星期後，他們取道聖哥瑟德山口回到了義大利。值得慶賀的是天氣始終不錯，並且他們的幾次徒步旅行都很愉快。可是開始的那種愉悅已經蕩然無存。

蒙泰尼里不斷被那個令人不愉快的「一定好好談一談」的想法弄得心煩意亂，他意識到這次假期正是進行這種談話的機會，在安爾維山谷，蒙泰尼里力求避開提到他們在木蘭樹下所談的話題。他以爲對於像亞瑟這樣一個有藝術氣質的人，用一個勢必引起痛苦的話題跟阿爾卑斯山的秀麗景色聯繫在一起，從而破壞了他們的興致未免太殘酷了。

從在瑪律提尼的那天起，他每天清晨都對自己說：「我今天就說。」但每天晚上他對自己說：「明天吧，明天吧。」一種難以名狀的冷酷之感讓他說不出話來。從來沒有過這種感覺，這種感覺彷佛是一張看不見的薄紗落在他和亞瑟中間。而現在假期即將結束，他仍一遍又一遍重複著，他必須現在就說。

他們那天在魯加諾過夜，準備在第二天上午就返回比薩。他希望至少弄清他所鍾愛的人在生死攸關的義大利政治潮流中究竟陷入多深。

「雨已經停了，親愛的。」太陽落山後他說道：「要想看湖，這是唯一的機會。出去走走吧，我想跟你談一談。」

他們沿湖岸走到一個僻靜的角落，在一堵低矮的石牆上坐下來，那兒有一叢野薔薇，鮮紅的薔薇果掛滿枝頭。一兩簇遲開的乳白色花朵依然掛在高處的花莖上，悲涼地搖曳著，帶著豐滿的雨滴。

綠瑩瑩的湖面上有一隻小船，在清新濕潤的微風中隨波蕩漾，雪白的風帆好似微微撲打的翅膀。它看上去那樣輕盈和纖弱，好像一簇銀色的蒲公英投在水面上。

高處的薩爾佛多山上，一間牧人小屋的窗戶敞開著，好似張開的金色眼睛。在九月裡悠間的白雲下，玫瑰花低下頭來，浮想聯翩。湖水擊打著岸邊的鵝卵石，發出喃喃的低語聲。

「這是在很長時期內我能跟你安安靜靜談話的唯一機會了，」蒙泰尼里開口說道：「你將會回去上學，回到你的那些朋友那裡。而我呢，今年冬天也會很忙。我想徹底瞭解一下，今後我們彼此之間的關係是什麼局面，因此，如果你——」

他停了片刻，隨後說了下去，語速更加緩慢，「如果你覺得你還能像從前那樣信任我，我希望你能比在修道院花園那天晚上更肯定地告訴我，你在那件事裡究竟陷了多深。」

亞瑟看著湖的那邊，安靜地聽著，沉默著。

「我想要知道：如果你願意對我說的話，」蒙泰尼里繼續說道：「你是否受到誓言的束縛，或者——其他什麼。」

「沒有什麼好說的，親愛的神父。我並沒有束縛自己，可是我的確受到了束縛。」

「我不懂你的意思。」

「宣誓有什麼用？約束人的並不是誓言。如果你對一樁事情有了某種感受，你就受它的約束了。如果你沒有那種感受，任何別的東西都約束不了你。」

「那麼，你是說這件事情——這種——這種感受是不可改變的？亞瑟，你說的是什麼話，你想過沒有？」

亞瑟轉過身來，直愣愣地盯著蒙泰尼里的眼睛。

「神父，您問我能不能信任您，您能不能也信任我呢？確實，如果有什麼可說的，我一定會說給您聽。我還沒有忘掉您在那天晚上對我講過的話，它是刻骨銘心的。可是我必須走我自己的路，追隨我所能夠看見的那片光明。」

蒙泰尼里從花叢中採下一朵玫瑰，一片接著一片地撕下花瓣，然後把花瓣投進水裡。

「你的話有理，親愛的。是的，我們以後不必再談這些事了，看來話說多了也的確無濟於事。好啦，好啦，我們回屋裡去吧。」

chapter 3 瓊瑪

秋冬兩季就這樣平平淡淡地過去了。亞瑟讀書非常用功，沒有多少空閒時間。但他每個星期總要設法擠出時間——哪怕只有幾分鐘——去看望蒙泰尼里一兩次。

他常常會帶上一本艱澀難懂的書，讓他幫著解答疑惑。可是在這些場合，話題僅僅限於所討論的題目。蒙泰尼里觀察到——毋寧說是感覺到——那種隱微的難以捉摸的障礙已經橫亙於他們之間，因而處處留心，儘量避免留下他似乎在努力保持親密的老關係的印象。

現在，亞瑟的到訪給他帶來的不安要大於愉快，要不斷努力裝得泰然自若，裝出好像一切都沒有改變的樣子，實在是件很痛苦的事。

亞瑟也覺察到了神父的舉止有了微妙的變化，原因卻不大清楚。他模模糊糊地覺得這與那個惱人的「新思潮」問題有關，因而絕口不提這個話題，儘管他滿腦子都是這些東西。但是他從來都沒有像現在這般深愛著蒙泰尼里。

他曾有過一種模糊而持續的不滿足的感覺，一種精神空虛感，他曾竭力用深奧的神學和煩瑣的宗教儀式窒息它，而自從他與青年義大利黨接觸以後，這些感覺便都化為烏有了。由於孤單和照料病人所產生的所有那些不健康的幻想，已經消失得無影無蹤，曾經求助於禱告的困惑也逐漸消失不見，用不著驅邪逐魔。

隨著一種新的思潮覺醒以後，一種更加清晰、更加嶄新的宗教理想（由於他是以這種觀點而不是以政治發展的觀點看待學生運動的）伴隨而來的，是一種安適恬然和盡善盡美的感覺，是一種天下太平和人皆博愛的感覺。

在這樣一種莊嚴而溫和的興奮心情下，在他看來，整個世界都充滿光明。他在他最喜愛的那些人身上發現了某種可愛的因素。

五年以來，他始終把蒙泰尼里作爲自己心目中的英雄，在他的眼裡，蒙泰尼里現在又有了新的閃光點，好像是那種新信仰的一個潛在先知先覺者。他如饑似渴地聆聽蒙泰尼里神父講道，試圖從中找到某種跡象，以證明它與共和理想有內在的親緣關係，他埋頭鑽研各種福音書，爲基督教在其根源上有民權傾向而歡欣。

正月的一天，他來到神學院還書，被告知院長神父不在。他徑直走進蒙泰尼里的書房，把書放在書架上，便準備離開房間。

就在這時，擱在桌上的一本書引起了他的注意，那是但丁的《帝制論》。他開始閱讀那本書來，不一會兒就被書的內容吸引住，他那樣心神專注，連房門開啓和關閉的聲音都沒聽見。蒙泰尼里在他背後說話的時候，他才醒悟過來。

「我沒有想到你今天會來。」神父說著，瞥了一眼那本書的書名，「我還準備派人去問你今天晚上能不能來一下呢。」

「有什麼緊要的事嗎？晚上我有一個約會，不過我可以不去，如果——」

「沒什麼緊要的，明天來也行。我只是想見見你，星期二我就要走了，我已經應召去羅馬了。」

「去羅馬？需要去多久？」

「諭旨上說：『須待至復活節。』諭旨來自梵蒂岡羅馬教廷。我本該接到諭旨立刻告訴你的，可是我不得不了結神學院的事務，爲新任院長做些安排，因此這一陣忙得顧不上了。」

「但是，神父，您肯定不會放棄神學院吧？」

「看來不得不如此了。可是我可能回到比薩，至少待上一段時間。」

「但是您爲什麼要放棄這個地方的職務呢？」

「哦，已經任命我爲正主教了，只是還沒有正式宣布。」

「神父，在什麼地方？」

「就是由於這件事情，我才必須去羅馬一趟，是到亞平寧山區當正主教，還是留在這兒當副主教，還沒有決定。」

「新院長人選確定了嗎？」

「已任命了卡爾狄神父，他明天就到。」

「這是不是有點太突然啦？」

「是的，可是——梵蒂岡的決定有時候要到最後才會公佈。您熟悉新院長嗎？」

「沒有見過面，據說他的口碑很好，勤於著述的貝洛尼神父說他是一位很有學識的人，神學院的人會非常想念您的。」

「神學院的事我不清楚，可是我相信你會想念我的，親愛的。也許會像我想念你那樣想得厲害。」

「我一定會想念您的，不過，儘管如此，我還是很高興。」

「是嗎？我不明白我是什麼樣的心情。」他臉上帶著疲憊的神情在桌旁坐下來，那神氣並非是一個巴望著高升的人所應有的。

「亞瑟，你今天下午忙嗎？」過了一會兒他又說道：「如果不忙，我希望你能多陪我一會兒，因爲今天晚上你沒空來了。我略感不適，想在臨走之前盡可能多跟你聊聊。」

「行啊，我能待上一會兒，他們六點等我吧。」

「去參加一個會嗎？」

亞瑟點點頭，蒙泰尼里趕緊改變了一個話題。

「我想和你談談你自己的事，」他說：「我走後這段時間，你需要另外找一位懺悔神父。」

「在您回來的時候，我還可以繼續向您懺悔，是嗎？」

「我親愛的孩子，這還用問嗎？我當然只是指我離開的那三四個月而言。你去向聖凱薩琳教堂的神父懺悔行嗎？」

「好的。」

他們又談了一會兒其他的事情，隨後亞瑟站起身來。

「我必須走了，神父，同學們在等我。」

那憔悴的神色又回到蒙泰尼里的臉上。

「時間到了嗎？你幾乎使我憂鬱的心情好起來了。好吧，再見吧！」

「再見！我明天一定會來的。」

「盡可能早點來，這樣我就有時間和你單獨在一起。卡爾狄神父明天就到了。亞瑟，我親愛的孩子，我不在的時候，你要小心謹慎，千萬不可聽人指使，做任何魯莽的事，至少在我回來以前不要做。你想像不到，離開你，我是多麼擔心。」

「何必呢，神父？一切都很正常，事情還遠著呢。」

「再見。」蒙泰尼里脫口而出，說著坐下來開始寫作。

亞瑟走進大學生們聚會的那間屋子，第一眼看見的是他小時候一同玩耍的夥伴——沃倫醫生的女兒。她坐在靠窗戶的一個角落裡，全神貫注地聽著一位發起人的講話。

那是一個身材魁梧高大的倫巴第人，他身上套著一件破舊的外套。近幾個月，她有了明顯的變化，發育很快，現在看上去像個成熟的年輕女性，兩條又密又黑的辮子垂在背後，但依舊是一位女學生的打扮。

她一襲黑衣，因爲屋裡冷而且透風，脖子上圍著一條黑色的圍巾。她的胸前插著一串柏枝，這是義大利青年黨的黨徽。那位發起人很有激情，正慷慨激昂地向她描述卡拉勃里亞地區農民的苦難，她一手托著下頦，眼睛望著地面，坐在那裡靜靜地聽著。

在亞瑟看來，她好像暗自傷神的自由女神，正在緬懷毀於一旦的共和國。（在茱莉亞眼裡，她不過是個發育過快的、野小子似的頑皮姑娘，膚色灰黃，鼻子不太中正，而且她穿的那件用舊布料做的上衣短得很不合體。）

「瓊，你也在這兒！」在那位發起人被叫到房間另一頭去的時候，亞瑟走到她面前說道。原來她受洗的時候取了個古怪的名字——瓊妮佛，後來孩子們念錯了音，管她叫「瓊」，而她的義大利同學都稱呼她「瓊瑪」。

她吃了一驚，抬起頭來。

「亞瑟！噢，我不知道你——也是這兒的人！」

「我也不知道你的情況啊。瓊，你是什麼時候——」

「你不清楚的！」她立刻打斷他的話，「我不是黨員。我只不過做了一兩件小事。喏，我偶爾碰見了比尼——你認識卡羅．比尼吧？」

「當然認識。」比尼是里窩那支部的主辦人，義大利青年黨全都認識他。

「呃，他先和我談起這些事情，隨後我就求他帶我參加了一次學生會議，幾天前他給我寫了封信，寄到佛羅倫斯——你還不曉得我是在佛羅倫斯過的耶誕節吧！」

「我這兒不會經常收到家裡寄來的信。」

「啊，明白啦！不管怎麼說吧，我去跟萊特姐妹住了一段時間（萊特姐妹是她的老同學，後來移居佛羅倫斯），隨後比尼就給我寫了信，要在我回家路過比薩的時候順便到這兒來。啊！他們就要開始啦。」

講演的題目是《理想的共和國青年爲實現這一理想應盡的責任》。那位演講人對這個題目分析得並不是很深刻，可是亞瑟還是懷著虔誠的敬意仔細聽著，在這個時期，他還沒有養成批判思維的習慣。在接受一個道德理想時，他總是囫圇吞下去，沒有去想能不能消化。

演講完後進行了很長時間的討論，結束後學生開始散去。亞瑟走到仍坐在角落裡的瓊瑪面前。

「讓我陪你一起走吧，瓊。你住在什麼地方？」

「我和瑪麗埃塔住在一塊兒。」

「就是你父親的老管家？」

「對，她住的地方離這兒很遠。」

他們默默地走了一會兒，然後亞瑟突然說道：「你現在已經十七歲了吧？」

「去年十月我就滿十七歲了。」

「我一向以爲你是長不大的，也不會像別的女孩那樣參加舞會以及那一類的活動。瓊，親愛的，我常常想，不知你會不會成爲我們當中的一員。」

「我也常這麼想。」

「你剛才說你爲比尼做了幾件事，我還不知道連你也認識他。」

「不是爲比尼做事，而是爲另外一個人做事。」

「另外一個人？」

「今天晚上跟我談話的那個——波拉。」

「你和他很熟嗎？」亞瑟略帶妒意，插嘴說。

波拉跟他是對頭，他們之間曾因爲一件工作互不相讓，後來青年義大利黨的委員會宣布說亞瑟太年輕，沒有經驗，就把那件工作託付給了波拉。

「我和他很熟，我很喜歡他，他一直住在里窩那。」

「這我知道，他是十一月到那裡去——」

「就是關於輪船的事情。亞瑟，你不覺得進行這項工作，你家要比我家更保險嗎？沒有人會懷疑像你們那樣一個經營船運的富家。再說，你跟碼頭上的人又全都很熟——」

「噓！親愛的，別那麼大聲嚷嚷！從馬賽運來的那批書報是藏在你家的？」

「只藏一天。噢，也許我根本不應該告訴你。」

「爲什麼不？你知道我也是這個團體裡的人。瓊瑪，親愛的，再沒有什麼事能比你同我們在一起更使我高興了——你，還有神父。」

「你的神父！他自然——」

「不，他的見解不同一般。但我有時幻想——也就是幻想——我說不清楚——」

「亞瑟，可他是一位教士啊！」

「那又怎麼樣？這個團體裡不是有兩個教士給我們的報紙寫文章嗎？爲什麼不行？引導世界走向更高的理想和目標乃是教士的使命，除此之外，我們的團體還追求什麼？歸根結底，這是個信仰和理念問題，而不僅僅是個政治問題。如果人人都成爲合格的、自由而有責任心的公民，那就誰也不能夠奴役他們了。」

瓊瑪皺起了眉頭。「在我看來，亞瑟，」她說道：「你的邏輯在什麼地方有些含混不清。做教士的，宣傳的是宗教教義。我看不出這跟驅逐奧地利人有什麼關係。」

「教士是傳授基督教的教義，而耶穌基督正是一切革命者中最偉大的革命者。」

「你清楚嗎，那天我跟父親談起教士，他反而說——」

「瓊瑪，你父親是個新教徒。」

沉默片刻以後，她坦率地打量著他。

「你聽我說，我們最好別談這個話題，一談到新教徒，你就不能容忍。」

「並非我不能容忍，倒是新教徒一談起天主教反而常常不能容忍。」

「大概是吧，只要談及這個話題，我們就常常爭執不休，因此不需要再提起這個話題。你覺得剛才的演講怎麼樣？」

「我十分喜歡——尤其最後那部分，我很高興，他著重指出，必須按照共和國的理想去生活，而不光是夢想它。這正像基督說的那樣：『天國寓汝心中。』」

「就是這個部分我不喜歡。他把我們應該怎麼想、怎麼感覺、應該成爲什麼樣子等，說得天花亂墜，可是隻字不提我們應該做哪些實在的事。」

「到了緊要關頭，我們會有很多事情要做。我們必須有耐心，實現這樣的巨大變革絕非一日之功。」

「要完成一樁事業，所需要的時間越長，那就越有理由立刻動手去做。你談到了享受自由——你還見過有誰比你的母親更配享受自由嗎？難道她不是你見過的最完美的天使般的女性嗎？而她的一切美德又有什麼用？她做了一輩子奴隸，直到臨終那一天，還在遭受你哥哥和他妻子的欺侮、煩擾和羞辱。假如她不是那樣溫和耐心，她的情況就會好得多，他們就絕不會那樣對待她。人需要的並不只是耐心——而是挺身而出，捍衛他們自己——」

「瓊，親愛的，如果憤怒和激情能夠拯救義大利，她早就自由了，她需要的並不是恨，而是愛。」

他說最後一個字的時候，一片紅暈突然從前額掠過，隨即消退。瓊瑪沒有看見，她正皺著眉頭，緊繃著嘴，眼睛直視前方。

「你覺得我錯了，亞瑟。」她沉默了一會兒說道：「不過我並沒有錯，總有一天你會認識到這一點的。我到家了，不進來坐一坐嗎？」

「不啦，太晚啦。晚安，親愛的！」

他站在門前石階上，兩手緊緊握著她的右手。

「為了上帝和人民——」

她緩慢而又莊嚴地接著念完那句誓詞——

「至死不渝。」

瓊瑪抽回了她的手，隨後跑進了屋。就在她隨手帶上門時，他彎腰拾起從她胸前掉落到地上的那片絲柏樹葉。

chapter 4

卡爾狄神父

亞瑟回到寓所，心裡輕快得猶如長了翅膀。他實在是興奮極了，心裡沒有一絲愁雲。在那天的會議上，他聽到了準備武裝起義的暗示，如今瓊瑪已成爲黨內的一個同志，而且他愛她。爲了那將要實現的共和國，他們可以一起工作，甚至可能一起獻身。他們的理想開花結果的時候已經到來，神父將會親眼看到它，不再懷疑。

但是，第二天早晨一覺醒來以後，他清醒了許多，想起了瓊瑪要去里窩那，神父要去羅馬。一月、二月、三月——要等待漫長的三個月才到復活節！如果瓊瑪回到家裡受到「新教徒」的影響（在亞瑟的語彙裡，「新教徒」是「腓力斯人」（腓力斯人：《聖經》把他們描述成偽善、狹隘、缺少教養的人。在西方文化中，腓力斯人被用來指自私的偽君子。）的代名詞。）——不，瓊瑪永遠不會賣弄風情，誘惑遊客和那些禿頭的船主，就像里窩那其他英國女孩那樣。

然而，她的日子或許非常難過，她是那麼的年輕，身邊也沒有朋友，身處那幫木頭人之間必定會頗感孤獨。如果母親依然健在，那就好了——

傍晚時分他去了神學院，看到蒙泰尼里正在招待新院長，他的神色看上去既疲倦又不耐煩，很無聊。看到亞瑟來了，神父沒有像平常那樣面露喜色，臉色反而變得更陰鬱了。

「這就是我跟你說起的那個學生，」他說著，生硬地替亞瑟做了介紹，「如果你允許他繼續使用圖書館，我將感激不盡。」

卡爾狄神父是一位慈眉善目的老教士，一見亞瑟就立刻跟他談起薩賓查大學。他談吐從容，顯然十分瞭解大學生活。他們很快轉而談論起大學校規，這在當時是個熱烈爭論的問題。這位新院長激烈抨擊學校當局制訂毫無意義的煩瑣校規不斷爲難學生的做法，亞瑟聽了不禁喜出望外。

「指導年輕人，我有不少經驗，」他說：「我給自己定下一條原則，無論年輕人做什麼，沒有充足理由絕不能禁止。對年輕人的要求適當考慮，尊重他們的人格，蓄意搗亂和找麻煩的人畢竟是極少數。不過，當然啦，老是拉緊韁繩不鬆手，最馴服的馬也會尥蹶子的。」

亞瑟睜大眼睛，他不曾料到這位新院長會爲學生辯護。蒙泰尼里並未加入討論，這個話題顯然未引起他的興趣。見到他臉上那副難以形容的沮喪和倦怠的表情，卡爾狄神父便突然把話打住了。

「恐怕我讓你過分勞累了，神父，請原諒我嘮叨起來沒完沒了，我對這個問題有非常濃厚的興趣，忘記了別人可能會聽得不耐煩。」

「正好相反，我非常感興趣。」蒙泰尼里並不習慣這種約定俗成的客套，他的語調在亞瑟聽來也很不舒服。

當卡爾狄神父走回自己的房間之後，蒙泰尼里轉向亞瑟。整個晚上，他的臉上都露著焦急和憂慮的神情。

「亞瑟，我親愛的孩子，」他慢吞吞地開始說道：「我有些事情要跟你談一談。」

「他一定得到了什麼壞消息。」亞瑟不安地望著那張憔悴的臉，腦子裡閃過這個念頭。良久，他們都默默不語。

「你覺得新院長怎麼樣？」蒙泰尼里忽然問道。

這個問題來得如此突兀，亞瑟一時語塞，竟不知如何回答是好。

「我──我很喜歡他，我想──至少──不，我說不準是不是真喜歡他。跟一個人初次見面，很難說得上喜歡或不喜歡。」

蒙泰尼里坐了下來，輕輕地擊打著椅子的扶手。這是他每當焦慮或惶惑時的習慣。

「關於羅馬之行，」他又一次開口說道：「如果你認為有任何──喔──如果你希望我這樣做，亞瑟，我可以寫信，說我不能去了。」

「神父！可是梵蒂岡──」

「梵蒂岡可以另外找個人，我可以寫信表達歉意。」

「可是，為什麼要這樣？我不明白。」

蒙泰尼里用手掃了一下前額。

「我對你放心不下。我腦子裡不斷出現各種念頭──總而言之，我沒必要非去不可──」

「但是，主教的位子——」

「哦，亞瑟！這會給我帶來什麼好處？如果我得到正主教職位，卻失掉了——」

他沉默下來。亞瑟以前從未見過他這個樣子，因此心裡很難過。

「我不懂，」他說：「神父，倘若你能夠更加——更加明白對我說清楚你的想法——」

「我什麼也不想，我爲一種恐懼感所困擾。告訴我，你有什麼特別的危險嗎？」

「他一定聽到了什麼風聲。」亞瑟想起了有關準備起義的種種說法，暗自思忖道。可是他不能洩露這個秘密，所以他僅僅反問了一句：「能有什麼特別的危險呢？」

「別問我，只管回答我的問題。」蒙泰尼里情急之下，聲音幾乎變得嚴厲了，「你有危險嗎？我並不想知道你的秘密，我只要你告訴我這一點。」

「我們的命運都掌握在上帝的手裡，神父。什麼事情都有可能發生，可是我也說不清楚有什麼原因可以導致在您回來的時候，我就不會平平安安地活著。」

「在我回來的時候——聽著，親愛的，這件事就由你來決定了。你不必給我講任何理由，只消說一句『留下來』，我就放棄這次旅行。這對任何人都沒有妨礙，只有你在我身邊，我才會覺得你更安全。」

這種病態的胡思亂想與蒙泰尼里的性格如此不合，於是亞瑟懷著十分焦慮的心情看著他。

「神父，我知道您身體欠安。您當然應該去羅馬，徹底休息一下，把您失眠和頭疼的老毛病治好。」

「這自然很好。」蒙泰尼里打斷了他的話，好像已經厭倦這個話題似的。

「我明天一早乘驛車動身。」

亞瑟看著他，心裡很疑惑。

「您不是有什麼事要跟我談嗎？」他說。

「不，不，沒有事了——沒有什麼要緊的事了。」他的臉上有一種吃驚的，幾乎是恐懼的神情。

蒙泰尼里離開後幾天，亞瑟到神學院的圖書館去拿一本書，在上樓梯時遇見了卡爾狄神父。

「啊，伯登先生！」院長聲音洪亮地說道：「你來得正好，請進來幫我解決一個難題。」

他打開書房的門，亞瑟心中懷著一種莫名其妙的反感，跟隨他走了進去。看到這個親切的書齋、他的神父的私室被一個陌生人侵佔，亞瑟心裡很不是滋味。

「我是個愛書如命的人。」院長說道：「我到了這裡以後，所做的第一件事就是查閱圖書館。這個圖書館十分有趣，只是我不明白它是怎樣編目分類的。」

「這兒的目錄不全，最近增添的很多好書都沒有編進目錄。」

「我能佔用你半小時給我解釋一下編目的方法嗎？」

他們走進圖書館，亞瑟仔仔細細地把目錄向他解釋了一番。當他站起身拿起帽子要走的時候，院長笑著攔住了他。

「不，不！我不能讓你這樣匆匆忙忙地離開，今天是星期六，時間還多著呢，功課留到星期一也可以。既然我已經耽誤了你這麼長的時間，就留下來跟我一起吃晚飯好啦。我一個人很孤單，很高興能有人做伴。」

他的言談舉止是那樣爽朗豁達，令人愉快，亞瑟立刻覺得在他面前一點也不拘束了。他們閒聊一氣，然後院長問他與蒙泰尼里相識多久。

「大約有七年了。在我十二歲那年，他從中國回來。」

「噢，不錯！他就是在那裡成了一名出名的傳教士。你從那以後一直是他的學生嗎？」

「一年以後他才開始教我，大約是從我第一次向他懺悔的時候開始的。自從我上了薩賓查大學，他仍然繼續幫助我，凡是我在正規課程之外想學的東西都可以向他請教。他對我非常好，你幾乎想像不到他對我有多麼好。」

「這我十分肯定。沒有誰不對此表示欽佩——他有高尚的品格、溫和的性情。我遇到過和他一起去中國的一些傳教士，對他處於困難時所表現出來的毅力、勇氣和矢志不渝的虔誠都讚嘆不已，簡直找不到足夠高尚的言辭加以讚美。你在年輕時就得到這樣一個人的幫助和指導，實在是太幸運了。我聽他說起過，你失去了雙親。」

「是的。我父親在我小時候就去世了，我的母親是去年剛去世的。」

「你還有其他兄弟姐妹嗎？」

「沒有。我倒是有兩個同父異母的哥哥，不過我還在幼稚園的時候，他們就已經是商人了。」

「你的童年肯定很孤獨，或許就是由於這個原因，你才會更加珍惜蒙泰尼里神父的慈愛。對啦，他不在的這段時間，你是否挑選好了懺悔神父？」

「我打算去找聖凱薩琳教堂的某位神父，如果他們那兒的懺悔者不是太多的話。」

「你願意向我懺悔嗎？」

亞瑟驚訝地睜大了眼睛。

「尊敬的神父，我當然感到十分高興，但是——」

「但是一位神學院的院長一般並不接受俗人的懺悔，這話倒是不錯。不過我知道坎農·蒙泰尼里對你非常關心，我也想到他還有點爲你擔心——就像如果我要離開一個心愛弟子的時候那樣——他若知道你是在他的同事的精神指導下，他一定會很高興的。而且，坦率地對你說，我的孩子，我喜歡你，樂意給你我力所能及的一切幫助。」

「倘若您這樣說的話，我對你的指導當然非常感激。」

「這麼說，你願意下個月就來我這兒懺悔啦？這就對啦。晚上有空閒的時候，我的孩子，就順便來看看我，哪天晚上都行。」

就在復活節前不久，蒙泰尼里被正式提拔爲布列西蓋拉教區的主教，布列西蓋拉在埃特魯斯坎·亞平寧山區。他以愉快而平靜的心情從羅馬寫信給亞瑟，顯然他的沮喪情緒正漸漸消失。

「每個假期你一定要來看我，」他在信上寫道：「我也會常常去比薩，即便我不能像我所期望的那樣經常見到你，我還是希望多見你幾次。」

沃倫醫生也寫信邀請亞瑟去跟他和他的孩子們共度復活節，免得他再回那座淒涼的、鼠害成災的古老豪華住宅，如今那裡已由茱莉亞主宰一切。

信中還附了一張簡短的字條，是瓊瑪用她那欠工整的娃娃字體潦潦草草寫就的，請求他可能的話一定要去，「由於我想和你談點事情」。更加讓人感到歡欣鼓舞的是，大學裡的學生相互交流資訊，每個人都準備復活節以後將有大的行動。

所有這些都讓亞瑟處在一種喜不自禁的期望之中。在這種情況下，學生中流傳的那種最不切合實際的想法，在他看來都是非常自然的事情，很有可能在兩個月以後就會變成現實。

他計畫在耶穌受難周的星期四那天回家，在那裡度過假期的頭幾天，這樣拜訪沃倫一家的歡樂和與瓊瑪小別重聚的興奮，就不會影響莊嚴的宗教默念儀式，教會要求全體教民在復活節期間舉行的莊嚴的宗教默禱式。

他寫信給瓊瑪，答應復活節後的星期一到達，於是，星期三那天晚上，他懷著寧靜的心情走進他的臥室。

他在十字架前跪了下來。卡爾狄神父已經答應明天早晨接受他的懺悔，況且由於這是他在復活節聖餐前的最後一次懺悔，因此他必須長久而又認真地禱告，以使自己做好準備。

他雙手合十，低垂著頭，跪在那裡，回顧那一個月的所作所爲，逐一細數暴躁、粗心、性急等小過錯，這一切已經在他聖潔的心靈裡留下了小小的污點。除這之外，他沒有發覺什麼。在這個月裡，他實在是興奮，因此沒有時間犯下太多的錯。他在胸前畫了一個「十」字，站起來開始脫衣服。

就在他解開襯衣鈕扣時，一張紙條從裡面飄了出來，掉在地上。這是瓊瑪寄來的信，他把它塞在脖子裡已經有一整天了。

他撿起字條，展開來，吻了一下那親切的字跡。接著他又把那張紙折疊起來，朦朧地認爲自己做了某件十分可笑的事情，這時他注意到信紙的背後有幾句備註，他以前沒有讀到。

「儘快到來，」附言上寫道：「由於我想讓你見見波拉，他一直住在這裡，我們每天都在一塊兒讀書。」

亞瑟看到這兒，一股熱血湧上他的額頭。

亞瑟深愛著瓊瑪，在他看來，愛一個人要愛得矢志不渝。他太在乎瓊瑪了，他感到瓊瑪與波拉走得太近了。他多麼希望每天都能夠和瓊瑪在一起談心。此時，讀著這幾句話，亞瑟對波拉的忌妒之情油然而生。

老是波拉！他又待在里窩那幹什麼？爲什麼瓊瑪偏要跟他一塊兒讀書？莫非他通過私運書報的那趟差使把瓊瑪迷住？在一月那次會上就不難看出，他愛上了她，這就是他之所以熱心於向她宣傳的原因。現在他又到了她身邊，而且天天跟她一塊兒讀書。

亞瑟忽然把信扔到了一邊，再次跪在十字架前。就像是準備懇求基督赦罪的靈魂，準備接受復活節的聖餐——那個與上帝和他自己以及整個世界相處時的寧靜靈魂！這個靈魂竟然懷著卑鄙的妒意和猜忌，懷著私憤和胸襟狹窄的仇恨反對一個同志！

他感到痛苦和羞愧，兩隻手捂住了臉。五分鐘前他還在夢想以身殉教，而現在卻萌生了這樣卑鄙齷齪的念頭。

星期四上午走進神學院的小教堂時，他看到卡爾狄神父一個人在那裡。他背誦完懺悔前的禱文，就立刻說起昨天晚上萌生的惡念。

「我的神父，我控訴自己犯下忌妒和憤恨的罪過，我對一個於我沒有過錯的人起了不應有的念頭。」

卡爾狄神父非常清楚他在應付一個怎樣的懺悔者。他溫和地說道：「你還沒有告知我事情的前前後後，我的孩子。」

「神父，我曾用不符合基督教教義的思想反對一個人，那人正是我應該特別愛戴和敬重的。」

「一個和你有血緣關係的人嗎？」

「比血緣關係更爲密切。」

「那是什麼樣的關係呢？」

「同志關係。」

「什麼方面的同志？」

「一件偉大而神聖的事業中的同志關係。」

短暫的沉默。

「你對這位——同志的忌恨，對他的忌妒，是由於他在這樁工作中比你得到更大的成就而引起的嗎？」

「我——是的，這是一部分原因。我嫉妒他有經驗，我嫉妒他很能幹，而且——我想——我唯恐——他會奪去我所愛的那個女孩的心。」

「那麼那位你愛的女孩，她是聖教中的人嗎？」

「不，她是個新教徒。」

「是個異教徒嗎？」

亞瑟覺得很難堪，兩手緊握，絞著十指。「是的，是個異教徒，」他重複道：「我們是一塊兒長大的，我們的母親是好朋友。我——我嫉妒他，因爲我看出他也愛她，而且因爲——因爲——」

「我的孩子，」卡爾狄神父略一沉吟，然後緩慢而嚴肅地說：「你還沒有把所有一切全都告訴我呢，你靈魂上的負擔遠不止這些。」

「神父，我——」他猶豫著，又停了下來。

「我嫉妒他，因爲我們的團體——青年義大利黨——」

「哦？」

「把一項工作交給了他，而我本希望——這項工作會交給我，因爲我覺得——我特別適合做這項工作。」

「什麼工作？」

「運送書籍——政治書籍——從運送書籍的輪船上卸下來——帶到城裡找個地方藏起來——」

「你們的團體把這項工作交給了你的對頭嗎？」

「交給了波拉——於是我嫉妒他。」

「他沒有什麼引起這種感情的緣由嗎？你並不責怪他對交給他的任務粗心大意嗎？」

「不，神父，他工作中勇敢而忠誠，他是一個真正的愛國者，除了愛戴和敬重，我不應該對他有別的感情。」

卡爾狄神父沉吟片刻。

「我的孩子，倘若你的心中燃起一線新的光明，一個爲你的同志完成某種偉大的工作的夢想，有了爲勞苦大眾和被壓迫者減輕負擔的希望，這樣你就要注意上帝賜給你的最珍貴的恩惠。所有美好的事物都是上帝賜予的，新生是上帝賜予的。如果你找到了以身殉教的道路，找到了通向和平的道路；如果你與其他仁人志士一道去拯救暗中哭泣和呻吟的人們，那你務必使你的靈魂擺脫嫉妒和憤怒的羈絆，以你的心爲祭壇，讓聖火在那裡永遠燃燒。要記住有一個神聖的事業，接受這一事業的心靈必須純潔得不受一點自私雜念的干擾。這種天職也是教徒的天職。它不只是爲了一個女人的愛情，也不是爲了一時的轉瞬即逝的激情，而是『爲上帝和人民』與『矢志不渝』。」

「啊！」亞瑟猛然一震，兩手緊握在一起，聽到這一條誓詞，他險些抽噎起來，「神父，你把教會的許可給了我們！基督在我們這一邊——」

「我的孩子，」那位教士表情肅穆地說：「基督曾把兌換錢幣的商人趕出了神廟，因爲上帝的屋宇應該是祈禱者的聖殿，而他們卻把這個屋宇變成了盜賊的巢穴。」

沉默了良久，亞瑟用顫抖的聲音說：

「趕走他們之後，義大利就會成爲上帝的聖殿——」

他停了下來，那個溫和的聲音又響了起來。

「主說：『大地和大地上的所有財富都是屬於我的。』」

chapter 5 禍從天降

那天下午，亞瑟覺得他需要多走點路，便把行李託付給一位同學照管，徒步向里窩那走去。

那天的濕度很大，天上全是烏雲，但是並不冷。低平的原野在他看來似乎比往常所見的樣子更美一些。腳下柔軟而富有彈性的濕草，路旁春天野花那嬌羞和驚訝的眼睛，都給他一種暢快的感覺。

在一小片樹林邊上的一叢刺槐上，一隻小鳥正在建巢。當他路過的時候，那隻小鳥嚇得叫了一聲，拍著褐黃色的翅膀匆忙飛走了。他努力使自己的思想集中在耶穌受難日前夕所念的悼文上。然而對蒙泰尼里和瓊瑪的思念卻時時作梗，他終於不得不放棄默誦悼文的努力，聽任他的幻想馳騁。

他想像著未來起義的奇蹟和榮耀，想像著他所崇拜的那兩個人在起義中所扮演的角色。在他心目中，神父將成爲起義領袖，成爲使者和先知，一切黑暗勢力在他神聖的憤怒面前紛紛逃竄，在他的領導下，捍衛自由的年輕鬥士將在某種想像不到的、全新的意義上認識舊的教義和舊的真理。

瓊瑪呢？噢，瓊瑪將會衝鋒在前。她是用塑造女英雄的材料鍛煉出來的，她會成爲一個堅貞不屈的同志，成爲多少詩人夢寐以求的那種勇敢無畏、冰清玉潔的聖女。她會和他肩並肩站在一起，在生死鬥爭的急風暴雨中，共同領略戰鬥的歡悅。他們會共赴死亡，或許是在取得勝利的時刻——一定會取得成功。

勝利必將到來。他不會向她傾吐心中的愛情，凡是足以擾亂她的平靜或者破壞她平淡之交的同志友誼的話，都隻字不提。她之於他，是神聖的偶像，是爲了拯救人民將奉獻於祭壇之上焚化的聖潔無瑕的祭品，他是何許人也，竟想闖入她那顆只知愛上帝和義大利的純潔靈魂的聖殿？

上帝和義大利——當他走進「宮殿街」中那座宏偉、沉悶的住宅時，他在片刻之間像從雲端上掉下來一樣。茱莉亞的管家在樓梯上碰上了他，那人仍像往常一樣，衣冠楚楚，態度安詳，彬彬有禮卻又目中無人。

「晚上好，吉本斯先生，我的哥哥們在家嗎？」

「托瑪斯先生在家，先生，伯登夫人也在家，他們都在客廳裡。」

亞瑟帶著沉悶的壓抑感覺走進客廳。那是多麼淒慘的一座房子啊！彷彿生活的洪流滾滾而過，卻總是把它留在高水位線以上，一切如故——人沒變，家族的畫像沒變，笨拙的傢俱和醜陋的餐具沒變，俗氣的豪華擺設沒變，所有不具生命的各方面也沒變，就連銅花瓶裡的花看上去都好似抹了油彩的鐵花，在春風柔和的日子裡，從來不會煥發鮮花般的青春活力。

茱莉亞已穿戴整齊準備進餐，此時正坐在她視爲生活中心的那間客廳裡迎候客人，臉上掛著呆滯的笑容，頭上披散著亞麻色鬈髮，膝頭趴著一隻哈巴狗，那副樣子，很像時裝畫裡的模特兒。

「你好，亞瑟。」她語氣生硬地說道，伸出手指讓他握了一下，接著去撫摩小狗柔軟的皮毛，這種動作來得更爲親切，「我想你很好，在大學念書念得大有長進了。」

亞瑟搪塞地說了幾句臨時想起來的客套話，而後就陷入一種忐忑不安的靜默中。詹姆斯帶著一副十足的趾高氣揚的派頭走了進來，身邊跟隨著一位腰板直挺挺、上了年紀的輪船公司經理，但他們的到來並沒有緩解尷尬氣氛。

當吉本斯宣布開飯時，亞瑟站了起來，感覺到前所未有的輕鬆。

「我不想吃晚飯了，茱莉亞。請原諒，我要回房裡去。」

「你的齋戒也齋過頭了，我的孩子。」托瑪斯說道：「再這樣下去，你肯定會鬧出毛病的。」

「噢，不會的，晚安！」

在走廊裡，亞瑟碰見一個使女，就吩咐她明天早晨六點鐘敲門喚醒他。

「少爺是要去教堂嗎？」

「是的。晚安，泰瑞莎。」

他走進自己的房間。那原是他母親的臥室，與窗子相對的那個壁龕，在她纏綿病榻期間，被改裝成了一個祈禱室，一個巨大的十字架帶著黑色的底座立在了聖壇的中間，壇前掛著一盞古羅馬式的小吊燈。她就是在這個房間裡辭世的。

她的相片掛在臥榻一側的牆壁上，桌子上放著一隻瓷缽，那是她的遺物，裡面插著一大束她喜愛的紫羅蘭。今日恰逢她逝世周年祭日，那些義大利僕人並沒有忘記她。

他從手提包裡拿出一個包裹，裡面裝著一幀精心鑲嵌了鏡框的畫像。這是蒙泰尼里的一張蠟筆肖像畫，前幾天才從羅馬寄來的。他正準備打開這件寶貝似的包裹時，茱莉亞的僕人端著一個盛有甜點的托盤進來了。

在新女主人來之前照料格拉迪絲的廚娘做了一些小吃，她認爲她的小主人或許在不違反教規的情況下會吃這些小吃。亞瑟沒有什麼食欲，僅僅拿了一塊麵包。

那個僕人是吉本斯的侄子，剛剛從英國回來，在他拿走托盤時，很有深意地笑了笑，他雖初來乍到，卻已經在佣人廳堂裡與新教徒混成一夥了。

亞瑟進入小祈禱室，雙膝跪在十字架前，努力使自己靜下心來，以適於祈禱和默念，但他發現這很難辦到。正如托瑪斯說的那樣，他執行四旬齋戒過於嚴格了。

他好像喝了烈性酒一樣，陣陣輕微的快意從背上貫穿下去，那個十字架在他眼前的一團雲霧中飄蕩。經過了長時間的重複祈禱之後，他機械地背誦經文，收回隨意馳騁的思緒，專心致志地考慮贖罪的玄妙。

終於，純粹的體力疲勞抑制了神經的燥熱，使他脫離了一切焦慮不安，他在寧靜平和的心情下躺到床上，進入夢鄉，終於擺脫了狂亂紛擾的思想。

他睡夢正酣，忽聽得一陣狂暴、急驟的敲門聲。「啊，泰瑞莎！」他心裡這樣想著，懶洋洋地翻了個身。

「少爺！少爺！」有人用義大利語喊道：「看在上帝的分上快點起來！」

亞瑟跳下了床。

「什麼事啊？是誰啊？」

「是我，吉安・巴蒂斯塔。看在聖母的面上，趕快起來！」

亞瑟慌忙穿好衣服，而後打開了房門。當他帶著疑惑的眼睛注視著馬車夫那張蒼白、恐慌的面孔時，只聽到走廊裡響起沉重的腳步聲和金屬碰撞的叮噹聲，他突然明白了是怎麼回事。

「是來抓我的？」他平靜地問道。

「是來抓你的！少爺，快點！你有什麼東西要藏起來嗎？喏，我可以放在……」

「我沒有什麼好藏的，我哥哥們知道這事嗎？」

第一個穿制服的憲兵在走廊拐角上露面了。

「大少爺已被叫起來了，屋裡所有的人也都醒了。天哪！大禍臨頭——真是禍從天降啊！居然是在神聖的星期五！神靈啊，發發慈悲吧！」

吉安・巴蒂斯塔急得哭起來。亞瑟往前走幾步迎了上去，那幾個憲兵靴聲橐橐地走過來，後面跟著一群穿著各式各樣隨手抓來的衣服、瑟瑟發抖的僕人。

憲兵們將亞瑟團團圍住，這時本宅的主人和主婦才在那古怪的行列後面出現：男的穿著睡衣和拖鞋，女的穿的是浴衣，滿頭紮著鬈髮的紙捲兒。

「一定又有一場洪水，這些兩兩結伴的人都在往方舟走去！這不，又來了一對奇異的野獸！」

亞瑟望著那些怪裡怪氣的人物，腦子裡忽然閃過書上這段話。

若不是感到不合時宜，他真要大笑了，但他強忍住笑——現在還有更重要的事應該考慮。

「再見吧，聖母瑪利亞，天國的女王！」他低聲說道，並把目光移向別處，以免茱莉亞頭上跳動的卷髮紙捲兒再次誘使他說出刻薄的話來。

「勞煩你給我解釋一下，」伯登先生朝憲兵中那個當官兒的走過去，說道：「這樣粗魯地闖入私宅是什麼意思？我警告你，除非你可以給我一個滿意的答覆，否則我就有權利向英國大使投訴。」

「我想，」那位軍官硬生生地答道：「你會認爲這就是一個充分的解釋，英國大使當然也會這樣看。」他抽出一張拘捕哲學系學生亞瑟．伯登的拘捕證，遞給詹姆斯，並冷冷地補充說：「如果你想得到進一步解釋，最好親自去向警察局局長詢問。」

茱莉亞從她丈夫手中一把奪過那張紙，瞥了一眼，立即衝著亞瑟大發雷霆，儼然一個氣急敗壞的貴婦。

「這麼說是你給這個家蒙塵了！」她厲聲說道：「讓全城的下流坯子對著我們瞪眼睛，伸舌頭，看我們的熱鬧！你不是很虔誠嗎，怎麼落了個囚犯的下場？我們早就料到，那個天主教婆娘養的孩子——」

「你不可以對犯人說外語，太太。」軍官插嘴說。

然而茱莉亞不停地說，在她那一連串英語中，他的勸告根本就沒有人能聽見。

「果然不出所料！齋戒啊，祈禱啊，神聖的默念啊，在這一切掩蓋之下，原來幹的卻是見不得人的勾當。我就知道你會有這樣的下場。」

沃倫醫生曾有一次把茱莉亞比作一盤沙拉，廚師不慎打翻了醋瓶子，陳年老醋流進盤子。她那尖厲刺耳的聲音使亞瑟的牙根發酸，便突然想起這個比喻。

「說這種話又有何用。」他說：「你不用擔心將會引起什麼不高興的事情，大家都明白你是一點關係都沒有的。先生們，請搜吧，我沒有什麼可藏匿的東西。」

憲兵們在房間裡翻騰一氣，檢查了他的信件，查看了他在學校裡寫的文章，在他們翻箱籠倒抽屜的時候，亞瑟就坐在床沿上等候，雖因激動而微微臉紅，但一點也不感到痛苦。抄家之舉並未使他心神不寧。凡是有可能牽連別人的信件都早已燒掉，除了一兩首半帶革命性、半帶神秘性的小詩稿和兩三張青年義大利報之外，憲兵們枉自折騰一氣，什麼也沒撈到。

茱莉亞經不住小叔子再三懇請，終於還是回床睡覺去了。她露出鄙夷的姿態，從亞瑟身邊走過，詹姆斯溫順地跟在後面。

托瑪斯一直邁著沉重的步子在那裡踱來踱去，待他們離開房間以後，他才竭力做出不以爲然的姿態，走到軍官面前，請求允許他同犯人講幾句話。見軍官點頭答應，他便走到亞瑟跟前，嘎聲嘎氣地低語。

「我說，這真是一件很尷尬的事情，對此我感到非常遺憾。」

亞瑟仰起頭來，那面容像夏日的清晨一樣靜謐。「你一向待我很好，」他說：「沒有什麼可難過的，我會安然無恙的。」

「呃，亞瑟！」托瑪斯將鬍子狠狠地捋了一把，不顧一切地提出了那個難以啓齒的問題，「是——這些是和——錢有關係嗎？因此，倘若是的話，我——」

「與錢沒有關係！噢，沒有！怎麼會與——」

「這麼說，是跟某件政治上的愚蠢行爲有關了？這我倒是想到了。好吧，不要垂頭喪氣——對茱莉亞那一套胡言亂語也別介意，這都怪她那條刻薄的舌頭。你如果需要幫助——無論是現款，或是別的什麼——只管告訴我好啦！」

亞瑟默默地伸出手，托瑪斯輕輕一握，走出房間，因爲他要竭力裝出一副滿不在乎的神氣，從而使得他的面部表情更加呆滯。

憲兵們這時已經完成了搜查，那位負責這事的軍官命令亞瑟穿上出門時的衣服。他立刻遵命照辦，隨後轉身離開房間。

這時，他突然有些遲疑，並且停下腳步，如果當著憲兵們的面同他母親的小祈禱室告別，似有不便。

「你們能不能暫時離開房間一會兒？」他問，「你們瞧，我既跑不掉，也沒有什麼東西可藏匿的。」

「好吧，這個倒沒什麼關係。」

他走進壁龕，跪到地上，親吻十字架的下端和底座，輕聲低語道：「主啊，使我至死不渝吧。」

當他立起身時，那位站在桌旁的軍官正在端詳蒙泰尼里的肖像。「這是你的親戚嗎？」他問。

「不是，他是我的懺悔神父，布列西蓋拉教區的新主教。」

那些義大利的僕人在樓梯上等待著，又著急又難過。他們全都喜歡亞瑟，因爲他和他母親都是好人。見他走下來，大家將他團團圍住，很傷感地親吻他的手和衣服。吉安．巴蒂斯塔站在一邊，眼淚順著他那灰白的鬍子淌了下來。

伯登家的人沒有一個出來送他。他們的冷漠越發顯出了僕人的友好和同情。當他握緊伸過來的手時，亞瑟激動得快哭出聲來。

「再見，吉安．巴蒂斯塔。替我親一親孩子們。再見，泰瑞莎。大夥兒都爲我祈禱吧，上帝保佑你們！別啦，別啦！」

他匆匆下樓跑向前門。一分鐘後，只有一群默不作聲的男僕和抽泣不止的女佣人站立在門外臺階上，目送馬車轔轔遠去。

chapter 6

背叛

他們把亞瑟帶進港口那個巨大的中世紀城堡裡。他發覺監獄生活十分難過。他那間牢房又濕又暗，讓人覺得非常不舒服。但他是在波爾勒大街伯登家那座古老的房子裡長大的，無論凝滯的空氣、成群的老鼠，還是腐臭氣味，對他來說都不是什麼新奇的東西。食物也差得要命，並且量也不夠。但詹姆斯不久便得到許可，從家裡給他送來一應生活必需用品。

他被囚禁在單人牢房，獄卒看管得雖不像他原先想的那麼嚴，他卻始終打聽不出被捕的原因。但是他保持著平和的心態，這種心態自他進入城堡之後就沒有發生變化。牢裡不准看書，他便以祈禱和潛心默念消磨時間，平心靜氣，不急不躁，靜候事態進一步發展。

一天，一名士兵打開了牢門，向他喊道：「出來，跟我走！」他提了兩三個問題，得到的回答卻是：「禁止交談！」他便只好聽天由命，跟隨士兵穿過迷宮似的庭院、走廊和樓梯，所經之處無不散發著或濃或淡的黴味，進入一個寬敞明亮的房間。裡面有三個穿著軍服的人坐在一張鋪著綠呢的長桌子旁邊，桌上散亂地堆著文書，他們正在懶散地閒聊。

亞瑟一進門，他們立刻裝出道貌岸然、一本正經的樣子，他們之中最年長的那個，滿臉絡腮鬍子，一副紈褲子弟的輕薄相，身穿上校軍服，用手指一指桌子對面的椅子叫亞瑟坐下，立即開始了預審。

亞瑟想過會受到恐嚇、侮辱和譏諷，而且準備帶著自尊和耐心來應付。誰知竟讓他大失所望，上校雖然矜持、冷漠、官氣十足卻彬彬有禮。姓名、年齡、國籍、社會地位等通常要問的問題提了出來，亞瑟一一應答，回答被逐字逐句記錄在案。

亞瑟開始感到厭倦和不耐煩了，這時上校問：

「喏，伯登先生，你對青年義大利黨有何瞭解？」

「我只知道這是一個政治組織，在馬賽出版過一份報紙，還在義大利境內散發，目的是號召人們挺身而出，把奧地利佔領軍驅逐出國門。」

「我看你看過這份報紙吧？」

「是的，我對這件事情很感興趣。」

「在你讀報的時候，你意識到你的行為是違法的嗎？」

「當然。」

「在你房間裡搜出的那些報紙，你是從哪裡弄來的？」

「這，我無可奉告。」

「伯登先生，在這個地方，你不可以說『我無可奉告』，你有義務回答我提的任何問題。」

「如果你反對我說『無可奉告』，那我就只好說不願奉告了。」

「如果你一定要使用這樣的措辭，你會後悔的。」上校嚴厲地說。

見亞瑟沒有做證人，於是他繼續說道：

「我不妨告訴你，我們手頭已有證據，證明你與這個團體的聯繫非常密切，絕不僅僅是閱讀其違禁書報而已，從實招來，對你是有好處的。無論怎樣，事情真相一定會弄個水落石出，你會發現，用推諉和否認開脫你自己，是徒勞無益的。」

「我不想開脫自己。你們想知道些什麼？」

「首先，作爲一個外國人，你是怎樣捲入這類事情中去的？」

「我曾經思考過這件事情，讀了我所能找到的一切東西，終於得到了我自己的結論。」

「誰勸誘你參加這個組織的？」

「沒有任何人，我自願參加這個組織。」

「你在跟我窮蘑菇。」上校厲聲說道。他的耐性顯然接近了極點，「沒有一個人能不經介紹而加入一個團體，你曾把加入這個團體的願望對誰講過？」

沉默。

「請你回答我這個問題！」

「這類問題我一概拒絕回答。」亞瑟怒不可遏地說道，心頭湧動著一股莫可名狀的怒氣。到了這個時候，他清楚已經在里窩那和比薩逮捕了很多人。儘管這場災難蔓延的範圍有多廣尙不清楚，單就他所聽到的情況而言，已足以使他爲瓊瑪和其他同志的安全提心吊膽了。

軍官們故作禮貌姿態，以回避和搪塞問題來周旋無聊的遊戲，這一切都使他心煩意亂，門外來回走動的士兵的笨重腳步聲，刺激著他的耳鼓。

「噢，順便說一下，你上次見到喬萬尼．波拉是什麼時候？」上校又爭論了幾句，然後問道：「就在你離開比薩之前，是嗎？」

「我不記得有人叫這個名字。」

「什麼？你不認識喬萬尼．波拉？你肯定認識他——一個身材高大的小夥子，臉刮得光光的。對啦，他跟你還是同學呢。」

「大學裡有很多學生我並不認識。」

「哦，可你一定認識波拉，肯定認識！喏，這是他親筆寫下的。你瞧，他對你很瞭解。」

上校不以爲然地遞給他一張紙，開頭寫著「招供自白」，而且簽有「喬萬尼．波拉」的字樣。亞瑟瞥了一眼，看到了他自己的名字，他訝異地仰起頭來：「可以讓我看嗎？」

「是的，你不妨看一看，這跟你有關係。」

他讀了起來，那幾位軍官坐在一旁，一聲不響，注視著他的臉。這份文件包括對一長串問題所做的供詞。波拉明顯也已經被捕。

供詞的第一部分是平常的那一套，接下來簡潔地敘述了波拉與組織的關係，怎樣在里窩那傳播違禁讀物，以及學生聚會的情況。下面寫道：「入黨的人當中，有一個年輕的英國人，名叫亞瑟．伯登，是一個開辦輪船公司的豪富之家的子弟。」

亞瑟的臉上湧起一股熱血，波拉把他出賣了！波拉，這個曾以完成啓發者的莊嚴使命爲己任的人——波拉，這個曾使瓊瑪改變了信仰並愛著他的人！

他放下那張紙，久久凝視地板。

「我相信這份小小的文件已經幫你恢復了記憶吧？」上校委婉地暗示道。

亞瑟搖了搖頭。「我不知道叫這個名字的人。」他用一種單調、生硬的聲音重複說道：「一定是你們搞錯了。」

「搞錯了？哦，笑話！你聽著，伯登先生，騎士風度和唐·吉訶德精神，就其本身而言，都是很不錯的東西，然而做得過分了卻毫無用處。這是你們年輕人一開始都要犯的錯誤。算了吧，想一想！委屈自己，爲了一個背叛你的人，居然拘泥於小節，這樣毀了你一生前程又有什麼益處？你看看你自己，他供認起你來，可是沒有給你任何特別的關照。」

上校的聲音帶著一種淡淡譏諷的口吻，亞瑟不由得一怔，抬起頭來，心中突然閃現一道亮光。

「說謊！」他大聲喊道：「這是你們自己做的！我能從你的臉上看得出來，你們這些膽小鬼——你想要誣陷被你們關押的什麼人，要麼就是設下一個陷阱，打算把我拉進去，你是在騙人，你這個渾蛋——」

「閉嘴！」上校怒不可遏，大喝一聲，拍案而起，他的兩個同僚早已站立起來，「托瑪塞上校，」他面對身旁的一個人說道：「請你叫來看守，把這個年輕人帶進懲戒室，禁閉他幾天，我看需要好好地教訓他一頓，才能讓他恢復理智。」

懲戒室是一個地下洞穴，裡面陰暗、潮濕、骯髒。它非但沒有使亞瑟「恢復理智」，反倒把他徹底激怒了。他的奢侈的家庭早已使他養成非常講究個人清潔的習慣，那滑膩膩的爬滿了毒蟲的牆壁，堆積著垃圾汙物的地板，以及苔蘚、陰溝和腐爛的木頭發出的惡臭，在他身上產生的第一個效果，足可以使那位被他頂撞的審問官釋懷。

他被推進洞裡之後，門在他身後反鎖住，他伸出手臂，小心翼翼地向前挪動了三步，手指觸到滑溜溜的牆壁，他不禁一陣噁心，渾身顫抖不已。他在一片漆黑中摸索，找一個不算太齷齪的地方坐下來。

就在沉默和黑暗之中，他熬過了漫長的一天。夜晚也什麼事都沒有發生，一切都是那樣的虛無，純粹沒有了外界的印象和時間概念。

在第二天早上，當一把鑰匙在門鎖裡轉動時，受到驚嚇的老鼠吱吱地叫著從他身邊跑過，他猛然驚醒，心臟劇烈跳動，耳膜隆隆作響，彷彿與聲和光隔絕了不是數小時，而是數個月。

牢門打開了，露進一絲微弱的燈光──對他來說則是耀眼的光明。看守長走了進來，手裡拎著一塊麵包和一杯水。亞瑟向前走了一步，他確信這個人是來放他出去的。他還沒來得及講話，那人已經把麵包和水杯放到他手中，一言不發，轉身走開，又將門鎖住。

亞瑟跺起腳來，他生平第一次感到怒不可遏。然而隨著時間的流逝，他漸漸失去了對時間和地點的控制。黑暗像是一件無邊無際的東西，沒有開始，也沒有終結，生命對他來說好像停止了。

第二天傍晚，門開了，那個看守長和一個士兵出現在門檻處，亞瑟眼花繚亂，茫茫然抬起頭來，用手遮擋住那已經不習慣的亮光，心裡模模糊糊，不知道他在這座墳墓裡究竟待了多少個鐘頭，抑或待了多少個星期。

「跟我走。」看守長冷冷地說著。

亞瑟站了起來，機械地往前走去。他步履蹣跚，晃晃悠悠，就像是一個醉漢。他不情願讓看守長扶他走上狹窄而又陡峭的臺階，然而在他走上最後一層臺階時，他忽然感到一陣暈眩，於是他搖晃起來，要不是看守扶住他的肩膀，他肯定會向後摔下去。

「瞧著吧，他馬上就沒事了，」一個聲音興致勃勃地說道：「他們走出牢房，吸上新鮮空氣，十有八九是要昏過去的。」

亞瑟掙扎著，拼命想喘過氣來，就在這時，有一盆水澆到他的臉上。黑暗彷彿隨著嘩啦啦的澆水聲從他眼前消失了，這時他恢復了知覺。他推開看守長的胳膊，走到走廊的另一頭，登上樓梯。

他們在一扇門前駐足片刻。隨之，房門打開，他還沒弄清被帶到了什麼地方，就已經站在燈火通明的審訊室裡，他驚疑不定地凝視著那張桌子，桌子上的文件和坐在老地方的三位軍官。

「啊，是伯登先生！」上校說道：「我希望現在咱們能好好地談一談了。哦，你覺得黑牢房的滋味怎麼樣？未必有你兄長家的客廳富麗堂皇吧，是嗎？嗯？」

亞瑟抬眼凝視上校那張笑嘻嘻的面孔，他突然產生了一種難以遏制的欲望，想要撲上去掐住那個花白絡腮鬍子的花花公子的咽喉，用牙齒將它撕裂。或許他的臉上流露出什麼，上校立刻換了一種完全不同的語氣說。

「坐下，伯登先生，喝點水，你有些激動。」

亞瑟把遞給他的水杯推到一邊，兩條胳膊靠在桌子上，一隻手托住額頭，努力想靜下心來。上校坐在那裡，他那老練的目光仔細打量亞瑟微微顫抖的手和嘴唇，以及濕漉漉的頭髮和迷離的眼神。他知道這一切都說明他的體力消耗殆盡，神經紊亂。

「現在，伯登先生，」幾分鐘以後，他說：「上回從哪裡中斷，咱們就從哪裡開始吧。因為上一回你我之間發生了許多令人不愉快的事，對我來說，除了包容你別無他法。假如你的行爲舉止是恰當和理性的，我向你發誓，我們不會對你施加任何不必要的粗暴手段。」

「你們想要我幹什麼？」亞瑟怒不可遏地說道，聲音與他平常說話的腔調很不一樣。

「我只想讓你坦率地告訴我們，你對這個組織及它的成員瞭解多少。直截了當，別繞圈子。首先，你認識波拉多久了？」

「我這輩子都沒有見過他，我根本不認識他。」

「是嗎？那好，我們一會兒再回到這個話題上來。你總該認識一個名叫卡羅·比尼的年輕人吧？」

「我從來都沒聽說過這個人。」

「這真是見鬼了。那麼，法蘭西斯科·尼里呢？」

「我也沒有聽過這個名字。」

「可是這兒有你的一封親筆信，就是寫給他的。瞧——」

亞瑟心不在焉地掃了一眼，隨後把它擱在一邊。

「你認得這封信嗎？」

「不認得。」

「你否認這是你寫的信嗎？」

「我沒有否認，我什麼都不記得了。」

「或許你記得這封信吧？」

第二封信遞給他，他看出那是他秋天寫給一位同學的信。

「不記得。」

「收信的人也忘了？」

「忘啦。」

「你的記憶力可真差得出奇啊。」

「這正是我常常覺得痛苦的一個缺點。」

「確實！可是前幾天我從一位大學教授那裡聽說，無論怎麼說都不能認爲你記憶力有缺陷，事實上你聰明過人。」

「你大概是根據暗探的標準來評判聰明的吧，大學教授們用詞的含義是不一樣的。」

從亞瑟的聲音裡，明顯能夠聽出他的火氣越來越大。由於饑餓、空氣污濁和睡眠不足，他已經精疲力竭，身體內的骨頭好像根根作痛。上校的聲音摩擦著他那被激怒的神經，使他把牙咬得吱吱作響，猶如石筆在石板上滑動的聲音。

「伯登先生，」上校仰面靠在椅背上，嚴肅地說道：「你又忘了你的狀況，我再次警告你，這樣談話對你沒有益處，你一定已經嘗夠了黑牢的味道，至少現在不想再嘗了。我老實告訴你，要是你一意孤行，不肯接受我溫和的辦法，那我就要使用強硬的手段對付你。你注意，我手裡有證據——確鑿的證據——證明這些年輕人當中，有幾個參與偷運違禁書報入港的活動，而你跟他們來往密切。好啦，你是否願意主動交代你對這件事所瞭解的情況？」

亞瑟低下了腦袋，一股盲目而無意義、狂野的怒火像一個活物開始在他心頭攪動。他有可能失去自我控制，對他說來，這要比任何威脅更可怕。他第一次開始意識到在任何紳士的修養和基督徒的虔誠下面，都隱藏著不易覺察的力量，所以他對自己感到恐懼。

「我在等著你的答覆呢。」上校說。

「我沒有什麼好回答的。」

「你這是斷然拒絕回答了？」

「我什麼也不會告訴你。」

「那麼我只好下令把你帶回懲戒室，一直關到你回心轉意。要是你再惹麻煩，我就給你戴上鐐銬。」

亞瑟仰起頭，從頭到腳瑟瑟顫抖。「悉聽尊便，」他慢慢地說道：「英國大使能不能容忍你們虐待一個無罪的英國臣民，由他自己決定吧。」

最後，亞瑟又被帶回到自己的那間牢房。

一進門他便撲到床上，一直睡到第二天早上。沒有給他戴上手銬腳鐐，他也沒有再被關進那間恐怖的黑牢。然而，隨著每次審訊，他與上校之間的積恨變得越來越深。無論他怎樣祈禱上帝賜給他力量，幫他克服他那邪惡的憤怒，或是花上半夜的時間沉思默想基督的耐心和忍讓都無濟於事。

當他又被帶進那間狹長的空屋時，一看到那張鋪著綠呢的桌子，對著上校那撮蠟黃的鬍子，非基督教的精神立刻再次充滿他的內心，使他作出辛辣的駁斥和惡意的答覆。

他坐牢的時間還不到一個月，他和上校之間的仇恨就已經達到水火不容的地步，只要他和上校一照面，就會勃然大怒。

這種小規模的衝突開始嚴重干擾他的神經系統，他清楚自己受到了嚴密的監視，也想起了那些令人恐怖的謠言。他聽說過偷偷給犯人服下顛茄，這樣就能把他們的譫語記錄下來，於是他漸漸害怕睡覺或吃飯。

假如一隻老鼠在夜裡跑到他的身邊，他會嚇出一身冷汗，因恐懼而渾身發抖，而且幻想有人藏在屋裡。顯然這是試圖誘使他在某種情況下做出承諾，從而供出波拉。

他非常害怕因為略有疏忽而掉進陷阱，以至於只是由於緊張而做出這樣的事。波拉的名字晝夜都在他的耳邊響起，並且干擾了他的祈禱，以至於在他數著念珠時也會念出波拉的名字，而不是瑪利亞的名字。

最糟糕的是，他的宗教信仰也跟外部世界一樣，好像一天天離他遠去。他頑強地堅持著這個最後的立足點，每天花好幾個鐘頭的工夫祈禱和默念，但是他的思想卻越來越經常地轉到波拉身上，使祈禱變得非常機械。

他最大的慰藉是認識了監獄的看守長。那是個肥胖、禿頂的小老頭，開始的時候費盡力氣裝出一副嚴厲的面孔，但漸漸地，他那胖臉上的每一個酒窩都透露出他是個好心人。他克服了因職務關係而不得不有的顧忌，開始從一個牢房到另一個牢房爲犯人們傳遞消息。

五月中旬的一天下午，這位看守長走進牢房。他緊鎖著眉，沉著臉，亞瑟驚詫地看著他。

「怎麼啦，安里柯？」他高聲說道：「今天碰上什麼晦氣的事了？」

「沒什麼。」安里柯急躁地回答，爬到草鋪上面，撤下那條墊毯——那是亞瑟的隨身之物。

「你拿我的東西做什麼？難道我要換到另一間牢房裡去嗎？」

「不是，要放你出去了。」

「放我出去？你說什麼——今天？統統都釋放嗎？安里柯！」

亞瑟興奮之下抓住那位老人的胳膊，但是他卻憤怒地把亞瑟推開了。

「安里柯！你是怎麼啦？你幹嘛不說話？要把我們所有的人都放出去嗎？」

老人僅僅「哼」了一聲，算是做了答覆。

「別！」亞瑟又抓住看守長的胳膊，笑著說道：「你對我發火可沒用，因爲我不會在意的，我想清楚別人的情況。」

「什麼別人？」安里柯突然把正在折疊的襯衫放下，咆哮著說：「我看是沒有波拉吧。」

「自然包括波拉和其他所有的人。安里柯，你這是怎麼啦？」

「那好，他是不可能被匆匆釋放的，可憐的孩子，他居然被一位同志給出賣了。哼！」

安里柯帶著厭惡的神情把那件襯衫撿起來。

「把他給出賣了？一位同志！噢，實在是恐怖！」亞瑟恐慌地瞪大眼睛。

安里柯迅速轉過身來：

「怎麼啦，難道不是你幹的嗎？」

「我？夥計，你沒發瘋吧？我幹的？」

「那好吧，反正昨天受審的時候，他們是這樣對他說的。如果不是你幹的，我就很高興了，因為我一向認為你是一個很本分的年輕人。往這邊走！」

安里柯一步跨出牢房，到了過道上，亞瑟緊隨其後，心裡豁然開朗，疑團頓釋。

「是他們對波拉說我出賣了他嗎？他們當然會那樣幹！怎麼不會呢，老頭子，他們還對我說波拉把我出賣了呢，波拉肯定不至於愚蠢到相信那套鬼話的。」

「這麼說，真的不是你了？」安里柯在樓梯下停住腳步，用銳利的目光審視亞瑟，而亞瑟只聳了聳肩。

「他們自然是在說謊。」

「好啦，我聽到這話很高興，我的孩子，我要把你的原話告訴他。可是你要知道，他們對他說的是，你出賣他是出於——噢，出於嫉妒，原因是你們倆愛上了同一個姑娘。」

「這是在說謊！」

這一次，亞瑟的聲音已經變為聲嘶力竭的哀號了。他的心中忽然湧出了一種恐怖，四肢無力。「同一個姑娘——忌妒！」他們是怎麼知道的——他們是怎麼知道的？

「哦，我的孩子，你等一等。」安里柯停在通往審訊室的走廊裡，溫和地說道：「我信任你，可是只告訴我一件事，我清楚你是個天主教徒，你在懺悔的時候說過——」

「這是在說謊！」這一次亞瑟提高了嗓門，快要哭出聲來。

安里柯聳了聳肩膀，接著往前走去：「你自然知道得最爲清楚，然而像你這樣受騙上當的傻小子，不會只你一個人。現在比薩全城在爲一個傳教士鬧得沸沸揚揚，事情是被你的一些朋友戳穿的，他們印發傳單，說他是警察局的暗探。」

他打開審訊室的門，看見亞瑟呆呆站立，目光呆滯地看著前方，便輕輕地把他推進門去。

「下午好，伯登先生。」上校滿臉堆笑，齜著牙說道：「我很榮幸，向你表達祝賀，由於佛羅倫斯方面已經下令將你釋放，請你在這份文件上簽個字好嗎？」

亞瑟走到他面前。「我想知道，」他用一種乾巴巴的聲音說：「是誰告發我的？」

上校揚起眉毛，略微一笑。

「你想不出來嗎？想一想。」

亞瑟搖一搖頭。上校把兩手一攤，做了個頗有禮貌的表示詫異的姿勢。

「猜不出嗎？真的嗎？嘿，是你自己呀，伯登先生，旁人怎會曉得你的兒女私情呢？」

亞瑟默默地掉轉了頭。牆壁上懸掛著一尊巨大的耶穌被釘在十字架上的木雕像，亞瑟的目光慢慢移向雕像臉部，但他的目光裡沒有祈求的意思，只有一種不甚分明的疑惑：這位姑息的上帝對出賣懺悔人的傳教士爲何不加以雷擊的懲罰呢？

「請你在收據上簽字，證明領回你的筆記好嗎？」上校溫和地說道：「簽過字，我就不再耽擱你了。我知道你一定急著要回家，而我這會兒也爲那個傻小子波拉的事忙得不可開交。

他把你基督徒的忍耐性考驗苦了，恐怕他是要判重刑的。午安！」

亞瑟在收據上簽了名，接過他的筆記，在死一般的沉寂中走出去。他跟著安里柯走到大門口，一句道別的話也沒說就走下河岸，在那裡，一個船夫正等著把他渡過護城河。

當他登上對岸通向街市的石階的時候，一個穿棉布裙子、戴草帽的女孩伸出雙手迎面朝他跑來。

「亞瑟！噢，我多高興──多高興啊！」

他抽回了手，不停地哆嗦。

「瓊！」他終於說道，聲音彷彿不是他的，「瓊！」

「我已經等了半小時，他們說你四點出來。亞瑟，你幹嘛用這樣的眼神看我？出了什麼事啦？亞瑟，你碰到了什麼事？站住！」

這時他已經轉過身，沿著大街慢慢走下去，好像已經忘記她在身邊。他的神態使她大爲震驚，於是連忙追上去，一把抓住他的胳膊。

「亞瑟！」

他停下腳步，帶著迷惘的眼神抬起頭來。她的手臂插進他的臂彎，兩人默默無語地往前走了一會兒。

「聽著，親愛的，」她溫和地說道：「你不用爲了這件倒楣的事情而覺得不安，我明白這對你來說是件難過的事，大家都會清楚的。」

「什麼事？」他依然用那乾巴巴的聲音問道。

「我是說有關波拉的信。」

一聽到這個名字，亞瑟的臉立刻痛苦地抽搐起來。

「我原認為你不會聽到這件事，」瓊瑪繼續說道：「但我猜想他們一定把這事告訴你了。波拉一定發瘋了，居然以為會有這樣的事。」

「這樣的事——」

「這麼說，這事你還不知道嗎？他寫過一封可怕的信，說你供出輪船的事，因此他也被捕了。這種說法當然是荒謬絕倫的，每一個認識你的人都看得出來，只有對你不甚瞭解的人才被激怒。於是我才會來到這裡——就是要告訴你，我們同志中沒有一個人相信他信上的話。」

「瓊瑪！但這是——這是真的！」

她慢慢地抽身從他身邊走開，然後木然站立不動，圓睜兩眼，恐怖使得她目光陰沉，臉色蒼白得像脖頸上的圍巾一樣。沉默像一道冰冷的巨浪，彷彿已經沖刷到他們跟前，淹沒了他們，並把他們與市井的喧嘩隔離開來。

「是的，」他終於低聲說道：「輪船的事情——我說了，而且我還說出了他的名字——哦，我的上帝！我的上帝！我怎麼辦？」

他忽然清醒過來，認識到她就站在他的旁邊，而且發現她的臉上露出極度的恐慌。現在，她肯定認為這件事是他幹的了。

「瓊瑪，你不清楚啊！」他突然迸出一句話，並向她湊近，但她尖叫一聲連忙後退。

「別碰我！」

亞瑟猛地抓住她的右手。

「聽著，看在上帝的分上！這不是我的錯，我——」

「放開，放開我的手！放開！」

隨之，她的手從他掌中掙脫，並且揚起手來，一巴掌打在他的臉頰上。

他的眼睛變得朦朧。一瞬間，他只能感覺到瓊瑪那張蒼白而又絕望的臉，還有狠勁抽他的那隻手，她就在棉布連衣裙上蹭著這隻手。片刻間，日光再次露出來，他端詳四周，看見自己孤身一人。

亞瑟幾乎陷入了絕望，他最心愛的人竟然誤會了自己。他難以割捨對瓊瑪的愛，他知道即使作出解釋也無濟於事。亞瑟感到整個生命都沒有了明確的方向，他陷入了深深的迷茫中……

chapter 7 出走

當亞瑟按下波爾勒大街那座豪華住宅的門鈴時，天早已向晚。他想起自己一直在街上遊蕩，但是在哪兒遊蕩，爲什麼，或者遊蕩了多長時間，他不知道。

茱莉亞的小聽差打著哈欠開了門，他意味深長地撇了撇嘴。在他看來，他的小主人從監獄回到家，儼然像一個「爛醉如泥，衣衫不整」的乞丐，實在可笑。

亞瑟往樓上走去。到了二樓，只見吉本斯迎面走下來，一副高貴莊嚴、目中無人的神氣。亞瑟喃喃地道一聲晚安，打算與他擦身而過，但是吉本斯這個人，誰要是不順他的心，他是不會輕易放過的。

「主人們都已出去了，先生。」他上下打量著亞瑟不整潔的衣衫和蓬亂的頭髮說道：「他們和女主人一同參加一場晚會去了，大概要到晚上十二點才回來。」

亞瑟看看手錶，現在是九點。噢，行啊！他還有時間——有的是時間……

「女主人要我問一聲你想不想吃晚飯，先生，還要我告訴你，她希望你坐著等她，因爲她特別希望今天晚上就和你談一談。」

「我什麼都不想吃，謝謝你，你可以對她說，我還沒上床睡覺。」

他走進自己的房間。自從他被捕以後，這裡面的一切都沒什麼變化。蒙泰尼里的畫像還是那樣放在桌上，那個耶穌受難十字架依然像從前的樣子掛在神龕裡。他在門檻上略一躊躇，側耳諦聽，整座房子寂然無聲，顯然沒有人來打擾他。他輕輕地踏進房間，把門鎖住。

他就這樣走到了人生的盡頭，再沒有任何東西值得眷戀，或值得爲之煩惱了。現在要做的事情，就是擺脫掉那毫無用處卻糾纏不休的生之意識，僅此而已。

然而，這一切看起來總有點像是愚蠢的、毫無意義的。

他還沒有下定自殺的決心，並且對此也沒有考慮太多。這是一件顯而易見、無可避免的事情。他甚至對採用什麼方式結束生命尚沒有決定，要緊的是趕快了卻這樁事——把這樁事結束，然後忘得一乾二淨。

他房間裡沒有利器，連一把折疊刀也找不到，那有什麼關係呢，一條毛巾就行了，把床單撕作布條也成。

窗戶的上面正好有一枚大釘子。這就行了，然而它必須牢固，承載得住他的體重方可。他站在一把椅子上試了試釘子，釘子並不十分堅固。他又跳下椅子，從抽屜裡拿出來一把錘子，敲了幾下釘子，然後正要從床上撕下一塊床單，忽然，他想起來他沒有禱告。

當然，一個人在臨死前必須禱告，每個基督徒都這樣做。對於一個即將告別人間塵世的靈魂來說，甚至還要做特別的祈禱呢。

他走進神龕，在十字架前跪了下來。「全能的和仁慈的上帝啊——」他朗聲禱告。

可是念過這一句後便就此中斷，他再也念不下去了。這個世界確定變得越來越冷漠了，沒有什麼值得禱告或者詛咒。再者，基督對這種麻煩又瞭解什麼呢？他並沒受過這樣的罪呀！他只是被出賣過，像波拉那樣，但他不曾因受騙而出賣別人。

亞瑟站起身來，依然習慣性地在胸前畫「十」字。他走到桌子跟前，他看見桌上有一封寫給他的信，是蒙泰尼里的筆跡，用鉛筆寫的：

我親愛的孩子：

你獲釋之日不能相見，甚感失望。我應人之邀探視一垂危病人，至午夜方回。萬望明晨至貴處一晤。匆此。

勞・蒙

他嘆口氣放下信來，看來這件事對神父的確是個沉重的打擊。

人們依然在街上嬉笑浪謔，蜚短流長！一切依然如故，與他生前並無二致。他周圍的一切日常瑣事，並沒有因爲有一個人的靈魂、一個活生生的人的靈魂被毀滅而發生絲毫的變化。一切都跟從前一模一樣。噴水池的水還在濺流，屋簷下的麻雀還在嘰嘰喳喳地叫著。昨天是這樣，明天還是這樣。可是他，心卻死了──完完全全死了。

坐在床邊，他雙手交叉抓住床頭的欄杆，頭枕在胳膊上，時間還很充裕，可他的頭痛得厲害──似乎腦子的神經中樞在作痛。

一切都無聊極了，愚蠢極了——簡直毫無意義——前門的鈴聲急促地響了起來，他大吃一驚，簡直透不過氣來，他用雙手扼住喉嚨。他們已經回來了——而他一直坐在那裡想入非非，讓寶貴的時間溜掉——現在他必須看到他們的臉，聽到他們冷酷的聲音——他們會不以爲然，大發議論——要是他有把刀子該有多好——

他絕望地環顧四周。他母親做針線的籃子就在小櫃子裡，那裡肯定會有剪刀。他可以絞斷一根動脈。不，如果有時間，布條和釘子更靠得住。

他從床上掀下床罩，發瘋似的急忙撕下一條。樓梯裡響起了腳步聲。不成，布條太寬，綁不牢，而且還必須打成套索。

隨著腳步聲越來越近，他也越來越手忙腳亂，血液在太陽穴裡激烈搏動，在耳朵裡轟鳴。快些——再快些！哦，上帝啊！再給我五分鐘！快點——快點！噢，上帝啊！再給五分鐘的時間吧！

門上響起了敲門聲，那條撕下的布條從他手中滑了下來，他坐在那裡紋絲不動，他屏住呼吸聽著，有人擰動了門把，隨後茱莉亞扯著嗓門叫道：「亞瑟！」

他站了起來，喘著粗氣。

「亞瑟，請快把門給打開，我們正等著你呢。」

他把撕爛的床罩收拾起來，扔進一個抽屜裡，連忙把床整理平整。

「亞瑟！」這一次是詹姆斯在喊門，並且他還不耐煩地扭動門把。「你睡著了嗎？」

亞瑟環顧屋子，看到一切都已藏了起來，隨後打開了房門。

「我還以爲你至少會照我的明確要求做，坐著等我們呢，亞瑟。」茱莉亞滿臉怒氣，風風火火地闖進屋裡，說道：「你好像覺得把我們擋在門外恭候你半個鐘頭是很得體的事——」

「才四分鐘呀。」詹姆斯溫和地予以糾正。他尾隨妻子的粉緞長裙走進屋裡。「我以爲，亞瑟，你這樣做不大——不大成體統——」

「你們想幹什麼？」亞瑟中斷了他的話。

他站在那裡，手扶著房門，像一隻掉進陷阱裡的野獸，朝那兩個人分別偷覷了一眼，轉眼看看這個，而後又轉眼看看那個。然而詹姆斯反應遲鈍，茱莉亞又在氣頭上，於是他們都沒有注意到他臉上的表情。

伯登先生給太太拉過一把椅子讓她落座，他自己也坐下來，小心翼翼地拉一拉嶄新筆挺的褲腳管。

「茱莉亞和我，」他開始說道：「覺得我們有義務跟你嚴肅地談一談——」

「今天晚上不行，我——我不太舒服。我頭疼——你們必須等一等。」

亞瑟說這話的時候聲音反常，含糊不清，精神恍惚，語無倫次。詹姆斯大吃一驚，四下裡看了一下。

「你怎麼啦？」他突然想起亞瑟剛剛從一個傳染病的溫床那兒回來，所以急切地問：「噢，但願你不是得了什麼病，你看上去好像是在發燒。」

「一派胡言！」茱莉亞厲聲打斷了他的話，「他只是在無病呻吟，由於他羞於面對我們。過來坐下，亞瑟。」

亞瑟慢吞吞地走到房間這頭，坐在床沿上。「嗯？」他無精打采地說。

伯登先生咳嗽了幾下，清了清喉嚨，將本已修剪的整整齊齊的小鬍子抹平，然後再一次背誦那篇精心準備的演說詞。

「我認為我有義務──我負有痛苦的義務──跟你嚴肅地談談你這種離經叛道的行為，結交──呃──那些無法無天、殺人越貨之徒以及──嗯──那些品行不正的人。我相信你或許只是糊塗，而不是墮落了──呃──」

他停頓了下來。

「嗯。」亞瑟再次說。

「哎，我不願意為難你。」詹姆斯看見亞瑟那無精打采的絕望神情，不由得緩和了口氣，繼續說：「我很願意相信，由於你年紀輕輕，缺少經驗，還有──嗯──莽撞，以及──嗯──恐怕還有從你母親那裡繼承來的輕浮、任性。」

亞瑟的目光緩慢移到母親的畫像上，隨後又收回眼光，然而他沒有說話。

「可是我相信你會清楚明白的，」詹姆斯接著說：「要在我的家裡繼續收留一個敗壞家聲、玷污門庭的人，那是不可能的。」

「嗯。」亞瑟又重複一遍。

「得啦，」茱莉亞啪地一聲合上手中的摺扇，然後將扇子橫放在膝頭，尖聲尖氣地說：「除了『嗯』，『嗯』，你就不肯屈尊說句別的話嗎？」

「當然了，你們覺得怎麼合適就怎麼做。」他一動不動，慢吞吞地說：「不論怎樣都沒有關係的。」

「沒有關係？」詹姆斯愕然說道。

他老婆冷笑一聲站了起來，「噢，沒關係，是嗎？那好，詹姆斯，我真希望這一回你總該明白人家是怎樣對你感恩戴德了！我告訴過你好心得不到好報，對一個投機的女天主教徒和她們的——」

「噓，噓！親愛的，不要計較這事！」

「啐！詹姆斯，不要感情用事，我們早就受夠了。本來是個野種，反倒堂而皇之以我們這個家庭的成員自居——是時候啦，應該讓他知道他母親究竟是個什麼樣的人了。我們憑什麼要替一個天主教傳教士的私生子承擔責任呢？喏，把這個拿去——瞧瞧吧！」

她從口袋裡拽出一張已經揉皺的紙來，隔著桌子朝亞瑟拋了過來。亞瑟將紙團攤開，見是他母親的筆跡，日期是他出生前四個月，原來那是她寫給丈夫的一份懺悔書，下面有兩個人的簽名。

亞瑟的目光緩緩地移到這張紙的下端，繞過拼成她名字的潦草字母，看到那個剛勁而熟悉的簽名：「勞倫佐．蒙泰尼里」。

他盯著那個名字凝視片刻，然後一聲不響，將信折疊起來放到桌上。詹姆斯站起身，挽住他老婆的胳膊。

「行了，茱莉亞，就這麼著吧。你現在下樓去吧，時候不早了，我要跟亞瑟談點正經事，你不會有興趣聽的。」

她抬頭瞟了她丈夫一眼，又瞟了亞瑟一眼，但見他默然對著地板出神。

「我看他在裝傻。」她低聲說道。

她收斂起她的裙裾離開房間以後，詹姆斯小心翼翼地關上門，然後走到桌旁的椅子跟前。亞瑟依然坐在那裡，一動不動，一言不發。

「亞瑟，」因為沒有茱莉亞在跟前，詹姆斯便用一種較為溫和的語調說：「這件事再也包不住了，我很抱歉。本來以為不讓你知道比較好，不過這一切都過去了，看到你能夠自制自控，我非常高興。茱莉亞有點兒──有點兒激動，女人嘛，常常是這樣──無論怎樣，我是不會叫你太難堪的。」

他停住話頭，想看看他的好言好語產生了怎樣的效果，然而亞瑟卻沒有任何反應。

「當然了，我親愛的孩子，」過了一會兒詹姆斯接著說：「這樣的事情讓大家都覺得不痛快，我們對此只能沉默。我的父親十分寬宏大量，你母親向他懺悔了不貞行為以後，他沒有和她離婚，他只要求勾引她的那個男人必須立刻離開國境。如你所知，他到中國當了傳教士。就我而言，我是極力反對你同他有任何交往的，然而我父親在彌留之際，同意了讓他做你的老師，但以永不跟你母親見面為條件。說句公道話，我必須承認他倆一直都忠實地執行了這個條件。這是一件讓人遺憾的事情，可是──」

這時，亞瑟仰起了頭，一切的生氣和表情都從他臉上消失了，那張臉就像一張蠟做的面具。

「你──你不以為，」亞瑟結結巴巴，一字一頓地輕聲說道：「這──這──一切──十分滑稽可笑嗎？」

「滑稽可笑？」詹姆斯把椅子從桌旁拉開，坐在那裡，驚恐得發不出火來，「滑稽可笑？亞瑟，你是在發瘋吧？」

亞瑟突然仰起頭來，發瘋著魔似的哈哈大笑。

「亞瑟！」那位輪船公司老闆大吼一聲，顫巍巍地站起來，「你居然這樣輕率，這讓我覺得十分意外。」

沒有答覆，僅僅是一陣接著一陣的狂笑，那麼響亮，那麼用力，使詹姆斯開始懷疑這裡面是否還有比輕狂更嚴重的事情。

「活像個瘋狂的女人。」他喃喃地說道，立刻轉過身去，鄙視地聳了聳肩膀，並且在屋子裡煩躁地踱來踱去。

「真的，亞瑟，你連茱莉亞都不如，好了，別笑了！我可不能在這裡等上一整夜。」

但是，他這個要求簡直等於要耶穌受難像自己從底座上走下來。亞瑟對任何規勸和訓誡都置若罔聞，只是一個勁兒地笑，笑了又笑，沒完沒了。

「太荒唐了！」詹姆斯終於停止了煩躁的踱步，說道：「你明顯是過分激動，今晚你已經失去了理智。照這個樣子，我怎麼能跟你談正經事呢？明天早上吃過早餐以後來找我。現在你最好還是上床睡覺吧。晚安！」

他走出去，匡噹一聲關住門。「現在得去應付樓下那個歇斯底里的人了。」他一邊邁著沉重的腳步聲往樓下走，一邊喃喃自語，「我看那邊保準又哭成淚人兒了！」

瘋狂的笑聲從亞瑟的嘴上停止了，他一把抓起桌子上的錘子，猛然向耶穌受難十字架撲去。

隨著轟隆一聲巨響，他忽然清醒了過來。他站在空蕩蕩的基座前，錘頭仍握在手裡，被打擊的聖像的殘骸斷片散落在腳下。他扔掉了錘頭。

「原來這般容易！」他說著掉頭走開，「我過去真蠢！」

他坐在桌邊喘著粗氣，額頭埋在雙手裡。他站起身，走到盥洗架前，劈頭蓋臉澆了一通冷水。他心情平靜地回到座位上，開始思索。

就是爲了這些東西──爲了這些僞善而又奴性的人，這些愚蠢而沒有靈魂的神靈──他受盡了屈辱、激情和失望的種種煎熬。他預備用一根繩子吊死自己，真的，因爲一個傳教士竟然是個騙子。難道他們不都是騙子嗎！噢，這一切都結束了，他現在變聰明了。他必須擺脫這些毒蛇，重新開始生活。

碼頭那兒有許多貨船，很容易就能隱藏在其中的一艘貨船裡，這樣既可橫渡大洋，遠走加拿大、澳大利亞、好望角，隨便什麼地方，隨便去哪裡都無所謂，只要遠走高飛就夠了。至於到了異國他鄉如何生活，他可以隨機應變，一個地方不養人，再換個地方試試。

他拿出錢包，袋裡只剩下三十三個玻里，不過他那塊錶很值錢，可以幫不少的忙。無論發生任何情況都沒有關係，他總會想得出辦法渡過難關的。可是他們會找他的，所有這些人都會找他的，他們自然會到碼頭找尋他。不，他要給他們布下疑陣──使他們以爲他死了。那樣他才能獲得自由──真正的自由。

想到伯登家的人尋找他的屍體的情景，亞瑟不由得竊笑。這一切簡直是一場鬧劇！

他拿過一張紙來，隨筆寫下了所想到的幾句話：

「我相信你，如同相信上帝一樣。上帝是木雕泥塑的偶像，我用一把錘子即可砸碎，而你用一個謊言欺騙了我。」

他折起這張紙，寫下蒙泰尼里親啓的字樣。隨後他又拿過另一張紙，寫下了一行字：

「去森納碼頭找我的屍體。」

然後他戴上帽子，走出了房間。從他母親肖像前經過的時候，他抬起頭來看一看，大笑一聲，聳一聳肩膀。她呀，也一樣，曾經瞞騙過他。

他躡手躡腳地經過走廊，拉開了門閂，走上黑暗中那道寬大而有回音的大理石階梯。他沿階梯而下，那階梯像一個黑洞洞的深坑在他腳下張開大口。

他穿過庭院，小心地放輕腳步，唯恐把睡在樓下的吉安・巴蒂斯塔驚醒。房後堆積木柴的地下室，有一扇格子窗朝向運河，離地面不過四英尺。他記得，那鏽跡斑駁的窗櫺的一邊已經折斷，稍稍用力一推，即可推開一個足以容他爬出去的洞。

柵欄非常牢固，他的手擦破了，外套的一隻袖管也被撕爛，但這又有何難呢！他上下端詳了一下街道，沒有看見一個人。黑乎乎的運河沒有任何動靜，這條醜陋的壕溝兩邊是筆直細長的堤岸。從未曾體驗過的世界或許是一個令人掃興的黑洞，但它絕不可能比他即將棄之而去的這個角落更無聊、更慘澹。

沒有什麼值得惋惜，沒有什麼值得回顧。那是惡臭沖天、瘴癘肆虐的一潭死水，充滿骯髒的謊言、笨拙的騙局，淺得連人都淹不死的臭氣熏天的陰溝。

他沿著運河堤岸走著，而後來到梅狄契宮旁的小廣場上。曾經就是在這個地方，瓊瑪伸出雙臂，綻開那張楚楚動人的面容跑到他面前。這裡，那道濕漉漉的石階延伸到護城河裡，骯髒的河溝對面矗立著那座陰森的古堡。他以前從未注意到，那座古堡竟是那樣低矮難看。

他穿過狹窄的街道，來到森納碼頭，他摘下帽子，並把帽子扔進水裡。當他們用拖網打撈他的屍體的時候，無疑會發現它。

隨後他沿著河邊往前走去，愁眉不展地考慮下一步該怎麼辦。他必須設法溜到某一艘船上，可是這樣做很難。他唯一的機會是登上那道巨大的古老的梅狄契防波堤，然後走到防波堤的盡頭。在大堤的盡頭處有一家下等酒館，也許他在那裡能找到一個可以買通的水手。

然而碼頭大門關著，他怎樣才能過去，並且混過海關官員呢？他沒有護照，他們放他過去就會索要高額的賄賂，而他口袋裡的錢不夠；何況，他們還可能會認出他來。

當他經過「四個摩爾人」的銅像時，有個人影忽然從船塢對面的一所老房子裡鑽了出來，並往橋這邊走過來。亞瑟馬上溜到銅像的陰影之中，然後蹲在暗處，從底座的拐角小心地向外探望。

那是個柔和的夜晚，溫暖而星光燦爛。河水拍打著船塢的石堤，在臺階周圍形成平和而緩慢的漩渦，發出的聲音就像是低低的笑聲。附近的某個地方，一條鐵鍊慢慢地晃動著，吱吱作響。

一個巨大鐵吊塔聳入雲天，在蒼茫的夜色中顯得高大而淒涼。那白雲飄蕩、繁星密佈、熠熠閃光的天幕，映襯出一群披枷戴鎖的奴隸的身影，他們在向悲慘的命運做激烈而徒勞的抗爭。

那人晃晃悠悠地沿著河邊走來，而且扯著嗓子哼著一支英國小曲。他顯然是個在小酒館裡喝得醉醺醺歸來的水手，周圍再看不見有別的人。

待他走到跟前，亞瑟站起身，一步跨到路當中。水手咒罵一句，中止了小曲，突然站住。

「我想和你談談，」亞瑟用義大利語說道：「你能明白我的話嗎？」

那人搖搖頭。「跟我講這種鬼話沒用。」他說。接著他用半通不通的法語惱怒地說：「你想幹嘛？為什麼不讓我過去？」

「麻煩你從亮處到這兒來一下，我想和你商量一下。」

「啊！可真是個好主意！你身上藏著一把刀子吧？」

「沒有，沒有，夥計！你看不出我僅是想得到你的幫助嗎？我會付錢的。」

「嗯？你說什麼？看你這身打扮倒像個公子哥兒──」這時水手又換用英語說。他說著，走進陰影裡，斜倚著雕像周圍的欄杆。

「那好，」他又操著他那糟透了的法語說道：「你想做什麼？」

「我想離開這個地方──」

「啊哈！偷渡！想要我把你藏起來？我想，是犯了什麼案吧。捅了哪個人一刀子，呃？這些外國人可真幹得出來！那麼你打算上哪兒去？我猜想，總不會是去警察局吧？」

他醉醺醺地大笑起來，還眨巴著一隻眼睛。

「你是哪條船上的？」

「卡爾洛塔號——從里窩那往布宜諾斯艾利斯去，運油，再運皮革回來。它就停在那裡，」他指著防波堤的方向說：「一條老掉牙的舊船。」

「布宜諾斯艾利斯——行啊！你能把我藏到船上什麼地方嗎？」

「那你能付我多少錢？」

「不多，我只有幾個玻里。」

「不行，至少也得五十個玻里——這個數夠便宜了——單憑你這身公子哥兒打扮。」

「你說公子哥兒是什麼意思？假如你喜歡我的衣服，你可以跟我換，但我身上就只有這麼多錢，拿不出更多的了。」

「你那兒還有一隻手錶，拿過來。」

亞瑟掏出一隻女式金懷錶，上面的花紋和琺瑯做工頗為精緻，背面刻著「G．B」兩個縮寫字母。那是他母親的錶——但事到如今，哪顧得上那麼多。

「啊！」那個水手快速掃了一眼，發出了一聲驚嘆。「這當然是偷的！讓我看看！」

亞瑟忙把手縮回去。「不行，」他說：「等我上了船才能把錶給你，上船以前不給。」

「這麼看來，你還不傻！我敢打賭，這是你頭一次落難，呃？」

「那是我的事。喲！巡查來了。」

他們蜷縮在那組雕像後面，一直等巡夜人走過去後，水手站起來，叫亞瑟跟著他，他一邊往前走，一邊傻笑著。亞瑟默默地尾隨其後。

那個水手領他回到梅狄契宮附近那個不太規則的小廣場，然後他們停在一個黑暗的角落。他原本想小聲說話，結果卻唧唧噥噥含糊不清地說：

「等在這裡，假如你再往前走，那些當兵的會看見你的。」

「你要去幹什麼？」

「給你弄幾件衣服。我不能把你連同血漬斑斑的袖管一起帶上船呀。」

亞瑟低頭看了一眼被窗櫺扯爛了的袖管，是擦破的那隻手上有一點血滴到了上面，顯然那個人把他當成了殺人犯。哼，管他呢，人們怎麼想都無所謂。

過了一小會兒，水手胳肢窩裡夾著一個包袱，得意揚揚地回來了。

「換上。」他低聲說道：「趕快換下來，我得回去，那個猶太老傢伙跟我討價還價，糾纏了我半個鐘頭。」

亞瑟照辦。剛一碰到舊衣服，他就陡然覺得噁心，遂不免縮手縮腳，幸而那幾件衣服雖質地粗糙，倒還算乾淨。他穿著這身新裝走到亮光下的時候，水手醉眼惺忪地上下打量了他一番，然後鄭重地點頭稱是。

「你這就行了，」他說：「就這個樣子，不要出聲。」

亞瑟抱著他換下來的衣服，跟著他穿過迷宮一般曲曲折折的溝渠和幽暗狹隘的胡同，這裡是自中世紀以來的貧民區，里窩那的人管它叫「新威尼斯」。在破爛不堪的房屋和污穢的院落中間，偶爾可見一座陰森森的舊宮殿，煢煢孑立於兩條臭水溝之間，顯出一副努力保持昔日的尊嚴卻明知無望的孤獨淒涼神氣。他知道，有一些僻街陋巷，是盜賊、殺人兇手和走私犯的臭名昭著的巢穴，另外一些只是貧困淒慘的破屋罷了。

那個水手在一座小橋旁停下了腳步，環顧四周，發覺沒人注意到他們。隨後他們走下石砌的臺階，來到一個窄窄的碼頭上，橋下有一隻骯髒破敗的小船，他厲聲命令亞瑟跳進船艙下來，他也坐到船上，開始向港灣的出口划去。亞瑟躺在濕漉漉並漏水的船板上一動不動，那人扔在他身上的衣服遮蓋住他，他從這些衣服下面窺視著那些熟悉的街道和房屋。

他們很快就過了橋，隨後進入了一段運河，這裡就是城堡的護城河。高大的城牆矗立在水邊，牆基十分寬，越往上越窄，頂端是肅穆的塔樓。幾小時以前，塔樓在他看來是多麼強大，多麼可怕！現在——

他躺在船底輕聲地笑了。

「別出聲，」那個水手小聲說道：「把頭給蒙住！我們就快過海關了。」

亞瑟拉過衣服蒙在頭上。又往前划了幾碼，小船停在用鏈子鎖在一起的一排桅杆前。這些桅杆橫陳於運河河面上，擋住了海關與古堡城牆之間狹窄的水路通道。一位睡眼惺忪的官員打著哈欠走了出來，他提著燈籠在河邊低下。

「請出示護照。」

水手把他的正式證件遞上去。亞瑟在衣服下面憋得幾乎窒息了，但仍屏息靜聽。

「深更半夜才回船上去，可揀了個好時候啊！」那個海關官員抱怨說：「在外頭痛痛快快地玩了一陣子吧？船上裝的是什麼？」

「舊衣服，撿的便宜貨。」他拎起那件馬甲給他看。那位官員擱下燈籠，俯下身體，瞪大眼睛想看個究竟。

「我看沒事了，你可以過去了。」

他抬起柵欄，小船慢慢地划進漆黑動盪的海水裡。划了一段距離，亞瑟坐了起來，撥開了衣服。

「那條船就是。」水手默默地划了一程之後，低聲說道：「坐在我背後，別出聲。」

他邊爬邊小聲地罵罵咧咧，責怪那個初次航海的人笨手笨腳，其實亞瑟天生動作敏捷，大多數人處在他的情況下要比他更爲笨拙。

他們安全地上了船。然後很謹慎地從黑乎乎的巨大纜索和機器之間爬了過去，然後到達一個艙口前，那個水手輕輕地掀起艙底。

「下去！」他低聲說道：「我去去就回。」

那個船艙底不僅潮濕、黑暗，而且臭不可聞。起初，亞瑟差一點被那生皮和腐敗油脂的臭味噎住，本能地抽身後退。隨之，他想起了那個「懲罰牢房」，便聳一聳肩膀，順著梯子爬下去。看起來生活不管在哪裡都是一樣：醜惡腐敗，毒蟲成災，充滿可恥的隱秘和黑暗角落。儘管如此，生活依然是生活，他必須好好地活下去。

過了幾分鐘，水手走了回來，手裡提著一件東西。由於光線很暗，亞瑟看不清是些什麼。

「喏，把錶和錢給我。快些！」

亞瑟是在暗處，居然趁勢扣下了幾個硬幣。

「你得給我弄點吃的，」他說：「我就快餓死了。」

「我帶來了，拿去吧。」水手拎給他一隻水壺、一些餅乾和一塊鹹肉。「你聽著，明天早晨海關官員來檢查的時候，你必須藏在這只空酒桶裡。在我們出海以前，你要像一隻老鼠那樣安靜，該出來的時候，我自會叫你；要是讓船長看見，你可就要吃苦頭了——就是這些！把喝的放好了嗎？晚安！」

艙蓋合上了，亞瑟把那寶貴的「喝的東西」放到一個安全地方，爬上一個油桶，吃起鹹肉和餅乾來。然後，他縮成一團，睡在骯髒的地板上，他第一次沒有禱告就讓自己睡覺了。

黑暗中，老鼠在他周圍跑來跑去，連續發出的雜訊、貨船的顛簸和令人作嘔的油臭，還有明天可能暈船的憂慮，這些全都沒有讓他睡不著。這一切他都不管不顧了，就像他對昨日還當作神來崇拜的那個打碎的、失去尊嚴的偶像一樣，不管不顧了。

這種常人難以承受的磨難使亞瑟失去了年少的輕狂和盲目崇拜。這種痛苦的經歷，使他變得成熟起來，他揭開了他往日崇拜的神靈虛僞的面紗，此時此刻，亞瑟決心改變自己，決心爲拯救受苦受難的世人而毅然獻出自己的一切。

SECTION 2

重生

chapter 1

牛虻

一八四六年七月的一個晚上，幾位熟人聚集在佛羅倫斯的法布列齊教授家裡，探討以後開展政治工作的計畫。

他們中間有幾個人是馬志尼黨人。在他們看來，只有建立一個民主共和國和一個聯合的義大利，他們才會心滿意足。剩下的人當中有君主立憲黨人，還有各式各樣程度不同的自由主義分子。但是在一點上他們是相同的，那就是對塔斯加尼公國的報刊審查制度的不滿。

享有盛名的教授們在召集會議時曾經希望，各方代表能存異求同，至少在這一問題上能平心靜氣地進行一個小時的探討。

教皇庇護的新九世在即位之時，頒發了公開的大赦令，決定釋放教皇領地內的政治犯。雖然時間剛過了兩個星期，由此引發的自由主義狂潮已經席捲整個義大利。在塔斯加尼公國，連政府都顯然受到了這一驚人事件的影響。在法布列齊和幾位佛羅倫斯的名流看來，這是大膽改革新聞出版法的一個良機。

「當然了，」這個話題一經提出，戲劇家萊伽曾說：「除非我們可以修改新聞出版法，否則就不可能創辦報紙。我們根本沒有必要辦報，然而，我們或許能通過報刊審查制度出版一些小冊子。我們動手越早，出版法的修改就越快。」

時下這位戲劇家正在法布列齊教授的書房裡，對自由主義作家所應採取的方針進行闡述。

「毋庸置疑。」一位頭髮花白的律師插進來，慢悠悠地說：「這一推進革新的大好機會稍縱即逝，我們必須抓住。可是我懷疑出版小冊子的好處，該做法只會惹怒政府，使它感到恐懼，不能把它爭取到我們這邊來，而這一點才是我們真正的目標所在。一旦當局將我們視爲危險人物，只會搞些煽動活動，那麼我們就失去了爭取政府幫助的機會。」

「那麼，您有何高見呢？」

「請願。」

「是向大公爵請願嗎？」

「對，要求他們放寬新聞出版自由。」

倚窗坐著一個人，目光敏銳，皮膚黝黑；他扭過頭，笑了起來。

「請願嘛，你會有好果子吃的！」他說：「我原以爲倫齊一案的教訓會給大家警醒，再也不會重蹈覆轍了呢。」

「親愛的先生，對於阻止引渡倫齊的失敗一事，我和你一樣深感遺憾，不過實話實說──我無意冒犯任何人的感情，我還是以爲這件事之所以失敗，原因就在於我們當中有些人缺乏耐心，言行過激，故而，我不禁懷疑……」

「每個皮埃蒙特人都會這樣，」那個黑臉漢子將他的話突然打斷，「誰有過激言行！誰缺乏耐心！我們遞交的一連串請願書都是和風細雨，除非你能從中挑出毛病來。在塔斯加尼和皮埃蒙特，這或許算言行過激，可在我們那不勒斯人看來，這算不了什麼。」

「所幸的是，」那位皮埃蒙特人坦率地說道：「那不勒斯的過激言行只存在於那不勒斯。」

「得，得，先生們，到此為止吧！」法布列齊教授插嘴道：「那不勒斯的風俗習慣有其特別之處，皮埃蒙特人的風俗習慣亦有其長處，然而我們現在是在塔斯加尼，塔斯加尼的風俗習慣是就事論事。格拉西尼贊同請願，蓋利的主張則與之相左，列卡陀醫生，請問您有何高見？」

「我看請願沒有什麼不好，如果格拉西尼起草了一份請願書，我會欣然簽名，可是我以為應該雙管齊下。為什麼我們不能既去請願又去出版小冊子呢？」

「理由很簡單，那些小冊子會使政府反感，進而不准許我們的請願。」格拉西尼說。

「反正政府不會做出妥協。」那位那不勒斯人起身走到桌旁，「先生們，你們採取的辦法是錯誤的，迎合政府毫無益處，我們必須要做的事情就是喚醒民眾。」

「說起來容易，做起來可就難啦。你計畫從何下手？」

「還用得著問蓋利！他自然會先把檢察官打得頭破血流。」

「不會的，我絕對不會那麼做，」蓋利毅然說道：「你老是以為南方人只相信冰冷的鐵棍，而不相信說理。」

「那好，你有什麼建議呢？噓！注意了，先生們！蓋利有個提案要奉獻出來。」

所有的人原本都三三兩兩地分頭開著小會，這時都圍到了桌邊側耳聆聽。蓋利急忙將雙手舉起進行解釋：

「不，先生們，這算不上提案，僅是一個提議而已。大家對新教皇的即位歡欣不已，在我看來，這裡面危機四伏，民眾都好像認爲，既然教皇已經制定好了一個新的方針，而且頒佈了大赦，我們——我們大家，整個義大利——只需投入他的懷抱，他就會把我們帶進樂土。現在我和大家一樣，對教皇的舉動表示欽佩，大赦的確是一個壯舉。」

「我相信教皇陛下聽到您的讚美，一定會感到受寵若驚的！」格拉西尼鄙夷地說道。

「行了，格拉西尼，讓他把話說完！」列卡陀也插了一句，「要是你們不像貓和狗一樣見面就咬，那真是一件天大的怪事。繼續往下說，蓋利！」

「我想說，」那位那不勒斯人接著說道：「教皇陛下的良苦用心是毫無疑問的，可是他將把他的改革成功地推進到什麼程度，就另當別論了。就現在來說，一切都還很平靜，在一兩個月內，義大利全境的反動分子都將會偃旗息鼓，他們會等著大赦產生的這股狂熱勁兒過去，可是他們不大可能束手就擒，眼看著別人奪走他們手中的權力。依我之見，今年冬天過不了一半，耶穌組織會、格里高里派、聖信教會的教士們和他們的爪牙走狗，就會跟我們搗亂，施展陰謀詭計，將他們不能收買的人置於死地。」

「很有可能。」

「得啦，我們要麼坐在這裡束手就擒，謙恭地送去請願書，直到拉姆布魯斯契尼和他的黨羽說服了大公爵，把我們一起交給耶穌教派管制，也許還會派幾名奧地利騎兵在街上巡邏，使我們俯首貼耳呢；要麼搶先下手，利用他們暫時失勢的機會，先發制人。」

「請先告訴我們，你建議怎樣出擊？」

「我提議我們著手組織反耶穌組織會的宣傳和鼓動工作。」

「實際上就是用小冊子宣戰嗎？」

「不錯，我們要揭露他們的陰謀，戳穿他們的詭計，號召民眾團結起來去攻擊他們。」

「可是這裡並沒有我們要揭穿的耶穌組織會教士。」

「沒有嗎？等上三個月，你再看看會有多少吧，那時候要想把他們趕出去可就太晚了。」

「要想真正喚起全城民眾反對耶穌教派，那就必須直言不諱；如果這樣做，你怎樣躲避審查制度呢？」

「我才不想逃避呢，我要挑戰審查制度。」

「那麼你要匿名印刷小冊子？好倒是好，可事實上，我們早已經看到了很多秘密出版物的後果，我們清楚——」

「我不是這個意思。我要公開出版小冊子，印上我們的姓名和住址，他們要是敢起訴我們，就讓他們起訴好啦。」

「這個計畫荒唐到了極點，」格拉西尼高聲叫道：「這簡直就是把腦袋送進獅子的嘴裡，純粹是胡來。」

「呵，你用不著擔心！」蓋利尖刻地打斷他的話，「為了我們的小冊子，我們不會讓你去坐牢的。」

「住嘴，蓋利！」列卡陀說道：「這不是一個是否擔心的問題，如果坐牢管用的話，我們都會像你一樣準備去坐牢。但是無謂的冒險則是幼稚之舉。我個人對這一個提議要做一點修正。」

「那好，怎麼說？」

「我以為我們或許可以想出辦法來，我們可以想辦法小心地與耶穌教派進行鬥爭，而不同審查制度發生衝突。」

「我看不出你怎麼才能做到這一點？」

「我認爲可以採用拐彎抹角的形式，掩藏我們必須表達的意思——」

「那樣就審查不出來？然後你就指望每一個貧苦的手藝人和賣苦力的人靠他們的無知和愚笨讀懂其中的意思？這聽起來根本行不通。」

「馬蒂尼，你有什麼看法？」教授轉身問坐在旁邊的那個人。此人五大三粗，蓄著一把棕色的大鬍子。

「我看在我有更多的事實作依據之前，以保留意見爲好。這個問題要不斷探索，視其結果而定。」

「你呢，薩康尼？」

「我倒想聽聽波拉夫人有什麼話要說，她的提議總是非常寶貴的。」

大家都轉向屋裡唯一的女性。她始終坐在沙發上，一隻手托著下巴，靜靜地聽著別人的討論。她有一雙深邃、嚴肅的黑眼睛，可是她現在抬起頭來的時候，眼裡顯然流露出頗覺有趣的神情。

「恐怕我不敢苟同大家的意見。」她說。

「你總是這樣，最糟糕的是你總是有理。」列卡陀插嘴說。

「我以爲我們的確應該和耶穌組織會教士展開鬥爭，如果我們使用這種武器不行，那麼我們就使用另一種武器。但是光靠針鋒相對不行，那是一件軟弱無力的武器，躲避審查又是一件很麻煩的武器，至於請願，那更是小孩子的玩意兒。」

「夫人，」格拉西尼神色莊重地插嘴道：「我期望你不是採取諸如——諸如暗殺這樣的舉措吧？」

馬蒂尼捋一捋他的大鬍子，蓋利不客氣地咯咯笑著。就連那位一向矜持的夫人也忍不住微微一笑。

「信任我，」她說：「即便我狠毒到想得出這種主意，也還不至於如此幼稚，拿到這兒來大談特談。但是，我所知道的最厲害的武器就是冷嘲熱諷，如果你能夠把耶穌會教士描繪得滑稽可笑，讓民眾都嘲笑他們和他們的主張，那麼你不用流血就把他們征服了。」

「就此而言，我相信你是對的，」法布列齊說道：「可是我看不出怎樣才能做到這一點。」

「我們爲什麼就不能做到這一點呢？」馬蒂尼問道：「一篇諷刺文章要比一篇嚴肅的文章更有機會通過審查；而且，假如非得遮遮掩掩不可，比之於科學或經濟學論文，一般讀者更能從一則顯然荒唐的笑話裡看出雙關的意義。」

「夫人，你是提議我們應該發行諷刺性的小冊子，或試辦一份滑稽小報嗎？我敢打包票，審查官們是絕不會允許後一種嘗試的。」

「確切地說，這兩種都不符合我的意思。我相信，印一些用散文或詩歌寫的小傳單，廉價出售，或者在街頭免費散發，那是很有用的。假如我們能找到一位聰明的畫家，能領悟文章精神，我們就給它們配上插圖。」

「假如能夠做成這件事，這倒是一個絕妙的主意。不過，不做則已，要做就一定得做好。我們需要一位一流的諷刺家，這樣的人我們去哪裡找呢？」

「瞧瞧，」萊伽補充說：「我們當中大多數人都是嚴肅的作家，雖然我尊敬在座的各位，如果要大家強作幽默狀，就好比叫大象跳塔倫台拉舞呢。」

「我絕不是要大家一哄而上都去幹外行工作，我的意思是，我們應該設法找一個真正有天分的諷刺家——在義大利，這樣的人肯定找得到——並且主動向他提供所需的資金。當然啦，對這個人我們必須瞭解透澈，確保他能按照我們同意的方針工作。」

「可是我們上哪兒去找呢？真正具有才幹的諷刺作家真是鳳毛麟角。裘斯梯不會接受的，他忙得很，倫巴第倒是有一兩位好手，可惜他們只用米蘭方言寫作——」

「另外，」格拉西尼說道：「我們可以用別的更好的辦法影響塔斯加尼人。我敢斷言，如果我們把這個事關公民自由和宗教自由的嚴肅問題視若兒戲，我敢確定別人至少會以爲我們缺少政治策略和才幹。佛羅倫斯不像倫敦一樣是片荒蠻之地，只知道辦工廠賺大錢，也不像巴黎一樣，是紙醉金迷的場所，它是一個有著光榮歷史的城市——」

「雅典也一樣，」她微笑著打斷他的話，「可是它『因爲臃腫而顯得麻木不仁，需要一隻牛虻（注：昆蟲綱雙翅目虻科。夏季常出沒於水濱。雄虻吸食植物汁液，雌虻則吸食牛、馬血液，對牛、馬家畜為害甚大。）來刺醒它』——」

列卡陀拍了一下桌子：「是啊，怎麼就沒想到牛虻呢？他不正是我們要找的人嗎？」

「他是誰啊？」

「牛虻──費利斯．列瓦雷士。你對他沒有印象嗎？就是穆拉托里隊伍中的那個人，三年前從亞平寧山區下來的。」（編按：「牛虻」一詞源出希臘神話，天后嫉妒丈夫宙斯愛上少女安娥，便放出牛虻來日夜追逐已變為牛的安娥，使她幾至發瘋。希臘哲學家蘇格拉底便把自己比喻為牛虻，甘冒天下之大不韙，對當時社會的弊端實行針砭，即使為此而死也在所不惜。伏尼契以「牛虻」作為亞瑟的新名，即意味他將是一個堅定的反教會統治的革命者。）

「噢，你是知道那幫人的，不是嗎？我記得他們去巴黎的時候，你還送了他們一程哩。」

「不錯，我去了里窩那，送列瓦雷士動身去馬賽。他當時不願意留在塔斯加尼，他說，起義失敗了，留在這兒除了放聲喧嘩沒有別的事可幹，倒不如去巴黎。毫無疑問，他跟格拉西尼先生的見解一致，認爲塔斯加尼這地方讓人笑不出來。不過，我相當有把握，只要我們邀請他，他是會回來的，因爲在義大利又可大幹一番了。」

「他叫什麼名字來著？」

「列瓦雷士。我想，他是巴西人吧，至少，我知道他在那兒待過。在我見過的人中，他算是一個十分機智的人。天曉得，我們在里窩那的那一個星期，無論如何都高興不起來，一看見蘭姆勃契尼，就叫人傷心死了，但是只要有列瓦雷士在屋裡，我們就忍不住要笑，他那詼諧的談吐，簡直就是一團永遠噴不完的烈火。他臉上還有一處醜陋的刀傷，我記得還是我替他縫合了傷口。他是個古怪的人，可是我確定就是由於有了他，有他胡說八道，有些可憐的小夥子才沒有真的垮下來。」

「他不就是那個在法國報紙上用『牛虻』做筆名，發表政治諷刺文章的人嗎？」

「是的，他寫的大多是短小精悍、內容滑稽的小品文。亞平寧山上的走私販子知道他舌頭厲害，給他送了個綽號『牛虻』，他就把這個綽號當筆名了。」

「我對這位先生有點認識。」格拉西尼用他那慢條斯理的聲調插進來說：「我無法說我所聽到的都是稱讚他的話，雖說他的確具有某種嘩眾取寵的小聰明，但我認爲他的才能被說得太神乎其神了，他可能不乏敢打敢拼的勇氣，但我相信他在巴黎和維也納的名聲不能說是白璧無瑕。他彷彿是一個經歷過——呃——許多奇遇的人，況且身世不明。

「據說杜普雷探險隊本著慈善之心，在南美洲熱帶某個地方收留了他，當時他像個野人，潦倒落魄的程度令人難以想像。我相信，他對自己落到那步田地，從沒做出過令人滿意的解釋。至於說亞平寧山的那次起義，毋庸諱言，參與那個不幸事件的，三教九流，什麼人都有。據說在波淪亞被處決的那幾個人是一夥亡命之徒，僥倖逃脫的人當中，大多數人的品格不值得一提。當然，其中也的確有少數幾個是具有高尚品格的——」

「他們當中有些人還是在座幾位的至交呢！」列卡陀聲音裡滿含怒氣地插嘴說：「置身事外，雞蛋裡挑骨頭倒是很好的，格拉西尼，但是那些所謂的亡命之徒是爲他們的信仰而捨生的，這就比你我到現在爲止所幹的事要偉大多了。」

「下次你再聽到有人對你講起這種巴黎的風言風語，」蓋利補充說：「你不妨告訴他們，就我所知，他們有關杜普雷探險隊的說法是完全錯誤的。我跟杜普雷的助手馬特爾有私交，從他那裡瞭解到了事情的真相。他們發現列瓦雷士流落到那裡，確有其事，他在爭取爲阿根廷共和國獨立的戰鬥中被俘，但逃了出去。他喬裝各種各樣的人，在那個國家四處漂泊，企圖回到布宜諾斯艾利斯。要說是出於慈善之心才收留了他，那就純屬杜撰了。他們的翻譯生病了，不得不被送了回去，那些法國人誰都不會說當地的語言，於是請他當翻譯，他和他們一起待了三年，考察了亞馬遜河的支流。馬特爾告訴我，要是沒有列瓦雷士，他們根本不可能完成那次探險。」

「不管他是什麼人，」法布列齊說道：「他肯定具有過人的本領，不然他就不會受到兩位老練的探險家注目，況且他的確受到了他們的注目。夫人，你有什麼想法？」

「我對這樁事一無所知。他們從塔斯加尼逃亡出去的時候，碰巧我去了英國。可是我認為，假如跟他在蠻荒的國度探險三年的同志和跟他一起起義的同志對他評價很高，那就是一份很有分量的推薦書，足以抵消那些無稽的街談巷議了。」

「至於他的同志對他的看法，那沒有什麼好說的。」列卡陀說道：「從穆拉托里和柴姆貝卡里，到最粗魯的山民，都對他極為崇敬；他跟奧爾西尼私交也很深。另外，關於他在巴黎的情況，的確不斷傳出不是太好的無稽之談，然而，一個人要是不想樹敵太多，那麼他就不會成為一個政治諷刺家。」

「我記得不是特別清楚，」萊伽插嘴道：「但是那些人經過這裡逃走的時候，我記得好像見過他一面，他是不是駝背或是佝僂著腰什麼的？」

教授已經拉開了寫字檯的抽屜，正在翻著一堆資料。

「我這裡放著警察通緝他的告示，」他說：「你們大概都還記得，他們逃進山裡躲起來以後，警察局給他們畫像，到處張貼，而且紅衣主教——那個渾蛋叫什麼來著？——斯賓諾拉，還懸賞要他們的腦袋呢。」

「提起警察局這張告示，我倒想起列瓦雷士的另外一個神奇故事來了。當他穿上當兵的舊軍裝到處流浪，喬裝成在執行任務時受傷的騎兵，想要尋找他的同伴時，他居然讓斯賓諾拉的搜查隊允許他搭乘便車，還在一輛馬車上坐了一天。

「他跟他們講了許多驚險的故事，說他如何被叛亂分子俘虜，給拖進他們山上的巢穴，還說他如何受盡折磨。搜查隊員把那張告示拿給他看，他就對他們胡編了一通瞎話，大談『他們稱作牛虻的惡魔』。到了半夜，等他們都睡熟了，他就把一桶水倒在他們的火藥上，口袋裡裝滿給養和彈藥溜之大吉——」

「噢，就是這個，」法布列齊大聲說：「『費利斯．列瓦雷士，綽號牛虻。年齡，三十左右；籍貫和家世，不詳，可能爲南美洲；職業，新聞記者。身材矮小，黑髮，黑鬍，皮膚黝黑，藍眼睛，寬額大顙、鼻子、嘴和下巴——』喔，在這兒：『特徵：右腿瘸，左臂扭曲，左手缺二指，臉上有新刀傷疤痕，口吃。』另外還有一條注釋：『槍法極精；追捕時務必小心。』」

「搜查隊掌握他這麼詳細的特徵，他居然還能騙過他們，真是讓人敬佩。」

「他能化險爲夷，全憑的是非凡的膽量。只要搜查隊起半點疑心，他就沒命了。可是每當他裝出一副無話不說的純真模樣時，什麼難關他都能闖過去。好了，先生們，你們覺得這個提議怎麼樣？看來在座的人當中有不少認識列瓦雷士。我們是不是向他表示，我們很願意請他到這裡幫忙呢？」

「在我看來，」法布列齊說道：「我們不妨先向他試探一下，看他是否願意考慮我們這個計畫。」

「噢，你放心好了，只要是與耶穌會教士鬥，他肯定願意參加。他是我見過的反對教士最激烈的人，事實上，他在這一點上態度非常堅決。」

「那麼，就由你給他寫信好嗎，列卡陀？」

「那是當然的了。讓我想想，現在他會在什麼地方呢？我想是在瑞士吧，他是哪兒也待不住的人，老是到處流浪，可是至少小冊子的問題——」

隨即他們進行了一番長久而熱烈的討論。等到與會的人最終散去的時候，馬蒂尼走到那個沉默寡言的年輕婦人面前。

「我送你回家吧，瓊瑪。」

「謝謝，我想和你說件事。」

「是地址出了岔子？」他輕聲問道。

「並不那麼嚴重，可是我以為應該做點更正，這個星期有兩封信被扣在郵局，信都不怎麼重要，或許是事出意外吧。可是我們可不能冒險，一旦警方開始懷疑我們任何一個地址，我們就得趕緊更換。」

「這事我們明天再談，今天晚上我不想和你談正事，你看上去有點累了。」

「我不累。」

「那就是心情不好了。」

「噢，不是，沒有什麼特殊的事。」

chapter 2 魔鬼化身

「夫人在家嗎，凱蒂？」

「在的，先生，她正在梳妝，請您去客廳等吧，她一會兒就會下來。」

凱蒂以德文郡女孩特有的歡快友好態度把客人迎進門。

馬蒂尼是她特別喜歡的一位客人，他講的英語自然帶點外國口音，不過得說已經講得挺不錯了。他不像別的客人那樣，一坐下來就扯開嗓門兒高談闊論，不顧女主人疲倦與否，直至深夜。

此外，他曾到過德文郡，幫助女主人排憂解難。那會兒她的小孩死了，丈夫也生命垂危，從那時起，凱蒂就把這位身材高大、手腳笨拙、少言寡語的人幾乎當作是這個家裡的成員，就像現在蜷伏在他膝上的那隻懶洋洋的黑貓一樣。

帕什特則把馬蒂尼看作一件很有用的傢俱。這位客人從來不踩牠的尾巴，也不把煙噴進牠的眼睛裡，或者尋釁挑逗跟牠過不去。他的一舉一動都很有紳士風度：給牠提供舒適的膝蓋，讓牠趴在上面打呼嚕，吃飯的時候，從不會忘記把魚賞給牠吃一點。

他們之間的友誼由來已久了。在帕什特還是個小貓的時候，女主人臥病在床，無暇顧及牠，牠便被裝進籃子，在馬蒂尼的照料下從英國來到這裡。從那以後，漫長的時間使牠確信，這個像熊一樣笨拙的人，不是一個只可以同甘不可以共苦的朋友。

「你們倆看上去十分愜意，」瓊瑪走進屋子說道：「別人會認為你們這樣安頓下來，是要消磨這個晚上呢。」

馬蒂尼把貓小心翼翼地從膝頭抱起來。「我來早了一點，」他說：「想趁我們出發前，讓你給我準備點兒茶點。那邊的人一定多得要命，格拉西尼不會給我們準備什麼像樣的晚餐——身居豪宅的人從來不會。」

「得啦！」瓊瑪笑著說：「你講話像蓋利一樣刻薄！可憐的格拉西尼，就算他的妻子不善持家而遭不幸，他自己的不幸也夠多的了！茶一會兒就好，凱蒂還專門為你做了一些德文郡的小餅。」

「凱蒂是個好人，帕什特，對嗎？噢，你終於把這件漂亮裙子穿上了。我還怕你忘記穿呢？」

「我不是答應過要穿嘛，儘管今晚熱，穿著不舒服。」

「到了菲索爾，天氣就會涼下來的，沒有什麼比白羊絨衫更適合你了。我還給你帶來了一些鮮花，與它很般配。」

「噢，多麼可愛的玫瑰啊，我太喜愛了！最好還是把它們放入水裡，我不喜歡戴花。」

「瞧！你那迷信的怪念頭又來了。」

「不，不是，只是我以爲整個晚上陪伴我這麼一個悶聲悶氣的人，他們會覺得無聊的。」

「今天晚上恐怕我們大家都會覺得厭倦，這個晚會肯定乏味極了。」

「爲什麼？」

「大概部分原因是格拉西尼碰到的東西就會變得跟他一樣乏味。」

「話不要說得這樣刻薄。我們馬上就到人家家裡做客了，說這種話是不厚道的。」

「你總是對的，夫人。那好，之所以無聊，是由於有趣的人有一半不去。」

「這是怎麼回事？」

「我不知道，到別的地方去啦，生病啦，或是出於其他什麼原因。不過，不管怎麼樣，那裡總會有兩三位大使，幾位德國學者，一幫照例有的不三不四的旅遊者、俄國王公和文學俱樂部成員，以及幾個法國軍官等；我誰也不認識——自然，除了那位新來的諷刺作家之外，他會是今晚備受矚目的焦點。」

「新來的諷刺作家？是列瓦雷士嗎？我原以爲格拉西尼對他很不贊成呢。」

「那是，但是那個人一旦到了這裡，人們一定會談起他來，因此格拉西尼自然想讓他的家成爲名士初次露面的地方。你放心好了，列瓦雷士還沒有聽到格拉西尼對他不贊成的話，不過，他也許已經猜到了，要知道，他這個人是非常敏感的。」

「我甚至都不清楚他已經到了。」

「他是昨天才到的。茶來了，別起來了，讓我去拿茶壺吧！」

在這間小書房裡，他始終那樣幸福。馬蒂尼感到無比的快活。瓊瑪的友誼，她在不知不覺中對他產生的魅力，她那質樸坦誠的同志之情，這一切都是他那並不輝煌的一生中最輝煌的事物。

每當他覺得異乎尋常地鬱悶時，他就會在工作閒暇時來到這裡，坐在她的身邊。他經常是一句話也不說，看著她低頭做著針線活或者斟茶。她從來都不問他遇到了什麼麻煩，也不會用言語表示她的憐憫，可是在離去時，他老是覺得更加堅強，更加平靜，彷彿他常對自己說的那樣，覺得他能「非常體面地熬過另外兩個星期」。

她具有一種體恤他人的罕見才能，雖然她自己並不覺得。兩年前，他的知心朋友們在卡拉布里被人出賣了，像狼一樣慘遭屠殺的時候，也許正是她的堅強信心才把他從絕望中拯救出來。

星期天的早晨，有時他會進來「談談正事」。這指的是與馬志尼的黨派的具體工作有關的任何事情，因爲他們兩人都是該黨積極而忠誠的黨員。那時她就會變成一個完全不同的人：敏銳，冷靜，思維嚴密，一絲不苟，完全投身其中。

僅僅見過她從事政治活動的人，都把她看作一個訓練有素、遵守紀律的革命家，是一個值得信賴、勇敢無畏、各方面堪爲楷模的黨員，但是缺乏人情和個性。

「她生來就是一位革命黨人，抵得上我們十幾個人，僅此而已。」蓋利曾經這麼評價她。馬蒂尼所瞭解的這位「瓊瑪夫人」，別人是很難理解的。

「呃，你們那位『新來的諷刺作家』是什麼樣子？」瓊瑪打開食品櫃時，回頭望著馬蒂尼說：「你瞧，西薩爾，這是給你的麥芽糖和蜜餞罐頭，我納悶爲什麼幹革命的男人都那麼喜歡吃糖。」

「別的男人也喜歡吃糖，只不過他們愛面子，不肯承認罷了。那位新來的諷刺作家嗎？噢，他是尋常女人見了著迷，而你會感到厭惡的那種人。他這個人特別擅長講出尖酸的話來，帶著一副無精打采的樣子闖蕩世界，身後跟著一個跳芭蕾舞的漂亮女孩。」

「真有一位跳芭蕾舞的女孩嗎？你不會是因為生氣，也想學著說刻薄的話吧？」

「天曉得！我幹嘛要看著不滿意呢，跳芭蕾舞的女孩確有其人，對那些喜歡風騷潑辣的美女的人來說，長得漂亮也確有其事；不過，我個人並不這樣看，據列卡陀說，她是個匈牙利吉普賽女郎，出身於加里西亞的地方戲院。他顯得十分坦然，老是把她介紹給別人，彷彿是他一個未出嫁的小女孩。」

「這樣才公平啊，如果是他把她從家裡帶出來的話。」

「你可以這麼看，親愛的夫人，可是社會上並不這麼看。我想，他把這個女人介紹給別人的時候，大多數人會很生氣，因為他們知道那是他的情婦呀！」

「除非他告訴了他們，否則他們怎麼能清楚呢？」

「那是明擺著的，你只要跟她一見面就明白了。不過我倒認為，他膽子再大，也還不敢公然把她帶到格拉西尼家裡。」

「他們不會接待她的，格拉西尼夫人這樣的人不會做出有違風俗的事情。好啦，我要瞭解的是作為諷刺作家的列瓦雷士，而不是他的個人情況。法布列齊告訴我，他已經回信並表示同意擔負起抨擊耶穌教派的使命了，這是我聽到的最後消息。這個星期我實在太忙了。」

「我不清楚我還能告訴你多少情況，在錢的問題上好像沒有什麼困難，我們原先還擔憂這一點呢。他很有錢，他願意工作而不計報酬。」

「這麼說來，他有一筆私人財產了？」

「他明顯是有的，雖然看似有些奇怪──那天晚上在法布列齊家裡，你聽說過杜普雷探險隊發現他時他的境況，但是他持有巴西某地礦山的股票，而且他作爲一名專欄作家，在巴黎、維也納和倫敦都非常成功。他好像精通六七種語言，就是在這裡也無法阻止他跟各地報紙保持聯繫。寫文章抨擊耶穌教派不會占去他的全部時間。」

「那當然。該動身了，西薩爾。哦，我還是把花戴上吧，請等我一下。」

她跑上樓去，回來的時候已在裙子的前襟別上了玫瑰，頭上還圍著一條鑲有西班牙式黑邊的長圍巾。馬蒂尼以藝術家的讚許目光打量她。

「你看起來像個女王，我尊貴的夫人，像偉大而聰慧的示巴女王（編按：又譯席巴女王，統治非洲東部示巴王國，與所羅門王同年代。）。」

「這話說得也太不客氣了！」她笑著反駁道：「你知道，我爲了把自己裝扮成一個典型的上流貴婦費了多少心思！難道要一個地下革命者看起來像示巴女王？那並不是擺脫暗探的辦法呢。」

「就算是你刻意去模仿，你也永遠學不了那些愚蠢的社交名媛。但是話說回來，這也沒有多大關係，你太漂亮了，暗探們是不可能猜到你的政治觀點的。即使這樣，你也不會一個勁兒地傻笑，而且用扇子掩住自己，就像那位格拉西尼夫人那樣。」

「得啦，西薩爾，就別再挖苦那個可憐的女人了！喏，再吃點兒麥芽糖壓一壓火氣吧。你準備好了嗎？我們動身吧。」

正如馬蒂尼所言，晚會上既擁擠又乏味。那些文人彬彬有禮地聊著天，看起來確實沒意思。那些「不三不四的旅遊者」和「俄國王子」在屋裡踱來踱去，相互打聽誰是名人，並假裝斯文，找人攀談。

格拉西尼接待客人的矜持態度，就像他那雙擦得晶亮的靴子一樣，但一見瓊瑪，他那冷冰冰的面孔便頓時放出光彩。

他並非真的喜歡她，其實他私下裡見到她時還有點兒發怵，但是他意識到，如果沒有她，他的客廳裡就會缺少一個引人注目的人物。他在事業上已經攀升到很高的地步，現在他已經富有了，也有了名聲，他主要的雄心壯志就是讓他的家成爲開明人士和知識分子聚集的中心。

他在年輕的時候做了一件錯事，就是娶了這麼一個拿不上場面、穿著花哨的女人，談吐粗俗，風姿不存，根本不配做這樣一個大型文藝沙龍的女主人。只要他能說服瓊瑪來參加，他就覺得這次晚會一定會成功。她那種嫻靜優雅的風度會讓客人感到無拘無束。在他的想像中，她來了之後，就能夠掃除屋子裡的這種俗不可耐的氣氛。

格拉西尼夫人熱情地歡迎瓊瑪，並對她耳語道：「你今晚看上去真迷人！」與此同時，她還不懷好意，帶著挑剔的目光端詳她那件白羊絨衫。

她對這位女客懷有宿怨，她所恨的正是馬蒂尼所愛的東西。她恨她那安詳而堅強的性格，恨她那莊重而誠摯的率直，恨她那沉穩的心態和臉上的表情。

當格拉西尼夫人討厭一個女人時，她是用溢於言表的熱情表現出來的。瓊瑪對這套恭維和親熱抱著姑且聽之的態度。所謂的「社交」，在她看來是一件膩味而不愉悅的任務，但是倘若不喜歡引起暗探注意，一名革命黨人又不得不有意識地完成這樣的任務，她把這當作和用密碼書寫的繁重工作同類的事情。

她清楚穿著得體所贏得的名聲十分可貴，這會使她基本上不受到懷疑，所以她就認真地研究時裝畫片，正如她研究密碼一樣。

聽到有人提到瓊瑪的名字，那些悶悶不樂、百無聊賴的學者名流立刻來了精神。他們很願意和她交往，尤其是那些激進的新聞記者，他們立即從屋子另一頭蜂擁而來，把她團團圍住。然而她是一位練達的革命黨人，不會任憑他們擺佈，激進分子天天都可見到。

這會兒他們聚集在她周圍，而她則委婉地勸說他們各自去忙自己的正事，微笑著提醒他們不必在跟她談話上浪費時間，那邊還有很多旅遊者等他們指導呢。她就這樣把他們支開了。

她聚精會神地陪著一位英國議員，共和黨正急著爭取他的憐憫同情，她曉得他是一位金融方面的專家，她先是提了一個涉及奧地利貨幣的技術性問題，由此贏得了他的注意，而後她又機智地將話題轉到倫巴第與威尼斯政府財政收支的狀況上來。

那個英國人原以爲隨便閒扯一氣無聊得很，聽了這番話，不禁驚奇地看了她一眼，生恐自己落到一位女才子手裡。然而她落落大方，談吐不俗，於是他完全心悅誠服，而且和她仔細地討論起了義大利的金融問題。

格拉西尼帶著一個法國人來到她跟前，說是「要向波拉太太請教青年義大利黨歷史的一些情況」，那位議員先生惶惑地站起來，覺得義大利之所以民怨沸騰，其原因也許並不僅是他原先所想的那樣。

那天傍晚時分，瓊瑪溜到了客廳窗外的陽臺上，想在高大的山茶花和夾竹桃中間獨自待上幾分鐘。房間裡燥熱的空氣和川流不息的人群開始使她頭痛了。

在陽臺的另一端立著一行棕櫚樹和鳳尾蕉，一排百合花和別的花木將木桶遮掩住。這些花木構成了一道嚴密的屏風，屏風背後是一個僻靜的角落，從那裡可以俯瞰山谷對面的美景，石榴樹上一簇簇遲開的花朵垂吊在植物之間狹窄的縫隙邊。

瓊瑪便躲進了這個角落，希望沒有人猜得出她在哪裡，而且期望在她有足夠精神去應對那種要命的頭痛事情之前，能讓她休息一會兒，清靜一會兒。

柔和的夜晚靜悄悄的，美極了。然而一走出悶熱的房間，她就感到稍有些涼意，於是把那條鑲邊的圍巾裹在頭上。

不多時，涼臺上響起說話聲和腳步聲，由遠而近，把她從朦朧睡意中驚醒。她退縮進陰影裡，希望避開注意，再偷得幾分鐘安靜，以便使她那疲勞的腦子適於應付無聊的談話。

腳步聲停在那道屏風附近，這使她覺得很生氣。隨後格拉西尼夫人打住了她那尖細的聲音，不再無休止地鼓噪。

接著便響起一個男人的聲音，那聲音非常柔和悅耳，但其中夾雜著一種奇特的震顫的拖音，使得那甜潤的腔調大爲失色。這也許只是故意拿腔作調，但更可能是常常爲了矯正口吃才成這個樣子，總之叫人聽了很不舒服。

「你說她是英國人嗎？」那個聲音問道：「你說姓什麼來著——波拉？」

「對！她是喬萬尼．波拉的遺孀。三年前他死在英國——你不記得嗎？噢，我忘了——你過著那樣一種流浪四方的生活，我們不能奢望你清楚我們這個可憐的國家所有的烈士——這樣的人太多了！」

格拉西尼夫人嘆息了一聲，她在和陌生人說話時老是這樣，一副憂國憂民的愛國志士語氣，與寄宿學校女學生的派頭及小孩子撒嬌時的嗲氣奇妙地合而爲一。

「死在英國！」那個聲音重複道：「那麼他是避難去了？這個名字聽著很耳熟，他是不是跟早期的青年義大利黨有關係？」

「對，一八三三年不幸被捕的那批青年當中，他就是其中之一——你還記得那個悲慘事件？過了幾個月他被釋放了，但是兩三年後對他又下了逮捕令，於是他逃到英國。後來聽說他在那裡結了婚。那是一段很浪漫的戀情，可憐的波拉本來就是個浪漫的人嘛。」

「你是說隨後他就死在英國？」

「對，是死於肺病，他受不了英國那種可惡的氣候。在他臨死之前，她喪失了她唯一的孩子，小孩得了猩紅熱，慘哪，是嗎？我們大家都喜歡親愛的瓊瑪！她是有點兒矜持，可憐的人，你知道英國人都是這樣子，但我認爲是她那不幸遭遇使她變得鬱鬱寡歡，而且——」

瓊瑪站了起來，推開石榴樹的枝頭，這種拿她個人不幸當作談資四處散佈的行爲，是她所不能容忍的，因此走進亮光下時，她滿面怒容。

「啊！她在這兒呢！」女主人帶著一種令人欽佩的冷靜態度驚叫起來，「瓊瑪，親愛的，我還在奇怪你躲到哪兒去了呢。費利斯．列瓦雷士先生期望認識你。」

「看來此人就是牛虻了。」瓊瑪想道。她帶有一些好奇打量著他，他恭敬地向她深深施禮，但目光正從她的臉龐和身體上掃過。她覺得那對冷光逼人的眼睛似乎在審視她。

「你在這裡找到了一個其樂融融的角落。」他看著那道屏風感嘆道：「景色真美啊！」

「對，的確是個漂亮的地方。我出來就是爲了呼吸點新鮮的空氣。」

「這麼一個美妙的夜晚，待在屋裡似乎有點辜負仁慈的上帝了。」格拉西尼太太舉目望著星空說道。（她長著很好看的睫毛，總喜歡炫耀一下。）

「瞧哇，先生！只要我們親愛的義大利獲得自由，那不就是人間天堂了嗎？它也有這樣的花朵，這樣的天空，怎想得到它卻淪爲了奴隸！」

「況且還有這樣愛國的女士！」牛虻喃喃地說道，拖著柔和而又慵懶的聲音。

瓊瑪猛然一驚，回頭來看著他，他也太放肆了，這一點誰也騙不過。但是她低估了格拉西尼太太要別人奉承的胃口，那個可憐的女人嘆了一口氣，垂下睫毛。

「哎，先生，一個女人不會有多大作爲！或許有一天我會證明我不愧爲一位義大利人——誰清楚呢？現在我得回去盡我的地主之誼了，法國大使懇請我把他的養女介紹給這兒所有的名流，你真該進去看看她，她是一個非常迷人的姑娘。

「瓊瑪，親愛的，我帶列瓦雷士先生出來觀賞我們美麗的風光，我必須把他託付給你了。我知道你會關照他，把他介紹給每一個人的。啊！那個討人喜愛的俄國王子來了！你們見過他嗎？據說他深受尼古拉皇帝陛下的寵愛，他還在某個波蘭城鎮擔任過軍事指揮官，那個地名誰也叫不出來。多麼美妙的夜晚！不是嗎，我的王子？」

她飄然而去，跟那個粗脖子、肥下巴、胸前勳章耀眼的人絮聒著。她那哀悼「我們可憐的祖國」的哀聲，夾雜著「我的王子」，慢慢消失在陽臺的那頭。

瓊瑪安靜地站在石榴樹的旁邊，她為那位可憐而又愚昧的小個子女人感到憐憫，並對牛虻那種驕矜簡慢的態度感到惱怒。他正注目於那兩個遠去的人的背影，臉上那副神情更讓她生氣。對這樣的人也要譏笑一番，實在是太不近人情了。

「義大利和俄羅斯的愛國主義走了，」他微笑著轉臉向她說道：「手挽著手，因為有了對方相伴而感到很高興。你喜歡哪一個？」

她微微皺起了眉頭，沒有作答。

「當然了，」他繼續說道：「這是個人喜好的問題，不過我想，兩個裡頭，我倒是喜歡俄羅斯那一種——它是那樣徹底。假如俄羅斯帝國不是靠它的火藥和子彈，而是靠鮮花和藍天來維持它的霸權，你想想看，這位『我的王子』能把他的波蘭要塞守多久？」

「我以為，」她冷冷地答道：「我們不妨保持己見，用不著在做客的時候嘲弄女主人。」

「噢，對！我忘了義大利的待客之道。他們是一個十分好客的民族，這些義大利人。我確信奧地利人會發覺他們的這個特徵的。你不坐下嗎？」

他一瘸一拐地走到走廊上，給她搬來一把椅子，他自己斜倚著欄杆站在她對面。一扇窗戶射出的燈光正照到他臉上，她可以從容地端詳那張臉。

她感到非常失望。她原本以爲即便他的臉不討人喜歡，那麼她也能看到一張異乎尋常而又非常堅定有力的臉，然而，他的外表突出之處，是他身著華麗的衣服，而且表情和態度隱含的某種傲慢絕非是一種傾向。

此外，他皮膚微黑，像一個黑白混血兒，儘管腿瘸，舉動卻像貓一樣輕捷。不知爲什麼，他的整個性格很容易使人聯想到一隻黑色的美洲豹。因爲曾被馬刀砍過而留下了長長的一道彎曲的傷疤，使那張臉破了相。

要不是有這些缺陷，儘管他顯得有點浮躁，並且讓人覺得有點不大自在，他長得還是十分不錯的，可那絕不是一張迷人的臉。

他很快就又開口說話，聲音輕而含糊。（「要是美洲豹能夠說話，而且來了興致，那麼聲音就像這樣。」瓊瑪暗自思忖道，越來越生氣。）

「我聽說，」他說：「你對激進派的報紙很有興趣，還爲報紙撰寫文章。」

「我寫得不多，沒工夫多寫。」

「噢，那是！我從格拉西尼夫人那裡知道你還擔任其他重要工作。」

瓊瑪微微揚起了眉毛，顯然，格拉西尼太太這個傻女人一定不小心在這個滑頭滑腦的傢伙面前亂說什麼了。就她自己而言，她真的開始厭惡他了。

「我確實很忙，」她冷冷地說：「可是格拉西尼夫人過高地評價了我那份工作的重要性，大多是些無足掛齒的小事。」

「哦，要是我們大家都把時間用來哀悼義大利，這個世界可就糟透了。我倒覺得要是和今晚的主人及其妻子接近，每個人都會出於自保而把自己說得一文不值。噢，不錯，我知道你想要說什麼。你完全正確，但是那對寶貝的愛國主義也實在可笑——怎麼，你這就要進去嗎？待在外面多好啊！」

「我看我現在要進去了，那是我的圍巾嗎？謝謝。」

他替她撿起了圍巾，此時正站在那兒望著她，瞪大了眼睛，那雙眼睛碧藍而又純真，就像小溪裡清澈的水一樣。

「我知道你生我的氣了，」他懊悔似的說：「由於我捉弄了彩繪的蠟像娃娃，但是這又有什麼辦法呢？」

「既然你問我，那麼我就說一句，我以為那樣譏笑智力低下的人不夠寬容，並且——呃——這是怯懦之舉，就好像嘲笑一個瘸子或者——」

牛虻突然痛苦地屏住呼吸，把身體縮回，瞥了一眼自己的瘸腿和殘手。但他立刻又恢復了鎮定，突然放聲大笑。

「這樣很有失公平，夫人。我們這些瘸子並沒有當著別人的面來炫耀我們的缺點，而她卻誇耀自己的愚蠢。至少我們認為畸形的腰部要比畸形的行為更讓人生厭。這兒有個臺階，挽住我的胳膊好嗎？」

瓊瑪懷著一種惶惑的心情悄然回到屋裡，他那出人意料的敏感弄得她十分狼狽。他直接打開了那間寬敞的接待室的門，瓊瑪立刻意識到她離開以後，這裡發生了不同尋常的事。看上去大多數的男士都十分惱怒，有些人已經坐臥不安，他們全都聚在屋子的一頭。主人一定也在生氣，卻忍而不發，坐在那兒調弄著他的眼鏡。有幾個客人站在屋子一角，興味十足地看著屋子的另一頭。很明顯是出了什麼事情，他們彷彿把它當成一個笑話。對於大多數客人而言，他們認為是受到了侮辱，只有格拉西尼太太一個人好像什麼也沒注意到。她正搔首弄姿，一邊輕輕搖著扇子，一邊與荷蘭使館的秘書竊竊私語。那位秘書滿臉堆笑，側耳傾聽。

瓊瑪站在門口停頓了片刻，立刻轉過身來，看看牛虻是否也覺察到了眾人的不安表情。他掃了一眼沒有發覺的女主人，然後迅速看了一下房間對面的沙發。他的眼裡明白無誤地流露出一種幸災樂禍的得意神情，瓊瑪立刻明白是怎麼回事了。他變著法兒把他的情婦帶到這裡，騙過了格拉西尼太太，但沒能騙過其他人。

那位吉普賽女孩靠在沙發上，一幫嬉皮笑臉的花花公子和荒唐可笑的騎兵軍官圍在她身邊。她打扮得花枝招展，穿著琥珀色和緋紅色相間的衣服，有著東方的豔麗。她的身上還戴了許多的飾物，她在佛羅倫斯這間文學沙龍裡格外引人注意，就像一隻熱帶鳥落在一群麻雀和燕八哥中間。

她自己也彷彿覺得不太合適，所以便鄙夷怒視那些生氣的女士。見牛虻陪同瓊瑪走進來，她一躍而起，迎上前去，嘴裡滔滔不絕地講著法國話。令人遺憾的是，她的法語錯誤百出。

「列瓦雷士先生，我一直在到處找你呢！薩爾特柯夫伯爵想要知道你明天晚上能否去他的別墅，那兒有個舞會。」

「抱歉得很，我不能去。即使去了，我也不能跳舞。波拉夫人，請允許我向你介紹綺達·萊尼小姐。」

那位吉普賽女孩帶著一絲傲慢的神態掃了瓊瑪一眼，生硬地鞠了一躬。

她確實很漂亮，正如馬蒂尼所說的那樣，帶著一種動人的野性和愚蠢的美麗。她的姿態非常和諧自如，讓人看了很舒服。然而她的前額又低又窄，小巧的鼻子線條顯得缺少同情心，幾乎有些殘酷。

跟牛虻在一起，瓊瑪已經覺得壓抑，現在來了這位吉普賽女郎，這種感覺就變得更強烈。

過了一會兒，主人走了過來，他懇請波拉夫人幫他招呼另外一間屋裡的一些來客，她立刻表示同意，奇怪的是，居然覺得如釋重負。

「我說，夫人，你覺得牛虻這個人怎麼樣？」

深夜乘車返回佛羅倫斯的路上，馬蒂尼問道：「他竟然愚弄格拉西尼家那個可憐的小個子女人，你見過如此無恥的行徑嗎？」

「你是說那位跳芭蕾舞的女孩嗎？」

「是呀，他花言巧語騙了格拉西尼太太，說那個女孩一定會成爲社交圈活躍的明星。爲了一個名人，格拉西尼太太什麼事都肯幹。」

「我認爲這樣做有欠公平，不仁不義，這使得格拉西尼夫婦的處境十分尷尬，況且對那位女孩來說也是殘忍的，我確信她也感到不大愜意。」

「你和他談過話，是嗎？你認爲他怎麼樣？」

「噢，西薩爾，我沒什麼想法，只是一離開他我就覺得高興。我從沒見過這樣惹人討厭的人。一起待了十分鐘，他就讓我覺得頭疼，他彷彿是一個焦躁不安的魔鬼化身。」

「我早就料到你不會喜歡他，說實話，我也不喜歡。那人像泥鰍一樣滑頭，我信不過他。」

chapter 3 紅衣主教

牛虻住在羅馬城牆的外邊，就在綺達的寓所旁邊。他顯然有點兒西巴列斯人的派頭，儘管房間沒有什麼顯得非常奢侈的東西，然而細小之處卻有浮華的傾向，物件的擺放極盡優雅，足以使蓋利和列卡陀感到驚奇。他們原以為一個曾在亞馬遜荒野裡生活過的人，生活情趣應該單調些才是，所以看到他那纖塵不染的領帶和一排排皮靴，以及經常擺在寫字檯上的大束鮮花，不免感到奇怪。

總的來說，他們處得挺好，他對每個人都殷勤友好，尤其是對這裡的馬志尼黨黨員。但對瓊瑪則是例外，他好像從他們初次會面起就不喜歡她，老想著法兒回避她。實際上，他有兩三次對待她很粗魯，這激起馬蒂尼對他的強烈不滿。

從一開始馬蒂尼與他之間就沒有好感，加之二人性情迥異，水火不能相容，彼此之間也就只剩下惡感了。而在馬蒂尼那一方面，這種惡感迅速變成了敵意。

「我並不介意他不喜歡我。」有一天馬蒂尼抱屈地對瓊瑪說：「我就是不喜歡他，這也沒什麼大不了的，但是他對待你的那種粗魯態度讓我受不了。若不是怕在黨內鬧得沸沸揚揚，讓人家說我們先把他請來，之後又跟他大吵一氣，我非讓他說明理由不可。」
「由他去吧，西薩爾，這沒什麼，話說回來，他有不是，我也有不是。」
「你有什麼不是之處？」
「就是為此他才不喜歡我的，我們初次見面時，就在格拉西尼家裡做客的那天晚上，我對他說了一句很無禮的話。」
「你說了一句無禮的話嗎？這可真讓人難以相信了，夫人。」
「當然，我並不是有意的，而且話一出口就覺得很抱歉。我說了一句人們嘲笑瘸子的話，他把那話當作說他了，其實我心裡從來沒當他是個瘸子，他的殘疾本來就不那麼嚴重嘛。」
「當然不算是難看。他一個肩膀高，另一個肩膀低，他的左臂傷得很厲害，可是他既不駝背也不畸足，至於說到他走路一瘸一拐的，那也不值得一提。」
「反正他氣得發抖，臉色都變了。當然，在我這方面，是我一時莽撞，可是他那麼敏感也是少見的，我懷疑是不是以前有人和他開過這樣殘酷的玩笑。」
「我倒以為更有可能的是他亂開別人玩笑，這人骨子裡很殘忍，外表卻又裝出風度不俗的樣子，我看這種人實在讓人覺得厭惡。」
「得了，西薩爾，這就太不公平了，我並不比你更喜歡他，可是把他說得更壞又有什麼用呢？他的動作是有點做作，讓人看了生氣——我想這是他被吹捧得太過分的緣故——況且，他那些誇誇其談的俏皮話也實在讓人覺得厭煩，可我不覺得他有什麼惡意。」
「他有無惡意我不知道，但是一個人要是對一切都嗤之以鼻的話，說明他的心地也乾淨不到哪裡去。就拿那天在法布列齊家的討論來說，他把羅馬的改革貶得一錢不值，就好像他要在每一件事情上都找到一個骯髒的動機。聽他那樣說，我深惡痛絕。」

瓊瑪嘆息一聲。「在這一點上，我倒是更同意他的看法。」她說：「你們這些好心的人充滿了美好的期望和期待，你們總認爲，只要有一個心地善良的中年紳士當選爲教皇，其他的一切問題便都會迎刃而解，他只消打開監獄的大門，把他的祝福賜予周圍的每個人，那我們就可以指望在三個月內得到千年福澤了。你們似乎永遠都看不到，即使是他也不能做到撥亂反正，錯誤在於原則，而不在於這個或那個人的行爲。」

「什麼原則？教皇的世俗權力嗎？」

「爲什麼說得那麼具體呢？這只不過是大的錯誤中的一個小方面。這個錯誤的根本原因就是一個人竟然可以握有對別人生殺予奪的權力，人與人之間不應該存在這種虛僞的關係。」

馬蒂尼舉起雙手。「好了，夫人，」他笑著說道：「你一旦這樣開始談廢除道德論，我就無法和你談論下去了，我敢說，尊祖上一定是十七世紀英國的平均派，何況我是爲一篇稿子而來的。」

他從口袋裡拿出那篇稿子。

「一本新編的小冊子嗎？」

「這篇愚蠢的東西是列瓦雷士那個傢伙昨天送到委員會去的，我就知道過不了多久我們會跟他吵架的。」

「這篇文章怎麼啦？坦白說，西薩爾，我覺得你有點偏見，列瓦雷士或許讓人覺得厭惡，可他並非愚不可及。」

「噢，我承認這篇文章自有精明之處，但你最好還是讀一讀。」那是一篇諷刺文章，它抨擊了圍繞新教皇即位而在義大利引發的狂熱。跟牛虻所有的文章一樣，那一篇也是筆鋒犀利，咄咄逼人。儘管瓊瑪不喜歡它的文風，她還是打心眼兒裡覺得這種批評是有道理的。

「我非常贊同你的意見，這篇文章確實措辭辛辣。」她放下稿子說道：「可是最糟糕的是，他說的都是實話。」

「瓊瑪！」

「是的，的確如此。如果你高興，可以說這個人是一條冷血的鰻魚，但是真理在他那一邊。我們用不著哄騙自己，硬說這篇文章沒有擊中敵人的要害——事實上，它擊中了。」

「那麼你提議我們付印它嗎？」

「啊！那完全是另外一碼事，我當然不認爲要原封不動地付印，它會傷害每個人，搞得眾叛親離，不會起好作用；可是假如他能重寫一下，刪除人身攻擊那部分，那麼我以爲這或許是篇十分難得的文章。作爲政治評論，他寫得很出色，我沒想到他能寫得這樣好。他把我們想說而沒有勇氣說的話都說出來了。瞧這一段，他把義大利比喻成一個醉漢，抱住正在掏他口袋的扒手的脖子，低三下四地哭泣，寫得精彩極了！」

「瓊瑪！糟就糟在這裡！我討厭這種居心不良的對每件事、每個人都狂吠亂叫！」

「我也是，可是關鍵不是在這兒，列瓦雷士的文風招人厭惡，作爲一個人來說，他也不討人喜歡，可他說我們沉溺於遊行和擁抱，高呼友愛和和解，還說耶穌組織會和聖主教會的教士們才是從中坐收漁利的人，這話可是真的。可惜我昨天沒有去參加委員會會議，你們最後做出了什麼樣的決定？」

「我就是爲這件事來找你的。請你去跟他談一談，說服他把稿子改得口氣溫和一點。」

「我？可是我和這個人根本不熟，況且他還厭惡我，爲什麼其他的人不去，偏偏讓我去呢？」

「理由很簡單，今天別的人沒空；另外，我敢肯定，只要你去做，你就能說服他。對啦，請你順便告訴他，從文學的觀點來說，委員會一致稱讚這是一篇好文章，這樣說他會很開心的，而且這也是事實。你比我們理智一些，不會像我們那樣弄不好跟他辯論一番，或者爭吵起來。」

牛虻坐在放著鮮花和鳳尾草的桌邊，迷茫地凝視著地板，膝上擺著一封已經拆開的信，一隻長著一身粗毛的蘇格蘭牧羊犬躺在他腳下的地毯上。

聽見瓊瑪輕輕叩擊敞開的房門的聲音，那隻狗抬起頭來汪汪叫了兩聲。牛虻連忙起身，出於禮貌，生硬地鞠了一躬，這時他的面容突然變得嚴峻和沒有表情了。

「你也太客氣了。」他說，態度非常冷漠，「其實，只要事先告訴我一聲，說你要跟我面談，我一定會登門拜訪的。」

明顯地，他希望把她拒於千里之外，所以瓊瑪立刻說明來意。他又鞠了一躬，隨手拉過一把椅子放在她的前面。

「委員會讓我來拜訪你，」她開口說道：「因爲他們對你那本小冊子有一些不同的意見。」

「這我已經想到了。」他略微一笑，坐到她的對面。他隨手拿過一只插著菊花的大花瓶，擋住射到臉上的光線。

「大多數的成員一致以爲，作爲一篇文學作品，他們或許推崇這本小冊子，可是他們以爲原封不動很難拿去出版。他們擔憂激烈的語調或許會得罪和離間一些人，而這些人的幫助和支持對黨來說是可貴的。」

他從花瓶裡抽出一枝菊花，開始緩慢地撕下白色的花瓣，一片接著一片。瓊瑪的眼睛無意中瞥見那隻瘦骨嶙峋的右手扔下片片花瓣的動作，一種不舒服的感覺忽然掠過她的心頭，彷彿她以前曾在什麼地方見過這種姿勢。

「作爲一篇文學作品，」他用柔和而冷漠的聲音說道：「它一文不値，只有對文學一竅不通的人才會讚賞它——至於得罪某些人，這倒恰好是我有意要它做的事。」

「這我十分清楚，問題是你會得罪那些不該得罪的人。」

他聳了聳肩，將一片撕下來的花瓣塞進牙齒縫裡。

「我認爲你錯了，」他說：「問題在於你們的委員會請我到這兒來的目的是什麼？我的理解是揭露和嘲諷耶穌教會的教士，我努力履行我的職責。」

「我向你保證，沒有人質疑你的才幹和好意，但是委員會擔心這樣或許會得罪自由黨，並且城裡的工人也可能撤回給予我們的道義支持。也許你要用這本小冊子攻擊聖信會派教士，但是很多讀者會認爲是在攻擊教會和新教皇，而這一點，作爲一個政治策略問題，委員會認爲是不可取的。」

「我似乎悟出了一點道理，只要我的矛頭指向目前與你們有摩擦的那一小撮教士先生，我就可以暢所欲言，而一旦直接碰一碰委員會寵幸的那班傳教士——『真理就是一條狗，必須回到狗窩裡去，而且，如果聖父也有可能受到攻擊，那就應當用皮鞭把牠趕跑——』（此句引自莎士比亞《李爾王》第一幕第四場中的一段話。）並且在那個——聖父可能受到抨擊時，那就必須用鞭子抽它。

「對，那個傻子是對的。我什麼都願意做，就是不願做個傻子。我自然必須服從委員會的決定，可是我不免還要以爲委員會把聰明勁用在兩旁的走卒身上，卻讓中間那位蒙泰尼里主教大人溜之大吉了。」

「蒙泰尼里？」瓊瑪重複了一遍，「我不懂你是什麼意思，你是說布列西蓋拉教區的主教嗎？」

「對，你要清楚新教皇剛把他提升爲紅衣主教。我這兒有一封談到他的信，你想聽一下嗎？寫信人是我在邊界那邊的一個朋友。」

「教皇的邊境嗎？」

「對，他在信中是這樣寫的——」他拿起瓊瑪進門時他就揑在手裡的那封信，大聲朗讀的時候，突然口吃得厲害了：

「『不久你就會有幸見到我們的一個最大的敵人，紅衣主教勞倫佐・蒙泰尼里，布列西蓋拉教區的主教。他打——』」

他打住了話頭，停頓片刻後，又接著往下念。這次他念得很慢，聲音拖得讓人難以忍受，但不再結巴了。

「『他打算在下個月訪問塔斯加尼，他的任務是實現和解。他先去佛羅倫斯布道，大概在那裡逗留三個星期，然後前往錫耶納和比薩，再取道皮斯托亞返回羅馬。他表面上屬於教會中的自由派，還和教皇和佛萊蒂紅衣主教私交很深。他在格列高里在位期間失寵，被發配到亞平寧山區的一個小洞裡，隨之銷聲匿跡，不料他現在突然之間出了名。其實，他的確受到了耶穌組織會的控制，正如這個國家任何一位聖主教會的教士一樣，還是一些耶穌組織會的教士提議由他出面執行這一使命的。在教會中，他稱得上是一位優秀的傳道士，就像拉姆布魯斯契尼一樣陰險。他的使命就是調動公眾對教皇的狂熱，不讓這種狂熱消解下去，還要吸引公眾的注目，注意大公簽署耶穌組織會的代理人預備提交的那份計畫。我還沒能獲悉這份計畫。』

「而後信上還說：『蒙泰尼里是否明白自己被派往塔斯加尼的目的，或者他是否明白自己受了耶穌會派的愚弄，我不清楚。要麼他是一個老奸巨猾的小丑，要麼就是一頭愚蠢無比的蠢驢。據我迄今所能瞭解到的情況而言，他既不接受賄賂也不蓄養情婦——這倒是我生平第一次遇到的怪事。』」

他放下了信，坐在那裡半閉著眼睛看著她，很顯然是在等她答覆。

「你對這位報信人所說的情況感到滿足嗎？」她過了一會兒後說道。

「有關蒙泰尼里大人無可非議的私生活嗎？不，這一點他也不滿意。你也聽到了，他補充了一句表示懷疑：『據我迄今所能瞭解到的情況而言——』」

「我說的不是這個，」她冷淡地中斷了他的話，「我說的是他的使命。」

「我完全信任寫信的人，他是我的老朋友——一八四三年前認識的一位朋友，他所處的地位給他提供了查清這種事的特殊機會。」

「那是梵蒂岡的官員了？」瓊瑪心裡馬上閃過這個念頭，「原來你還有這種關係！我倒是猜到了幾分。」

「這自然是封私信，」牛虻繼續說道：「你要清楚這個情況應該只限你們的委員會知道，需要嚴格保守秘密。」

「這還用說嘛，那麼關於小冊子，我能否告訴委員會你同意改得語氣和緩一些，或者說——」

「夫人，你不認爲只要做了修改，降低了言辭激烈的語調，這篇『文學作品』的整體美就受到了傷害嗎？」

「你這是在徵求我個人的意見，我來這裡表達的是全部委員的意見。」

「這就是說你，你是不是並不認同整個委員會的意見呢？」他把信塞進口袋，帶著一種急切和專注的神情向前探身望著她，這副神情大大地改變了他的面容，「你以爲——」

「假如你想瞭解我本人的想法——我在這兩個方面與委員會大多數人的意見不同。從文學的角度來看，我根本不欣賞這本小冊子，但我認爲策略方面的運用確有過人之處。」

「這是——」

「我同意你的觀點，目前義大利正被鬼火引入迷途，這種狂熱和狂喜很可能使它陷入可怕的泥沼。我倒衷心希望這些話公開地、大膽地說出來，即使冒犯和疏遠了我們目前的支持者中的一些人也在所不惜，可是作爲組織的一名成員，大多數人持有截然相反的觀點，那我就不能再堅守我個人的意見。我以爲如果要說出這些話來，就應該比較委婉，比較心平氣和，而不能採用小冊子上的那種口氣。」

「請你略等片刻，讓我看一遍原稿好嗎？」

他把它拿起來，一頁頁地翻下去，他皺起了眉頭，好像不滿意。

「是的，當然，你完全正確。這文章寫得像末流咖啡館裡讀的東西，而不像一篇諷刺性的政論。我有什麼辦法？寫得過於文雅，一般民眾看不懂，寫得不夠尖酸刻薄，他們又說枯燥無味。」

「你不以爲總是尖酸刻薄也會索然無味嗎？」

他那銳利的目光快速地瞥了她一下，接著哈哈大笑：

「有一類人是永遠正確的，夫人顯然屬於這類可怕的人！如果我屈服於尖酸刻薄的誘惑，到時候我會像格拉西尼太太一樣枯燥乏味嗎？天哪，苦命啊！不，你不用皺眉頭。我清楚你不喜歡我，我就要言歸正傳了。大概就是這個情況：如若我刪除掉人身攻擊，原樣保留主體部分，那麼委員會就會覺得十分遺憾，他們不會負責任地印刷出來；如果我刪掉有關政治的真話，一味謾罵黨的敵人，而不涉及旁人，委員會就會把它吹捧到天上去，而你和我明知這是不值得印發的。這可真成了一個悖論：不值得印的要印，值得印的不印。哪種情況更符合願望？你說呢，波拉夫人？」

「我並不以為必須從這兩者之間做出選擇。我相信，如果你刪掉了人身攻擊，委員會就會贊同印刷這個小冊子，當然大多數人也許不會同意其中的觀點，我相信這篇文章將會發揮很大的作用，但你必須拋棄尖酸刻薄那一套。假如你想要表達一種觀點，它實質上就是要讀者吞下的一顆大藥丸，你大可不必一開始就讓藥丸的樣子把他們嚇壞了。」

他嘆了一口氣，無奈地聳了聳肩膀：「我投降了，夫人，但是有一個條件。假如你們現在不讓我笑出聲來，下一次我是非要譏笑不可的，等那位無可非議的紅衣主教大人駕臨佛羅倫斯的時候，無論是你還是你那個委員會，都不許反對我盡情地尖酸刻薄一下。我想怎麼樣就怎麼樣，那是我的權利！」

他用他那最輕浮、最冷漠的態度說著，把花瓶裡的那束菊花拔起，拿在手中，透過半透明的花瓣去看太陽光。

「他的手哆嗦得真厲害！」看到鮮花搖曳抖動，她心想，「他該沒有喝酒吧！」

「對這個問題，你最好還是和委員會的其他成員商量一下。」她說著站起身來，「至於他們將會怎樣看待這事，我無權發表意見。」

「你呢？」他也站了起來，倚在桌邊，還把鮮花按在臉上。

瓊瑪猶豫了片刻。這個問題使她感到不安，勾起她對痛苦往事的回憶。「我——不大明白，」她最終說道：「很多年前我對蒙泰尼里的情況倒是瞭解一點，那時候他不過是個神父，在我小時候住的那個地區當神學院院長。我只是從——一個和他特別親近的人那裡聽到過他的許多事情。我沒有聽說過他做過什麼不好的事情，我相信，至少在那時候，他的確是個最了不起的人。但那是很久以前的事了，可能現在他已經變了，濫用的權力曾腐蝕過多少人哪。」

牛虻從花中仰起頭來看著她，臉上很平靜。

「不管怎樣，」他說：「假如蒙泰尼里大人本人不是一個惡棍，他也是掌握在惡棍手裡的一件工具。惡棍也罷，惡棍的工具也罷，對我來說都是一回事——對我邊界那邊的朋友們來說也都是一回事。路中的石頭或許存心很好，可是依然必須把它踢開。請讓我來，夫人！」

他摁了一下鈴，而後一瘸一拐地走到門口，打開門來送她出去。

「感謝你來看我，夫人。要不要我給你叫輛馬車？不了？那麼，午安！畢安卡，請把前廳的門打開。」

瓊瑪走到街上，心裡百思不得其解。「『我在邊境那邊的朋友』——他們是誰？怎樣把那塊石頭從路上踢開？如果這僅是一句諷刺的話，爲什麼他說這話時眼露凶光呢？」

chapter 4

幻覺

十月的第一個星期，蒙泰尼里主教大人抵達佛羅倫斯，一時間全城上下為之轟動。

他是一位有名的傳道士，革新教廷的代表人物。人們熱切地期盼他會闡釋「新教義」，傳布博愛和解等救治義大利苦難的福音。

吉齊紅衣主教已被提名擔任羅馬聖院的書記長，以代替萬人戳指的拉姆布魯斯契尼。這一措施早已將公眾的熱情推向高潮。蒙泰尼里恰是能夠容易保持這種狂熱的最佳人選。他那無可挑剔的嚴肅生活作風，在羅馬教會的顯赫人物中是個難見的現象，所以引起了人們的關注。

人們習慣於把敲詐、貪污和為人不齒的私通當作高級教士職業之永恆不變的附屬品，何況作為一名傳道士，他的才能的確了不起。他可以在任何時候，任何地方，憑他優美的聲音和磁石般吸引力的人品聞名於眾。

如同往常一樣，格拉西尼處心積慮地想把這位新來的名流請到他家裡做客，可是蒙泰尼里可不那麼容易上鉤。對於所有的邀請，他都以禮貌而堅定的言辭斷然謝絕。他藉口身體不舒服，騰不出時間，既無精力也無餘暇從事社交活動。

一個晴朗而凜冽的星期天早上，馬蒂尼和瓊瑪穿過西格奧雷廣場。

「格拉西尼夫婦真是欲壑難填啊！」他討厭地對她說道：「你觀察到在紅衣主教的馬車開過時，格拉西尼鞠躬的姿勢嗎？無論他們是誰，他都是別人議論的對象，我生平還沒見過如此巴結社會名流的人呢。八月份捧的是牛虻，現在是蒙泰尼里。我希望主教大人受到如此矚目會感到受寵若驚，竟然有那麼多投機分子趨炎附勢。」

大教堂裡早已經擠滿了熱心的聽眾，他們聽說蒙泰尼里正在那裡布道。馬蒂尼唯恐瓊瑪那惱人的頭疼病復發，不等做完彌撒就勸她出來了。這是一個晴朗的早上，之前下了一個星期的雨，這樣他就找到一個理由，建議到聖尼柯洛山旁邊的花園散散步。

「不，」她答道：「你要是有時間，我倒願意散散步，但是不要到山上去。我們就沿著阿諾河的堤岸走走吧。蒙泰尼里從教堂出來一定路過這裡，我也跟格拉西尼一樣——想看一看這位名人。」

「你不是剛剛已經看見他了嗎？」

「離得太遠了，大教堂裡擠得水泄不通，況且在馬車經過時，他是背對著我們。假如我們站在橋的旁邊，肯定能清楚地看到他——你清楚他就住在阿諾河邊。」

「可是你怎麼會突發奇想，非要看一看蒙泰尼里不可呢？你從前對有名望的傳教士並不特別留意啊。」

「我並不在意傳道士，我在意的是他那個人。我想看看從我上次見過他以後，他的變化有多大。」

「上次見他是什麼時候？」

「亞瑟淹死後兩天。」

馬蒂尼不安地瞥了她一眼。這時他們已經走上阿諾河的堤岸，她茫然凝視河水，臉上的那副神情是他最不願意看到的。

「瓊瑪，親愛的，」過了一會兒他說：「難道你要讓那件痛苦的往事糾纏你一輩子嗎？我們大家在十七歲的時候都犯過錯誤呀。」

「並不是所有的人在十七歲的時候都殺死過自己最親愛的朋友。」她愀然答道。

她把胳膊撐在小橋的石欄杆上，俯瞰河水。馬蒂尼沉默不語，每當她陷入這種情緒時，他都幾乎有些不敢跟她說話。

「每當我俯瞰河水的時候，我老是會想起這段往事。」她說。她慢慢地仰起了頭，凝視著他的眼睛，接著她神經質地顫抖了一下，「我們再走一會兒吧，西薩爾，站著不動有點涼。」

他們默默地過了橋，然後沿著河邊往前走去。又過了幾分鐘，她才開口說話：

「那人的嗓音多美！他的嗓音別具特色，是我在其他人的嗓音中沒聽到過的。我相信，他之所以有那樣大的感染力，其秘密一半在於他的嗓音。」

「的確是副好嗓子。」馬蒂尼表示贊同。

河水勾起了她那痛苦的回憶，他算是捕捉到了一個或許可以把她引開的話題，「而且，除了嗓子好之外，他還是我所知的最優秀的傳教士。但我相信他之所以有如此大的魅力，還有更深的秘密，那就是他的生活方式完全與其他的高級教士不一樣，所以他就顯得不同。

「在整個義大利教會裡——教皇本人除外——我不知道你能不能找得出另外一個顯赫人物享有他那樣清白無瑕的聲譽。去年我在羅馬的時候曾路過他的教區，親眼見到剽悍的山民冒著大雨在路邊恭候他，僅僅爲了看他一眼，或摸一摸他的衣角。

「那邊的人簡直把他當作聖人來頂禮膜拜了，這種情況是很耐人尋味的，因爲他們一向憎恨穿黑色法衣的人。我曾對一位老農民——生平見過的一個典型的走私販子——說人們似乎特別忠於他們的主教，他說：『我們並不喜愛主教，他們都是騙子，但是我們喜愛蒙泰尼里大人。沒人見他說過一句謊話，或做過一件不公正的事情。』」

瓊瑪半是自言自語地說：「我就疑惑他是否清楚人們對他的這種看法。」

「他怎麼就不清楚呢？莫非你認爲這名不副實？」

「我認爲名不副實。」

「你是怎麼知道的？」

「因爲他是這麼告訴我的。」

「他告訴你的？蒙泰尼里？瓊瑪，你說的是什麼意思？」

她把額前的頭髮向後拂去，隨後轉身對著他。他們仍默默地站著，他斜倚著橋欄杆，她則用雨傘的頂端在人行道上緩慢地畫著弧線。

「西薩爾，我跟你有多年的交情了，可我從沒把亞瑟的真實情況告訴你。」

「用不著跟我說，親愛的，」他連忙打斷她的話，「我全都知道了。」

「喬萬尼告訴你的？」

「是的，他臨終前的一天晚上，我守在他病榻旁，他把一切都告訴了我。他說——親愛的瓊瑪，既然你提起這件事，我最好給你講實話——他說你總是沉湎於這件痛苦的往事中，他求我對你真誠相待，並設法讓你不再想起這件事。我已經盡力了，親愛的，雖然我或許沒有成功——我確實盡了力。」

「我知道你是盡力了。」她低聲答道，抬起眼睛看了一會兒，「如果沒有你的友情，我的日子會很難過的。可是——喬萬尼並沒有跟你說起蒙泰尼里大人，對嗎？」

「沒有，我並不清楚他與這事有什麼關係，不知道蒙泰尼里與這件事有什麼關係，他說的——與那個密探有關——」

「還有我怎樣打了亞瑟一記耳光，他怎樣投水自溺身亡。好吧，我就給你講一講蒙泰尼里的事吧。」

他們轉身走向主教的馬車將會路過的小橋，說話的時候，瓊瑪失神地看著河的對岸。

「那時蒙泰尼里還只是一個神父，他是比薩神學院的院長。亞瑟進薩賓查大學以後，他經常給亞瑟講授哲學課程，並跟他一起讀書。他們之間情深意篤，相互愛護的程度遠甚於師生關係，簡直像一對戀人。

「亞瑟對蒙泰尼里心悅誠服，我記得有一次他對我說：假如他失去他的『神父』——他老是這樣稱呼蒙泰尼里——他就會投河自盡的。呃，你明白其後就發生了暗探那事。第二天，我父親和伯登一家——亞瑟的同父異母兄弟——最可惡的人——花了一天時間在森納港灣打撈他的屍體，我獨自一人坐在我的房間裡，回想我所做的蠢事——」

她停頓了一會兒，而後繼續講了下去。

「天黑後，我父親走進我的房間說：『瓊瑪，孩子，下樓去吧，我想讓你見個人。』我們走下樓去，看到那個團體裡的一個學生，他坐在接待室裡，臉色發白，渾身哆嗦。他告訴我們喬萬尼從獄中送出了第二封信，信上說他們從獄卒那裡聽到卡爾狄的情況，知道亞瑟是在懺悔的時候落入他的圈套。

「我還記得那位學生對我說：『我們明白了他是清白的，至少是個慰藉吧。』我的父親握住我的手，試圖安慰我。他並不清楚我打了他。而後我回到了我的房間，獨自坐了一晚。我的父親在早上又出了門，陪同伯登一家到港口去打探打撈的情況，他們對在那兒找到屍體仍抱一線希望。」

「什麼也沒找到？」

「沒有，一定是被沖到海上去了，可是他們還是抱著一絲希望。我獨自待在我的房間裡，女僕上來告訴我一位神父來訪。神父來打聽我的父親是否去了碼頭，然後他就走了。我明白一定是蒙泰尼里，於是從後門跑出去，在花園門口追上他。當我說『蒙泰尼里神父，我想跟你說句話』的時候，他只是停住腳步，一聲不響地等著我開口。

「噢，西薩爾，假如你想到了他的臉——隨後的幾個月裡，它始終環繞在我的心頭！我說：『我是沃倫醫生的女兒，我來告訴你，是我殺死了亞瑟。』我把所有事情都告訴了他，他站在那裡聽著，好似是一個石頭人。等我說完後，他說：『讓你的心安靜下來吧，我的孩子，殺人的凶手是我，而不是你。我欺騙了他，被他發覺了。』說完就轉過身去，一言不發地走出了大門。」

「後來呢？」

「我不清楚在這以後他的情況。只聽說當天晚上他昏倒在街上，被人抬到碼頭附近一戶人家。我只知道這些。我的父親爲我做了他所能做的一切。我把情況告訴他以後，他就歇業了，立刻帶我回到英國，這樣我就聽不到一點可能引起我回憶的事情了。他擔心我也會跳河自盡，我確實認爲有一次我差一點就那麼做了。

「你知道，後來我得知父親身患癌症的時候，我就不得不理智些了——因爲除了我，再沒有人服侍他。他死了以後，我就要照顧家中的弟妹，直到我的哥哥成了家，能夠安頓他們。後來喬萬尼去了，他爲自己做過的事情後悔莫及——他不該從監獄裡寫出那封倒楣的信來。不過我相信，正是我們共同的痛苦把我們結合到一起的。」

馬蒂尼略微一笑，搖了搖頭。

「你可以這麼說，」他說：「不過喬萬尼從跟你初次見面的時候，就打定了主意。我記得他第一次從里窩那回到米蘭，就在我面前喋喋不休地談論你，直弄得我一聽到英國姑娘瓊瑪的名字就膩味。我當時覺得，我真該恨你。啊！馬車過來了！」

馬車通過了小橋，停在阿諾河邊的一座宅院前。蒙泰尼里靠在墊子上，似乎已經精疲力竭，沒有精神顧及聚集在門口等待一睹他風采的狂熱人群。他在大教堂裡露出的那種動人神情已經不復存在，陽光照出了他的煩惱和疲憊的皺紋。

他下了車，邁著無精打采的、疲勞的步子，顫巍巍地走進房子裡。瓊瑪轉過身，慢慢地向橋頭走去。霎時間，她的臉上好像反映出蒙泰尼里那種枯槁、絕望的臉色。馬蒂尼默默地在她身邊伴隨。

「我常常感到納悶，」過了一會兒，她又開口說道：「他所說的欺騙到底是什麼意思，有時我想——」

「想什麼？」

「呃，說起來非常奇怪，那兩個人的相貌驚人地相似。」

「哪兩個人？」

「亞瑟和蒙泰尼里。不僅是我一個人注意到了這一點呢，而且那一家人之間的關係也有點兒神秘莫測。亞瑟的母親，在我見過的所有人當中，她可以算是最溫柔的一個人；和亞瑟一樣，她的臉上有種純潔的表情，而且我相信，他們母子的性格也相像，可是她卻總是顯得有點恐懼，就像一個怕被人找到的罪犯；而伯登先生前妻所生兒子的老婆，對待她這個當繼母的態度之惡劣，連對待狗都不如。還有，亞瑟和伯登家那些粗俗的人真有天壤之別。當然了，人小的時候認爲所有一切都是順理成章的，可是回頭想想，我常常疑惑亞瑟是否真是伯登家的人。」

「也許他發現了他母親的什麼秘密——這很有可能是他自殺的原因，跟卡爾狄的事毫不相干。」馬蒂尼插嘴道。此時此刻他只能用這句話安慰她。瓊瑪搖了搖頭。

「假如你看見了他被打之後臉上的神情，西薩爾，你就不會這樣想了。有關蒙泰尼里的事或許是真的——很有可能是真的——可是我所做的事都已經做了。」

他們又走了一會兒，沉默不語。

「我親愛的，」馬蒂尼終於說道：「如果世界上有什麼辦法能夠把從前做過的事一筆勾銷，我們還值得對往日的錯誤苦思苦想，但事已至此，人死不能復生。這是一件可怕的事，可至少那個不幸的小夥子已經解脫了，比起那些活下來的人——那些流亡和坐監獄的人——倒是更幸福了。你和我都得爲那些人著想，我們沒有權利爲死者過度悲傷，要記住雪萊說過的話：『過去是死的，未來才屬於自己。』抓住未來，趁它還屬於你自己的時候就打定主意，你要關注的不是使你傷心痛悔的往事，而是目前你所能做的有益於別人的事。」

他在情急之下握住了她的手，忽聽身後響起一個柔和、冷漠而又慢吞吞的聲音，他連忙鬆開那隻手，並向後退縮。

「蒙泰尼、尼、尼里大人，」那個懶散的聲音喃喃地說道：「毫無疑問與你所說的完全一樣，我親愛的醫生。事實上，他似乎好得連這個世界都沒有他的立足之地，應該恭而敬之地護送他到另一個世界去了，我確信他會像在這裡一樣，在那裡也會引起轟動的。許多老鬼可能從來沒有尋覓過這樣一個東西！居然有一個誠實的主教。鬼可是喜歡新奇的東西——」

「你是怎麼知道的？」列卡陀醫生問道，那語調中帶著一種幾乎壓抑不住的惱怒。

「是從《聖經》上看到的，我親愛的先生。如若相信福音書，即使最體面的魔鬼也喜歡奇奇怪怪的大雜燴。這不，誠然紅衣主教——在我看來就有點兒像奇奇怪怪的大雜燴，還是一個令人難受大雜燴，正如蝦子和甘草一樣。啊，馬蒂尼先生，波拉夫人！雨後的天氣好極啦，不是嗎？你們也去聽當代的薩伏納羅拉布道啦？」

馬蒂尼突然轉過身來，只見牛虻嘴裡叼著雪茄，鈕扣裡插著新買的鮮花，此時正向他伸出一隻瘦削的、被手套裹得嚴嚴實實的手。陽光自他那乾乾淨淨的靴子上反射出去，又從水上照到他那笑吟吟的臉上。因此在馬蒂尼看來，他不僅沒有往常瘸得厲害，反而顯得更神氣。他們握手，一個是殷殷獻勤，一個是悻悻含怒。

就在這時候，忽聽得列卡陀急促地喊：

「波拉夫好像有點不舒服！」

她臉色變得蒼白，帽檐下面的陰影差不多呈青灰色。由於呼吸急促，繫在喉部的帽帶有些發抖。

「我要回家。」她無力地說道。

叫來了一輛馬車，馬蒂尼跟她一起上車護送她回去。牛虻彎下腰爲她整理被車輪掛住的斗篷時，突然抬起頭看一看她的臉。這時馬蒂尼發覺她臉上帶著一種驚恐的神色，匆匆躲避。

「瓊瑪，你沒事吧？」他們坐上馬車離去之後，馬蒂尼用英語問道：「那個惡棍跟你說了什麼？」

「沒說什麼，西薩爾，這不怪他，是我——我——吃了一驚——」

「吃了一驚？」

「對，我彷彿看見了——」她用一隻手捂住了她的眼睛，他默默等待她恢復自控能力。她的臉漸漸有了血色。

「你說得沒錯，」她轉過身來，最後又像往常那樣平靜地說道：「回憶痛苦的往事不僅沒用反而更糟，這只會刺激人的神經，讓人產生幻覺。我們再也不要談論這個話題了，西薩爾。否則我就會覺得我見到的每個人都像亞瑟，這是一種幻覺，好像青天白日做的噩夢。就在剛才，那個討厭的傢伙走過來的時候，我把他認作亞瑟了。」

chapter 5

邊境走私

很明顯牛虻知道如何爲自己樹敵。他是在八月抵達佛羅倫斯的，到了十月底，委員會裡已經有四分之三的人轉而贊同馬蒂尼的觀點。他對蒙泰尼里的猛烈抨擊甚至惹得原先崇拜他的人也很惱火。

蓋利起初對這位睿智的諷刺作家的言行推崇備至，如今也帶著憂慮的神情承認應該放過蒙泰尼里。

「爲人正直的紅衣主教可不多，碰巧出現這麼一個，最好還是對他客氣一些。」

面對這場謾罵和諷刺詩文的暴風雨，唯一能夠漠然視之的人似乎就是蒙泰尼里自己。正如馬蒂尼說的那樣，看來不值得浪費精力譏笑一個如此心胸寬廣的人。

城裡有一種傳言，說是有一天蒙泰尼里與佛羅倫斯大主教一道進餐，偶爾在房間裡發現了一篇牛虻對他恣意進行人身攻擊的雜文。在讀完以後，他把文章呈給了大主教，還說：「寫得十分精彩，不是嗎？」

有一天，城裡出現了一份傳單，標題是《聖母領報節之聖跡》（聖母領報節：三月廿五日，〈聖經〉稱天使加百列在這一天奉告聖母瑪利亞，她將得子耶穌。）。雖然作者省略了眾所周知的簽名，並沒有畫上一隻展翅的牛虻，然而辛辣又犀利的文風還是會讓大多數讀者準確無誤地猜出文章作者。

那份傳單是用對話形式寫成的。塔斯加尼人充當聖母瑪利亞，蒙泰尼里充當天使，他手持一枝表示純潔的百合花，頭戴象徵和平的橄欖枝花冠，正宣告耶穌會派的降生。整篇文章含沙射影，充滿無禮的個人攻擊和極其猥褻的暗示。整個佛羅倫斯都認為這一篇諷刺文章既不大方又不公平，儘管如此，整個佛羅倫斯還是笑了起來。

牛虻那些貌似嚴肅的荒誕無稽之談話，包含著一些不可抗拒的東西，以致連那些最不贊成、最不喜歡他的人談到他的文章，也跟他的熱情支持者一樣拊掌大笑。即便傳單的語氣讓人感到厭惡，可它還是在城中大眾的感情上留下了痕跡。

蒙泰尼里個人的聲譽很高，無論諷刺文章是多麼機智，那都不會對他造成嚴重的傷害，但是在一段時期內，卻有一股反對他的潮流悄然湧起了。

牛虻知道該刺痛什麼地方。主教大人的門前依然聚集著熱情的人群看他上車下車，但在歡呼聲和祝福聲中也常常夾雜著「耶穌會派的走狗！」與「聖信會派的奸細！」之類不敬的口號。

然而蒙泰尼里並不缺少支持者。牛虻的傳單發出兩天以後，教會出版的一份主要的報紙《教友報》刊出一篇文筆優秀的文章，標題是《答「聖母領報節之聖跡」》，署名「某教徒」。這篇充滿激情的文章針對牛虻的無端誹謗為蒙泰尼里做了辯解。這位匿名作者以雄辯的文風和極大的熱忱，首先闡釋了世界和平及人類友好的教義，說明新教皇是福音傳教士，最後還要求牛虻證明在其文中得出的結論，而且鄭重號召公眾不要信任一個爲人所不齒的、專門造謠中傷的傢伙。

作爲一篇另類的應辯文章，它極具說服力；作爲一篇文學作品，其價值也遠遠超出一般的水準。所以文章一發表便在城裡引起了很多人注意，特別是因爲連報紙的編輯也不知道作者的身分。

不久，這篇文章又印成小冊子流傳，佛羅倫斯每一間咖啡館都在議論這位「匿名的辯護人」。

牛虻也做出了反應，他猛烈抨擊新教皇及其一切支持者，尤其是蒙泰尼里。他謹慎地暗示蒙泰尼里很可能同意對他本人的頌揚。對於這一點，那位匿名辯護人又在《信徒報》上撰文，憤怒地予以否認。蒙泰尼里在此停留的餘下時間裡，兩位作者之間展開的激烈辯論交鋒引起了公眾的關注，從而無心注意那位出名的傳道士。

自由派的一些成員大膽規勸牛虻無須帶著那麼惡毒的調子對待蒙泰尼里，然而他們並沒有從他那裡得到滿意的回答。他只是莞爾一笑，無精打采，期期艾艾地說道：

「說真的，先生們，你們太不公平了。我向波拉夫人做出讓步的時候，曾有約在先，這一回得允許我開一次小的玩笑了。契約上就是這樣規定的呀（此句引自莎士比亞《威尼斯商人》第四幕第一場中夏洛克的話。）！」

蒙泰尼里在十月底回到了羅馬教區。離開佛羅倫斯之前，他做了一次告別布道。其中他提到那場爭論，他溫和地表示不太贊成兩位作者的激烈態度，並請求爲他辯護的那位匿名作者樹立一個寬容的榜樣，結束這一場既無用處又不體面的筆墨官司。

《信徒報》在第二天倒登出了一則啓事，聲明依照蒙泰尼里大人的意願，「某教徒」將會撤出這場論戰。

最終還是牛虻說了算。他發表了一份小傳單，聲稱蒙泰尼里被基督教謙和恭讓的精神繳了械，他已經要改邪歸正，準備摟住他所見到的第一位聖主教會教士，還要灑下和解的淚水。「我甚至希望，」他在文章的結尾部分說：「擁抱向我挑釁的那位匿名作者，如若我的讀者像我和紅衣主教閣下一樣，知道了這意味著什麼，並且也知道了他爲什麼匿名，那麼他們就會堅信我這番話的誠意的。」

十一月下旬，牛虻通知文學委員會，說他要到海濱休假半個月。看來他是到里窩那去了，列卡陀醫生隨後趕到那裡想跟他談一談，但是找遍了全城也不見他的蹤影。

十二月五日，沿亞平寧山脈的教皇領地爆發了非常激烈的政治遊行示威，人們開始揣測牛虻突發奇想在深冬的季節要去休假的原因。騷亂平定以後，他回到佛羅倫斯，在街上偶遇列卡陀醫生，和顏悅色地對他說：

「我聽說你到里窩那找過我，我當時是在比薩，那個古城太漂亮，大有世外桃源那種仙境遺風。」

耶誕節那個星期的一天下午，他參加了文學委員會召開的會議，開會地點是在克羅斯門附近列卡陀醫生家裡。那天出席的人該到的都到了，牛虻來遲一步，進門的時候，微笑著躬身致歉。

當時似乎已經沒有了空座，列卡陀醫生起身迎客，要到隔壁房間搬椅子，然而牛虻制止了他。「別麻煩了，」他說：「我在這兒就挺愜意的。」說著便走到瓊瑪放椅子的窗前，坐到窗臺上，腦袋向後一仰，懶洋洋地靠在百葉窗上。

他瞇起眼睛，笑吟吟地俯視瓊瑪，帶著難以捉摸的斯芬克斯式神態，這讓他看上去彷彿是李奧納多．達．文西肖像畫中的人物。他曾在瓊瑪心中激起的那種本能的不信任感，現在加深了，變成一種不可名狀的恐懼感。

這次討論的主題是發表一份小冊子，闡述委員會對塔斯加尼面臨饑餓的觀點，以及應該採用什麼舉措，在這件事上很難形成決議，因爲像平常一樣，委員會成員意見分歧很大。比較激進的一派，包括瓊瑪、馬蒂尼和列卡陀在內，主張強烈呼籲政府和社會各界立即採取有效措施，解救農民的困苦。而溫和的一派——其中自然包括格拉西尼——唯恐激烈的措辭非但說服不了當局，反而會把它激怒。

「想要立刻幫助人民，先生們，用心是很好的。」格拉西尼帶著心平氣和而又悲天憫人的神氣，環顧了周圍那幾個面紅耳赤的激進派說道：「我們大多數人都想得到很多我們不大可能得到的東西，但是，如果我們一上來就採用你們提議的那種語氣，政府很可能直到真正發生了饑荒才開始採取救濟措施。假如我們只是勸說政府內閣調查收成情況，那倒是一個準備步驟。」

坐在爐旁一角的蓋利跳起來駁斥他的宿敵。

「一個準備步驟——是，我親愛的先生。可是假如發生了饑荒，它可不能等著我們未雨綢繆。在我們送去真真正正的救濟品之前，人民或許就已經忍饑挨餓了。」

「我很想知道——」薩康尼開始說道，但好幾個人的聲音把他的話打斷了。

「大聲點，我們聽不清楚。」

「街上吵吵嚷嚷，像炸了地獄一樣，怎能聽得清楚，」蓋利氣呼呼地說：「那扇窗戶關住沒有，列卡陀？連自己的說話都聽不見了！」

瓊瑪回過頭去，「關了，」她說：「窗戶關得很死，我看是有一班玩雜耍的或是其他什麼的人從這兒路過。」

從下面街道傳來一陣陣的叫聲和笑聲，還有鈴聲和腳步聲，夾雜著一個銅管樂隊蹩腳的吹奏聲和一面大鼓冷漠的敲擊聲。

「這幾天可真叫沒辦法，」列卡陀說：「耶誕節期間一定會鬧哄哄的。薩康尼，你剛剛在說什麼？」

「我說我很想聽一聽比薩和里窩那那邊的人對這個問題有什麼看法，也許列瓦雷士先生能告訴我們點什麼，因為他剛從那兒回來。」

「列瓦雷士先生！」瓊瑪叫道。她是唯一坐在他旁邊的人，因為他依然沉默不語，便欠身向前，碰一下他的胳膊。

他慢慢把臉轉向她，她看到那張臉上可怕的木然表情，不禁嚇了一跳。頃刻之間，彷彿是一張死人的臉。過了一會兒，那兩片唇才動了起來，怪怪的，沒有一點生氣。

「對，」他自言自語道：「是一班玩雜耍的。」

她的第一直覺就是擋住他，免得別人覺得奇怪。儘管說不清他怎麼會是那樣子，但她察覺某種可怕的幻覺或幻象使他著了魔，而且這時他的肉體和靈魂全然受它支配。

她立即起身，站到他和眾人之間，好像要看見窗外似的把窗戶打開。除了她自己，誰也沒看見他的臉。

一個走江湖的馬戲班子從街上路過，賣藝人騎在驢上，喬裝哈里昆的人穿著花花綠綠的衣服。節日期間戴著假面具遊行的人群，浪謔嘩笑，推推搡搡，一面跟馬戲團丑角打諢調笑，一面向他扔一串串紙帶，又把裝著陳皮梅的紙袋扔給坐在車上的馬戲女郎。

那位裝作科倫賓的女人，用金銀紙箔和羽毛把自己裝扮起來，前額披著幾縷假髮卷，塗了口紅的嘴唇露出造作的笑容。彩車後跟著一群形態各異的人——流浪漢、叫花子、翻著跟頭的小丑和叫賣的小販。他們推推搡搡，胡扔亂砸，還爲幾個人拍手叫好。

由於人群的擁擠和晃動，瓊瑪沒有看清那是何許人物，但不一會兒她就看清楚了。原來是個駝子，又矮又醜，穿著稀奇古怪的衣服，頭上戴著紙帽子，身上掛著鈴鐺。他顯然屬於那個遊串四方的馬戲班子。他做出可憎的鬼臉，彎腰曲背，引得人群陣陣哄笑。

「那兒出了什麼事？」列卡陀走到窗前問道：「你們看得津津有味。」

列卡陀感到驚奇，他們竟不顧委員會成員在那兒等候，卻在專心看一幫走江湖的賣藝人。瓊瑪轉過身來。

「沒什麼好看的，」她說：「就是一幫玩雜耍的，他們吵吵鬧鬧，我還當是別的什麼呢。」

她一隻手依舊依著窗戶。她忽然感到牛虻伸出冰涼的手指，滿懷激情地握住那隻手。

「謝謝你。」他柔和地說道，關上窗戶，又重新坐回窗臺上。

「恐怕，」他淡定地說：「我中斷了你們開會，先生們。我剛剛是在看雜耍表演，真──真是熱鬧。」

「薩康尼向你提了個問題。」馬蒂尼粗聲粗氣地說。牛虻的動作在他看來是荒誕不經的裝腔作勢，更可惱的是，瓊瑪也竟然稀里糊塗學起他的樣子，這不像是她的一貫作風。

牛虻聲稱他對比薩人民的情緒毫不熟悉，他去那裡「僅是休假」。接著他便興致勃勃地高談闊論起來。先是大談農業收成的前景，然後又大談小冊子問題，雖然說話結結巴巴，卻如開閘洩洪，滔滔不絕，直講得別人都露出倦意，他好像借自己的聲音表達了一種狂喜。

會議結束了，委員會的成員動身離去，這時列卡陀走到馬蒂尼面前。

「你能留下來陪我吃飯嗎？法布列齊和薩康尼已經答應留下來啦。」

「謝謝，我得把波拉夫人送回家。」

「你真的擔心我自己回不了家嗎？」她說著站了起來，披上了她的圍巾，「自然他要留下來陪你，列卡陀醫生。換換環境對他有好處。他出門的機會太少了。」

「要是你允許的話，我願意送你回家，」牛虻插話說道：「我正巧也是往那個方向走。」

「如果真順路的話──」

「我想，晚上你大概沒時間到這兒來啦，是嗎，列瓦雷士先生？」列卡陀一邊開門送客，一邊問道。

牛虻回頭笑出聲來：「我可愛的朋友，是說我嗎？我可要去欣賞雜耍表演！」

「真是個古怪的人，對雜耍藝人的那份感情是那樣奇怪。」列卡陀回到客人中間的時候說道。

「我看這是出於一種同行間的感情吧，」馬蒂尼說道：「我可是見過賣藝的人，這個傢伙就是一個。」

「但願我只把他看作賣藝的人，」法布列齊一副嚴肅面孔，在旁邊插嘴說道：「假如他是一個賣藝的人，只怕他是一個十分危險的賣藝人。」

「從哪方面來說危險呢？」

「我不喜歡他熱衷的那些神秘兮兮的短期旅行。你知道，這已經是第三次了，我根本不相信他是去了比薩。」

「我認爲這差不多是一個公開的秘密，他是去了山裡。」薩康尼說道：「他甚至並不否認跟當年在薩維尼奧起義事件裡結識的走私販子還有聯繫，因此他利用他們的友情把傳單偷運出教皇領地的邊界，也就是很自然的事了。」

「我嘛，」列卡陀說道：「想跟你們說的正是這個問題，請列瓦雷士先生負責我們的偷運工作是再好不過了。建在皮斯托亞的印刷廠經營不善，在我看來效率非常差。運過邊境的傳單老是捲在雪茄裡，沒有比這更糟的了。」

「這種方法至今都十分有效。」馬蒂尼很不服氣地說。聽到列卡陀和蓋利動不動就把牛虻推出來作爲別人效法的榜樣，他覺得厭惡極了。他傾向於以爲在這個「散漫的浪人」擺平大家之前，所有一切都是井井有條的。

「到目前爲止，幹得倒是不錯，不過那是因爲我們沒有更好的辦法，也只好將就了，但話說回來，被捕的人和被抄沒的東西也不少啊。現在我相信，如果列瓦雷士爲我們負責這件工作，這類事件就會減少。」

「你爲什麼這麼認爲呢？」

「首先，走私販子把我們當作外行，或者說把我們當作有油水可榨的對象，而列瓦雷士是他們的私交，很可能是他們的領袖，他們尊重他，信任他。對於參與過薩維尼奧起義的人，亞平寧山區的每一位私販子都願意爲他們赴湯蹈火，而對我們就不會。其次，我們中間沒有一個人能像列瓦雷士那樣瞭解山裡的情況。不要忘記，他曾經在他們中間避過難，對走私販子走的路徑瞭若指掌。任何一個走私販子即便想騙他，也不敢騙；即便敢騙他，也騙不了。」

「那麼你是建議我們應該請他把印刷品運過邊境——散發、投寄以及存放的秘密地點統統在內——全部接管呢，還是只由他代我們把東西運到邊界那邊呢？」

「呃，至於投放的地址和藏匿的地點，我們知道的他大概都知道，恐怕比我們瞭解的還要多。我看這方面我們未必能教給他什麼新鮮東西。說到散發，那當然要見機行事了。在我想來，重要的問題還在於如何偷運過境，那些書籍一旦安全送到博洛尼亞，散發的事就比較簡單了。」

「就我來看，」馬蒂尼說：「我不贊成這項計畫。首先，關於他辦事精明幹練的種種談論，只不過是猜測而已，我們並沒確實見過他幹走私過境的工作，不知道他在危急時刻能否保持鎮定。」

「噢，對此你大可不必質疑！」列卡陀插嘴說：「薩維尼奧事件就能證實他能做到鎮定自若。」

「還有，」馬蒂尼繼續說道：「據我對列瓦雷士這個人不多的瞭解，我覺得把黨的全部秘密都託付給他似乎不太妥當。在我看來，他這個人輕狂，矯揉造作，把黨的私運工作全權交到這一個人手裡，是一件嚴肅的事。法布列齊，你以爲如何？」

「假如我像你一樣僅有這些反對意見，馬蒂尼，」教授答道：「我自然應該打消它們，因爲列瓦雷士正是一個具有列卡陀說的那些優點的人。依我看來，無須懷疑他的膽量、他的誠實，或者說他的鎮靜。他熟悉山裡的情況，瞭解山民，我們已經有充足的證據。可還是覺得，他去山裡並不是爲了私運傳單，我開始質疑他別有企圖。當然了，這一點我們僅僅是私下說說，只是懷疑，在我看來，他或許與某個『團體』保持聯絡，或許是特危險的團體。」

「你的意思是說那個──『紅帶會』嗎？」

「不，是『短刀會』。」

「『短刀會』！可那是一個由亡命之徒組成的小團體──裡面多數是農民，既沒有接受過教育，也沒有任何政治經驗。」

「薩維尼奧的起義者不也是這樣嗎？可是他們有幾個受過教育的人擔任領袖，這個小團體或許也是如此。不要忘記，這些個激進團體的成員大部分是薩維尼奧起義的餘黨，他們實力太弱，不能以公開暴動方式同教會鬥爭，所以他們專事暗殺。他們的手段不夠有力，使不了槍，只得採用短刀。」

「可你憑什麼去猜列瓦雷士和他們有關係呢？」

「我並不去猜，我僅是有些疑慮。無論如何，我以為在把私運工作交給他之前，我們最好還是查清這事。如若他試圖同時兼任兩種工作，他只會毀了黨的聲譽，什麼忙也幫不上。儘管如此，這件事還是下次再談吧。我要告訴你們一個從羅馬傳來的消息，據說將會任命一個委員會，起草一部地方自治憲法。」

chapter 6 流浪兒

瓊瑪和牛虻順著阿諾河邊靜靜地走著。他那股激昂慷慨的勁頭似乎消耗殆盡了，在他們離開列卡陀的寓所之後，他幾乎一句話也沒說。

瓊瑪見他一言不發，心裡著實感到興奮。和他在一起，她總是感覺到難爲情，比起往常來，今天比往日更甚，因爲他會上的舉止使她感到十分困惑。

到了烏菲齊宮時，他忽然停了下來，轉身向著她。

「你累嗎？」

「不累，怎麼啦？」

「今晚不是特別忙嗎？」

「不忙。」

「我想求你一件事。你陪我散會兒步好嗎？」

「去哪兒呢？」

「沒有什麼特別的地方，隨你願意上哪兒。」

「這是為什麼呢？」

他躊躇片刻。

「我──不能告訴你──至少現在，說出口很難。不過，如果方便的話，就請跟我來。」

他忽然抬起原來看著地面的眼睛，她看見他那眼裡的神情是那樣奇怪。

「你一定是有什麼心事。」她溫柔地說道。

他從插在鈕釦孔的那枝花上撕下了一片葉子，而後開始把它撕成碎片。她覺得他很像一個人──誰呢？那人的手指也有這種習慣動作，這般匆忙和神經質。

「我遇到了麻煩，」他低頭盯著雙手，聲音低得幾乎讓人聽不到，「我──我今晚不願意一個人待著，你來嗎？」

「當然可以，你還是到我的公寓去吧。」

「不，陪我找家餐館吃飯去吧，西格諾里亞有家餐館。請你不要拒絕，你已經答應我了！」

他們進到一家餐館，他點了菜，可是幾乎就沒有動他自己的那一份。他執意悶聲不響，把一片麵包放在桌布上揉得粉碎，同時揉搓著餐巾的邊緣。

瓊瑪覺得很不自在，開始後悔不該跟他前來。沉默變得越來越令人尷尬，但是面對這樣一個好像忘記她的存在的人，她又不好胡亂扯些閒話。

他終於抬起頭，唐突地說道：

「你想去看雜耍表演嗎？」

她驚訝地望著他，他腦袋裡怎麼會轉出看雜耍表演的念頭呢？

「你見過雜耍表演嗎？」還沒等她回答，他就又問道。

「沒看過，我想，我是沒看過，我覺得那沒什麼大的意思。」

「很有意思呢。我倒認爲一個人不看雜耍表演，是不能研究平民生活的。咱們回到克羅斯城門去吧。」

等他們到了那兒時，賣藝人已在城門旁邊撐起了帳篷，刺耳的小提琴聲和咚咚作響的大鼓聲宣布演出已經開始了。

那場表演實在俗之又俗。幾個滑稽丑角、數名玩雜技的、一位騎馬鑽大鐵圈的，再加上那個濃妝豔抹的馬戲女郎和那個做出各種各樣無聊而又愚蠢滑稽動作的駝子，就代表著那個雜耍班子的全部班底。

總的來說：那些笑話既不庸俗又不憎惡，都平淡而又陳腐，整場表演都沒有什麼勁兒。觀眾出於塔斯加尼人那種天生的禮貌，又是大笑又是拍手，實際上看得很有趣味的還是那個駝子的表演，但瓊瑪發現既不幽默又不巧妙，只是扭腰曲背，動作奇怪醜陋，看客們卻都模仿他的怪樣，並且把他們的孩子舉到肩上，讓小傢伙們看那個「醜八怪」。

「列瓦雷士先生，你真的認爲這有吸引力嗎？」瓊瑪轉身對牛虻說道。這時他胳膊摟著帳篷的柱子，站在她身旁，「在我看來——」

她打住了話頭，不作聲地看著他。除了那天她在里窩那的花園門口站在蒙泰尼里身旁，她從沒見過一個人的臉上表現出這樣的深沉而絕望的痛苦。她望著他，不由得想到但丁筆下的地獄。

不一會兒，一個小丑踩了駝子一腳，駝子一個轉身翻了一個跟斗，隨後身體一癱，怪裡怪氣地倒在圈子外面，兩個小丑開始對話了，此時牛虻好像從夢中清醒了過來。

「我們走吧，」他問，「你還想再看一會兒嗎？」

「我們還是走吧。」

他們離開帳篷，穿過陰暗的草地走向河邊。有一陣子誰也沒有說話。

「你覺得表演怎麼樣？」過了一會兒，牛虻問道。

「我覺得整個演出沉悶得讓人透不過氣來，其中有一段讓人看了很不愉快。」

「哪一段？」

「呃，那些鬼臉，那樣扭腰駝背，完全醜陋不堪，沒有一點高雅之處。」

「你是說那駝子的表演嗎？」

瓊瑪沒有忘記他對涉及自身生理缺陷的話題特別敏感，所以剛才避免提到演出中的這個節目，現在既然他自己提起，她便回答說：

「是的，我十分討厭這一部分。」

「可這是人們最欣賞的部分。」

「沒錯，可這正是最糟糕的地方。」

「是因爲沒有藝術性嗎？」

「不──不，雖然的確沒有藝術性可言，但我的意思是──它太殘忍。」

他略微一笑。

「殘忍？你的意思是針對那個駝子而言嗎？」

「我是說——當然啦，那個人自己好像無所謂，毫無疑問，那是他謀生糊口的一種方式，就像馬戲騎手和馬戲女郎幹那一行是他們謀生糊口的方式一樣，但這總叫人覺得不愉快。這是恥辱，是一個人的墮落。」

「他也許不見得比幹這一行以前更墮落吧，我們大多數人都是墮落的，只不過各自墮落的形式不同罷了。」

「對，但這——我敢說你會覺得是個荒謬的偏見，可是在我來看，一個人的軀體是神聖的，我不願看它受到褻瀆，使它變得醜陋不堪。」

「一個人的靈魂呢？」

他突然停住，一手扶著河堤的石欄杆，直面望著她。

「一個人的靈魂？」她一面重複著這句話，一面也停住腳步，驚異地看著他。

他突然張開雙手，激動不已：

「難道你沒有想到那個可憐的小丑也可能有個靈魂——一個鮮活的、掙扎著的人的靈魂嗎，它被束縛在一個扭曲的軀殼裡，不得不受驅使和奴役？你，對一切都是一副慈悲心腸——你，憐憫那個穿著丑角彩衣、掛著鈴鐺的軀體——然而你可曾想過，那個甚至沒有五顏六色的衣服掩蓋、裸露在外的靈魂？想想它在眾人面前凍得哆嗦，屈辱和苦難使它喘不過氣來——感受到鞭打一樣的嘲笑——他們的哄笑就像燒紅的烙鐵燒在裸露的皮肉上！再想想它的過去——在眾人的面前那樣無助——由於大山不願壓住它——由於岩石無心遮蓋它——妒忌那些能夠躲進某個地洞藏身的老鼠。想起了一個靈魂已經麻痹——想喊無聲，欲哭無淚——它必須忍耐，忍耐，再忍耐。哦！我是在胡說八道！你怎麼不笑呢？你這個人真沒幽默感！」

瓊瑪慢慢轉過身，在死一般的寂靜裡沿著河岸向前走去。

整個晚上，她從未想到過他的煩惱——不管它是什麼——與雜耍有聯繫；而現在，突然迸發的感嘆，使他把內心生活的一幅畫面隱隱約約展現在她面前，儘管她可憐他，卻不知說什麼才好。

他在她身旁走著，掉頭轉向，遠遠望著河水。

「我想讓你知道，」他忽然開口說話，以一種咄咄逼人的神氣說道：「我剛才對你說的每一句話都純粹是無稽之談，我這個人頗喜歡幻想，不喜歡別人真拿它當回事。」

她沒有作答，他們靜靜地往前走去。

當他們路過烏菲齊宮的大門時，他穿過馬路，停在一個倚在欄杆上的「黑色包裹」前。

「小傢伙，怎麼啦？」他問道，這樣柔和的語氣是她從未聽過的。

「你爲什麼不回家？」

那個包裹動彈了一下，呻吟似的喃喃了一句什麼。

瓊瑪走了過去，見到一個大概六歲的小孩，衣服又破又髒，蹲在人行道上彷彿是一個受到驚嚇的小動物。牛虻彎下腰，用手撫摸著那個頭髮蓬亂的腦袋。

「怎麼回事？」他把身體壓得更低，以便聽清楚他模糊不清的答話，「你應該回家去睡覺，小孩子晚上不要出門，你會被凍壞的！把手伸給我，像個真正的男子漢那樣跳起來！你家住在哪裡？」

他拉住那個小孩的胳膊，把他拉了起來。沒想到那個孩子尖叫一聲，立刻縮回身。

「怎麼了？」牛虻問道，跪到地上，「噢！夫人，看這兒！」

那個孩子的肩膀和外套上沾滿血。

「告訴我出什麼事了？」牛虻以安撫的口吻繼續說：「是摔了一跤，對嗎？不對？有人打你了嗎？我猜也是！是誰？」

「我叔叔。」

「啊，是這樣！這是什麼時候的事？」

「今天早上。他喝醉了，我——」

「你跟他找麻煩了——是這樣嗎？大人喝醉了的時候，你是不好麻煩他的呀，小傢伙，他們是不喜歡別人跟他找麻煩的。我們拿這個小東西怎麼辦呢，夫人？到亮光下來，孩子，讓我看看你的胳膊，來，摟住我的脖子，我不會弄疼你的，這就對啦！」

他雙手抱起那個男孩，穿過了街道，把他擱在石欄杆上，然後掏出一把小刀，熟練地劃開那只撕破的袖管。那個小孩把頭埋在他的胸前，瓊瑪則扶著他那隻受傷的胳膊。肩膀已經腫了起來，胳膊上還有一道深深的刀痕。

「把這樣小的孩子傷成這樣子，真不像話。」牛虻一邊說著，一邊用手帕包紮在傷口的周圍，以免外套蹭疼傷口，「他用什麼打的？」

「鐵鍬。我請他給我一個索爾多，想去拐角的那家店裡買點米粥，他就用鐵鍬打了我。」

牛虻打了個寒戰。「啊！」他輕聲說：「那可疼得很哪，是嗎，小傢伙？」

「他用鐵鍬打我——我就跑出來了。」

「然後你就四處流浪，飯也沒吃？」

那個小孩沒有作答，開始失聲痛哭起來。牛虻把他從欄杆上抱了下來。

「別哭！別哭！馬上就沒事了。我不知道從哪裡能叫一輛馬車，恐怕所有的馬車都等在劇場門口了，今晚那兒有一場盛大演出。真對不起，夫人，我拖累你了，不過——」

「我願意跟你在一起，你也許需要有個人幫忙。你覺得你能抱他走那麼遠嗎？他不是很重吧？」

「噢，我能行，謝謝你。」

他們在劇院門口叫了幾輛馬車，可它們全都坐了人。演出已經散場，觀眾都已離去，牆上貼的海報醒目地印著綺達的名字，她在這場芭蕾舞中擔任主角。牛虻拜託瓊瑪等他一會兒，然後走到演員出口處，跟一位侍者搭上了話。

「萊尼小姐走了沒有？」

「沒有，先生。」那人答道。看到一位穿著講究的紳士抱著一個衣衫破爛的街頭小孩，他感到有些困惑，「我想，萊尼小姐說會兒話就出來了，她的馬車在那兒候著呢。瞧，她來啦。」

綺達挽著一位年輕騎兵軍官的臂膀走下樓來。她顯得風姿綽約，大紅的絲絨披風罩著晚禮服，一把用鴕鳥羽毛織成的大扇子掛在腰間。走到門口，她突然停住，將手從軍官臂彎裡抽出來，驚異地走近牛虻。

「費利斯！」她低聲地叫道：「你手裡弄的什麼玩意兒！」

「我在街上撿到了這個小孩，他受了傷，餓著肚子，我想要儘快把他送回家去，哪裡也找不到一輛馬車，所以我想借用你的車子。」

「費利斯！你打算把這樣一個可怕的討飯孩子帶進你的屋子?!去叫一個警察來，把他帶到收容所或者別的什麼適合他去的地方。你總不能把全城所有的叫花子都——」

「他受了傷，」牛虻重複了一遍，「就是要送收容所，也得等到明天，現在我得照料他，給他弄點兒東西吃。」

綺達顰眉蹙目，微露厭惡之意：「你就這麼讓他的頭靠著你的襯衣！你怎麼可以這樣呢？他噁心死了！」

牛虻抬起頭，一股怒氣突然形之於色。

「他可餓著肚子，」他怒不可遏地說：「你不知道挨餓是什麼滋味，是嗎？」

「列瓦雷士先生，」瓊瑪走上前來插話說道：「我的住所離這兒很近，我們還是把孩子帶那兒去吧！你要是再找不到車，我會想辦法安排他過夜的。」

他立刻轉過身去：「你不介意嗎？」

「當然不，晚安，萊尼小姐！」

那位吉普賽女郎冷硬地鞠了一躬，憤然聳一聳肩膀。她又挽起了那位軍官的胳膊，撩起裙擺從他們身邊走過，上了那輛引起爭論的馬車。

「要是你樂意的話，我就打發車回來接你和那個孩子。」綺達在馬車踏腳上停了一會兒，說道。

「非常好，我這就把地址告訴他。」他走到人行道上，把住址給了那位車夫，而後抱著那個孩子又回到瓊瑪的身邊。

凱蒂在家等待著她的女主人。聽到出了什麼事後，她跑去端來熱水和別的需要的東西。牛虻將孩子放在椅子上，自己則跪在他身旁，靈巧地替他脫掉那件襤褸的衣服，兩手溫存而又熟練地給孩子洗了澡，並把傷口包紮好。他剛給孩子洗完，用一塊暖和的毛毯包裹他的時候，瓊瑪就雙手端著一只托盤走進來。

「你的病人準備吃飯了嗎？」她一面發問，一面衝那個陌生的小傢伙笑一笑，「我已經給他準備好了。」

牛虻站了起來，把那身髒衣服整成一團。

「你的房間恐怕給我們弄得亂七八糟了，」他說：「這些東西嘛，最好扔進火爐裡去，明天我給他買幾件新衣服。你屋裡有白蘭地嗎，夫人？我想，我應該給他喝一點兒。請原諒，我得去洗一洗手。」

等那個孩子吃完晚飯後，亂蓬蓬的腦袋立刻靠到牛虻的白襯衫上，在他的懷抱中睡熟了。瓊瑪幫凱蒂把房間收拾整齊以後，這才在桌旁坐下來。

「列瓦雷士先生，你回家前必須吃點東西──你晚飯幾乎一口也沒吃，況且天已不早了。」

「要是方便的話，我倒想來杯英國式的茶。對不起，讓你忙到這麼晚。」

「噢！不用客氣。把那孩子擱到沙發上，他會累垮你的。等一等，我在座墊上放一條床單，明天你打算怎麼辦？」

「明天嗎？除了那個酒鬼惡棍，找找看他還有什麼別的親人。如果沒有，只好照萊尼小姐的主意，把他送到收容所去了。最仁慈的辦法也許是在他脖子上掛一塊石頭，扔進河裡去，不過那樣做的話，我可就得承擔不愉快的後果了。睡得真沉！不走運的小東西——甚至都不會像隻走失的小貓那樣保護自己！」

當凱蒂提著茶壺走進來時，那個男孩醒了過來，帶著驚恐的表情坐了起來。他一眼認出了牛虻（那孩子已經把他看作當然的保護人），於是掙扎著下了沙發，拖著毛毯走過來依偎在牛虻身邊。這會兒他已完全有了精神，問這問那。

他指著那隻殘廢的左手問道：「這是什麼？」

牛虻的左手拿著一塊餅：「這個嗎？餅。你想再吃一點嗎？我以爲你已經吃飽了。小男子漢，等到明天再吃吧。」

「不是——是那個！」他伸出一隻手，摸一摸牛虻幾根斷指的殘根和手腕上的大疤痕。牛虻放下手中的餅。

「噢，是這個！這和你肩膀上的那個東西一樣的——我被一個比我壯實的人打了。」

「疼得很嗎？」

「哦，我不知道——不見得比別的事情更叫人感到疼痛。好啦，好啦，回去睡覺吧，天這麼晚了，不要再提問題啦。」

馬車開來時，那個孩子已經睡著了。牛虻沒有喊醒他，溫柔地把他抱起來，隨後出了房門，走到樓梯上。

「今天在我看來，你似乎是服務天使。」牛虻在門口停了一會兒，對瓊瑪說：「可是這不會妨礙我們今後盡情辯論。」

「我可不願和任何人爭吵。」

「啊！可是我有。沒有爭吵，生活就難以忍受，一場激烈的爭吵是生活中不可或缺的東西，比雜耍表演更有意思！」

說完，他抱著那個熟睡的孩子，吃吃地笑著走下臺階。

chapter 7

舊疾復發

一月第一個星期的一天，馬蒂尼發出一份請柬，邀請大家來參加文學委員會每月的例會。他隨即收到牛虻寄來的一張簡短便條，上面用鉛筆潦潦草草地寫著幾個字：

「非常抱歉，不能前往。」

馬蒂尼看罷頗有點惱火，因爲請柬上注明「有要事相商」的字樣。在他看來，這個傢伙向來桀驁不馴，而這樣做實在是傲慢至極。

另外，他那天分別收到了三封信，沒有一條好消息。況且天上又刮著東風，於是馬蒂尼覺得很不開心，脾氣壞到極點。

開會的時候，列卡陀醫生問道：「列瓦雷士先生來了嗎？」他便繃著臉回答：「沒來，他好像正忙著幹什麼更有興趣的事呢，不能來，或者不想來。」

「真的，馬蒂尼，」蓋利不耐煩地說：「你大概是佛羅倫斯意見最大的人了，只要你不認同某個人，他所做的一切就都是錯的。他病了怎麼能來？」

「誰告訴你他病了？」

「你不清楚嗎？他已經臥病在床四天了。」

「他怎麼啦？」

「不清楚。上星期四，他因病不得不推遲了跟我的一次約會；昨天晚上，我順路去看他，聽說他病得厲害，不能見客。我還以爲列卡陀在照看他呢！」

「我毫不知情，我今晚就過去，瞧瞧他想要什麼。」

次日早晨，列卡陀臉色蒼白，滿面倦容，走進瓊瑪的小書房。她坐在桌子旁邊，正在向馬蒂尼口述一串串單調乏味的數字。她打了一個手勢，示意他不要說話。列卡陀明白書寫密碼時不能被人中斷，於是他坐在沙發上，像個永遠也睡不夠的人那樣連連打著哈欠。

「二，四；三，七；六，一；三，五；四，一；」瓊瑪的聲音像機器一樣平緩地讀著，「八，四；七，二；五，一。這個句子完了，西薩爾。」

她用針在紙上扎了一個洞，用以記住準確的位置，而後她轉了過來。

「早安，醫生。你看上去可是滿臉疲憊！你身體還好嗎？」

「哦，還好——只是累得要命。我跟列瓦雷士熬了一夜。」

「跟列瓦雷士？」

「是啊，我陪了他一整宿，我現在必須回醫院照料其他病人。我來這兒看看你們能不能找個人照料他幾天，他病得很不輕呢。我當然要盡力而爲，可是我確實騰不出時間。我說要派護士照料他，他又死活不肯。」

「他得了什麼病？」

「呃，病情十分複雜。首先——」

「首先你吃飯了沒有？」

「吃了，十分感謝。關於列瓦雷士——毫無疑問，他因為神經受到過度刺激，病情變得複雜了。但主要病因還是舊創復發，好像當初治療得太草率了。總而言之，他的身體是垮了，情況十分可怕。我看是南美那場戰爭——在他受傷之後絕對沒有得到恰當的治療，大概是就地隨便處理了一下，他能活下來已經是萬幸。然而傷勢趨於慢性發炎，任何一點小小刺激都會引起舊病復發——」

「有生命危險嗎？」

「不、不，主要的危險是由於病人陷入絕望，而且服用砒霜。」

「那一定痛得很厲害啦？」

「簡直恐怖極了，我不清楚他怎麼可以忍受。昨天晚上我不得不給他服了一劑鴉片，麻醉他的神經——我是從來不肯給神經質病人下這種藥的，可是我總得有辦法才行。」

「他有點神經質，我看他應該是吧。」

「神經質得厲害呢，但是他很堅強。昨晚只要他不是痛得頭暈目眩，他就顯得那樣鎮靜自若，實在讓人驚奇。但是到後來，我也不得不下狠心了。你們認為他這樣病了多長時間？整整五夜，除了那位傻乎乎的女房東，叫不到一個人。即便房子坍塌下來，房東也不會醒來。就算她醒了過來，她也派不上一點用場。」

「可是那位跳芭蕾舞的姑娘呢？」

「是啊，你說怪不怪？他竟不許她到他跟前去。他極其厭惡她。總而言之，在我見過的人當中，他最讓人無法理解——是各種矛盾的大雜燴。」

他拿出了手錶，心事重重地看著，「來不及去醫院了，實在沒辦法，這一回我的助手只好獨自開診了。我能早點知道這事就好了——不該那樣撐了一夜又一夜。」

「可是他爲什麼不派人過來說他生病了呢？」馬蒂尼中斷了他的話，「他總該明白他病成了那樣，我們不會袖手旁觀的。」

「我希望，列卡陀醫生，」瓊瑪說：「昨天晚上你叫上我們的一個人，那就不會把你累成這個樣子了。」

「我親愛的女士，我想過了去叫蓋利，可是列瓦雷士一聽這個建議就暴跳如雷，所以我不敢派人去叫了。當我問他想把誰叫來的時候，他瞪著眼看了我一會兒，好像被我的話驚呆了，隨後他用雙手捂住眼睛，還說：『別告訴他們，他們會笑我的！』他彷彿受困於某種幻覺，認爲人家會笑話什麼。我搞不清是什麼原因，他老是講西班牙語。不過病人講些胡話也是常有的事。」

「現在誰在陪他？」瓊瑪急切地問道。

「除了女房東跟她的女僕，沒有別人。」

「我馬上就去。」馬蒂尼說道。

「謝謝你，我天黑之後還會過去。你在大窗子旁邊那張桌子的抽屜裡，可以找到一份醫囑。鴉片擱在隔壁房間的書架上。如果疼痛又發作起來，你可以給他服用一劑——只能服一劑，不可過量。無論你做什麼事，千萬不要把藥瓶放在他摸得著的地方。他也許忍受不住，服用過量的藥。」

當馬蒂尼走進那間昏暗的屋子時，牛虻快速轉過頭來，而且伸出一隻滾燙的手。他又開始模仿以往那種輕率的態度，只是模仿得很笨拙。

「啊，馬蒂尼！你是來催我交出那些清樣的吧。昨天晚上我沒有出席委員會的例會，你罵也沒用，事實上我身體不太好，而且——」

「別管開會了，我剛見過列卡陀醫生，過來看看是能否幫上一點忙。」

牛虻把臉繃得彷彿是一塊石頭。

「哦，真的！你太好啦。但是不要這樣麻煩，我只是有點不舒服。」

「列卡陀把所有一切都跟我說了，我確定他昨晚陪了你一宿。」

牛虻用力咬著嘴唇。

「我很好的，謝謝你，我什麼也不要。」

「那好，我就坐在隔壁那個房間，也許你願意一個人待著。我把房門虛掩著，有事你可以叫我。」

「你就別費事了，我的確什麼也不需要，我會白白消耗你的時間。」

「夥計，你就不要胡說八道了！」馬蒂尼粗暴地打斷了他的話，「這樣騙我有什麼用？你認爲我沒長眼睛嗎？要是睡得著，就安安靜靜睡一會兒吧。」

他進入隔壁的房間，把房門虛掩著，拿著一本書坐了下來。不一會兒，他就聽見牛虻煩躁不安地動了兩三次。他放下書，側耳傾聽。出現暫時的安靜，而後又焦躁不安地動了一下。接著便聽到一個人咬緊牙關，竭力不呻吟的那種急促、沉重的喘息聲，他趕緊回到那個房間。

「列瓦雷士，要我做點什麼嗎？」

牛虻沒有作答，他走到了床邊。只見牛虻臉色發青，就像個死人一樣，他看了牛虻一會兒，然後默默地搖了搖頭。

「要不要我給你服一劑鴉片？列卡陀說過，如果痛得厲害，你可以再服一劑。」

「不，謝謝，我還能堅持一會兒，一會兒或許會疼得更厲害。」

馬蒂尼聳了聳肩膀，隨後坐在床邊。他靜靜地看著，過了漫長的一個小時，他站起身拿來鴉片。

「列瓦雷士，我再也看不下去了，即使你能堅持住，我可挺不住，你必須服下這東西。」

牛虻一言不發就把它服下去了，而後他轉過身去，閉上了眼睛。馬蒂尼又坐了下來，聽到呼吸聲漸漸變得沉重而均勻。

牛虻已經精疲力竭，一旦睡熟就不容易醒來。一小時過去了，又一小時過去了，他躺在那裡紋絲不動。

在白天和黑夜裡，馬蒂尼到過他床前好幾次，去看他那一動不動的身體，但是除了輕微的鼻息聲，別無一絲生氣。臉色煞白，沒有一點血色。最終他忽然覺得恐怖起來，要是給他服了太多的鴉片那該如何是好？

他見那受過傷的左臂放在被子上，於是抓起那條手臂，想把牛虻搖醒。搖著搖著，沒扣袖口的那條袖管褪下去，露出一塊又一塊深深的疤痕，從手腕到臂肘全都是這樣可怕的疤痕。

「剛開始落下這些傷口時，這隻胳膊肯定好看得很。」他身後響起列卡陀的聲音。

「啊。你可算來了！看看這兒，列卡陀。這人不會長睡不醒吧？我還是在十小時之前給他服了一劑，從那之後他就再沒動過。」

列卡陀彎下腰聽了片刻。

「不會，他的呼吸很正常，就是累了——撐了一夜，他是撐不住了。天亮之前還會發作一次，我希望有個人來守著他。」

「蓋利會來的，他捎來話說，十點到這兒。」

「現在快到了，啊，他醒了！快去叫女佣人把肉湯熱上。輕點兒，輕點兒，列瓦雷士！行啦，行啦，別打了，夥計，我不是大主教啊！」

牛虻忽然驚醒了，露出畏縮、恐怖的神情。

「輪到我了嗎？」他用西班牙語急切地說道：「讓人們多樂上一會兒吧，我——啊！列卡陀，我沒看見是你在這兒。」

他環顧房間，把手搭在額頭上，似乎有些困惑：「馬蒂尼！怎麼，我以爲你早走了呢，我一定是睡熟了。」

「你睡了十個鐘頭，彷彿神話中的睡美人一樣。現在你得喝點肉湯，然後接著再睡。」

「十個鐘頭？馬蒂尼，你肯定不是一直都待在這兒吧？」

「我一直都在這兒守著，我開始懷疑是否該給你服用鴉片。」

牛虻有點難爲情地看了他一眼。

「哪有這麼好的運氣呀！那樣的話，委員會開起會來不就安靜多啦！列卡陀，你又來幹什麼？你發發慈悲讓我安靜一會兒不行嗎？我最恨醫生在跟前轉來轉去嘮叨不休。」

「那好，喝下這個，我就走開，讓你安靜一下。但是過一兩天，我準備給你做個徹底檢查。我看你現在已經過了危險期，你看起來已經不像骷髏頭了。」

「噢，我很快就要好啦，謝謝。那是誰——蓋利？看來今天晚上我這兒貴客盈門了。」

「我是過來陪你過夜的。」

「胡說八道！誰我也不要。回家去，你們都回家去。即便再發作起來，你們誰也幫不了我。我不會不停地服鴉片的，雖說那東西偶爾吃一次很管用。」

「估計你說得對，」列卡陀說：「可是堅持不服可沒那麼簡單。」

牛虻抬頭略微一笑：「別擔心！假如我會對那東西上癮，我早就上癮了。」

「不管怎麼說，絕不能讓你一個人待在這兒。」列卡陀冷冷地回答，「蓋利，請到隔壁房間來一下，我跟你說句話。晚安，列瓦雷士，我明天再來。」

馬蒂尼跟著他們走出房間，就在這時，他聽到牛虻喊他的名字，牛虻向他伸出了一隻手。

「謝謝！」

「噢，別廢話！睡吧。」

列卡陀走後，馬蒂尼和蓋利在外間屋裡交談了幾分鐘。當他打開那座房子的前門的時候，聽見一輛馬車在花園門外停住，並看見一個女人的身影下了車，沿著小徑走過來。那是綺達，顯然是參加過什麼晚上的娛樂活動以後歸來。

馬蒂尼舉起帽子避到一旁讓她過去，然後出了大門，走進通向帝國山的那條黑咕隆咚的小巷，而後花園的大門喀嗒響了一下，急促的腳步聲邁向小巷這邊。

「請等一等！」綺達說。

當他轉身看她時，她停住了腳步，而後沿著籬笆慢慢地朝他走來，一隻手背在後面，拐角上有一盞孤零零的街燈，借著燈光，看見她低垂著頭，彷彿有點困窘或者害羞。

「他怎麼樣？」她問，頭也沒抬。

「比今天早上好多了，他差不多睡了一天，似乎已經不那麼累了，我看他已脫離了危險。」

她的眼睛仍緊盯著地面。

「這次很嚴重吧？」

「我看是夠嚴重的。」

「我猜準這樣。只要他不准我進他的屋子，那就一定病得很厲害。」

「他經常這樣發作嗎？」

「那得看情況——沒什麼規律。去年夏天在瑞士他就很好，但是前一個冬天，我們在維也納的時候，情況就很糟，好幾天他不讓我接近他，他生病時總討厭我在他身邊。」

她仰起頭看了一會兒，而後又低下了眼睛，繼續說道：

「他覺得病要發作時，總要找這樣或那樣的藉口把我支開，或打發我去舞會、音樂會，或幹別的什麼事，然後把自己鎖在屋裡。我常常溜回來，坐在門外守候——一旦他知道了，就會大發雷霆。如果他的狗叫起來，他寧可放狗進去，也不許我進門。我想，他對狗更關愛呢。」

她說這話的時候，帶著一種奇特的、憤憤不平的神態。

「呃，我希望病情再也不會惡化了，」馬蒂尼溫和地說：「列卡陀醫生對他的病認真負責，或許能夠把他徹底治好。不管怎樣，這次治療已使病情暫時緩解，可是下一次你最好還是立刻派人去找我們，如果我們早點知道，他就不會受那麼大罪了。晚安。」

他伸出了手，可是她立馬後退，以示拒絕。

「我不明白你爲什麼要跟他的情婦握手。」

「自然隨你的便了。」馬蒂尼有些尷尬地說。

她一跺腳。「我厭惡你們！」她衝他喊道，眼睛彷彿是燒紅的煤炭，「我恨你們所有的人！你們到這兒來跟他談政治，他就讓你們通宵陪伴他，還允許你們給他吃止痛藥。可是我呢，連從門縫裡看他一眼都不敢！他是你們的什麼人，你們有什麼權力把他從我身邊偷走？我恨你們！恨你們！恨你們！」

她忽然抽泣起來，重又跑回花園，當著他的面用力摔上大門。

「我的天啊！」在往小巷那頭走去時，馬蒂尼喃喃地說道：「這位姑娘的確愛他！真是怪事——」

chapter 8

絕境

牛虻的病痛痊癒得很快。第二個星期的一天下午，列卡陀來訪時，見他穿一件土耳其睡衣躺在床上，正與馬蒂尼和蓋利聊天。他甚至談到想要下樓走動走動，列卡陀聽了，只是一笑了之，並問他是否先要穿越山谷到菲索爾走一趟。

「你不如拜訪一下格拉西尼夫婦，找他們散散心。」列卡陀以挖苦的口吻補充說道：「我擔保夫人會很開心見到你，尤其是現在，你這張煞白的臉多麼有趣。」

牛虻握緊雙手，做了個無可奈何的姿勢。

「天啊！我居然從來也沒想到過這個！她會把我看作義大利的烈士，對我大談愛國主義。我必須把這個角色演得惟妙惟肖，並且告訴她，我在一個地牢裡被人家大卸八塊，後來又亂七八糟地拼湊到了一起，她還會想瞭解在此期間我的真實感受。你認爲她不相信嗎，列卡陀？我拿我的印度匕首賭你書房裡裝在瓶子裡的絛蟲，不管我編造多麼離奇古怪的謊話，她都會信以爲真的。這筆賭注可是划得來呀，快快跟我擊掌打賭吧！」

「謝謝，可我不像你那樣喜愛殺人的工具。」

「噢，條蟲跟匕首一樣是殺人的呀，隨時都在殺人，而且遠不如匕首好看。」

「我親愛的朋友，但是我恰巧不想要匕首，我就想要條蟲。馬蒂尼，我得馬上走了，你來照料這個任性的病人好嗎？」

「我只在這兒待到三點，蓋利和我要到聖米尼埃托去，我回來以前，由波拉夫人來照料他。」

「波拉夫人！」牛虻喪氣地重複了一遍，「馬蒂尼，這可不行！不要因爲我和我這個病去麻煩一位女士。況且她坐哪兒？她是不會願意進這個房間的。」

「你從什麼時候開始這麼講究禮節？」列卡陀笑著問道：「夥計，對我們大家來說，波拉夫人就像是護士長。她從小就看護病人，而且看護得比天主教護理會的任何一位護士小姐都好。噢，你或許是想到了格拉西尼的老婆吧！馬蒂尼，假如她來，我就不需要留下醫囑了。哎呀，都兩點半了，我真的得走了。」

「喏，列瓦雷士，你要在她來以前把藥吃下去。」蓋利手拿藥瓶走近沙發說。

「讓藥見鬼去！」牛虻已經到了恢復期的煩躁階段，這個時候習慣於和護士鬧彆扭，「現在我已經不疼了，你們爲什麼非得要我吞下這些可怕的東西？」

「就是由於我不想讓它再發作，你不想等波拉夫人來到這兒時虛脫，而後不得不讓她給你服鴉片吧。」

「我的好先生，假如病要發作，那就由它發作好了。這不是牙疼，你那些沒用的藥水是不能把它嚇跑的。吃這些藥，簡直就好比拿著玩具水槍去救火一樣。當然啦，我知道你是非要按照你的意思辦不可的。」

他伸出左手將藥瓶接了過去，蓋利一見他手臂上可怕的疤痕，便不由得想起剛才談論的話題。

「順便說一下，」他問，「你爲什麼弄成了這樣？是在打仗時留下的嗎？」

「我剛才不是告訴過你們，是在秘密土牢裡——」

「不錯，你是說過。編造這套子虛烏有的謊話，說給格拉西尼太太聽正合適，說實話，我認爲那是跟巴西人打仗的時候落下的，對嗎？」

「是的，我在那裡受了點傷，隨後又在那些偏僻地區打獵，這兒一下，那兒一下。」

「噢，對了，是在進行科學冒險的時候？你能扣上襯衣的扣子，我已經把該幹的幹完啦，你可以把襯衫扣上了。看來你在那兒有過一段驚心動魄的經歷呢。」

「那自然了，生活在蠻荒的國家裡，難免要冒幾次險。」牛虻輕描淡寫地說道：「你根本就不能指望每一次都輕鬆愉快。」

「我還是不明白，你怎麼會弄得滿身是傷，除非是遭遇了一群野獸——就說你左臂上那一串疤痕吧。」

「噢，那是在捕殺美洲獅時留下的。你明白，我開了槍——」

有人在房門上敲了一下。

「房間裡乾淨嗎，馬蒂尼？乾淨？那就請把門打開吧。」

「真的非常感謝你，夫人，我起不了床，請你原諒。」

「你自然不該起來，我又不是登門造訪。西薩爾，我來得早了點，我想你急著要走。」

「我還可以再待一刻鐘。讓我把你的斗篷拿到那個房間去吧。也把籃子一起拿走好嗎？」

「小心，這些是新下的雞蛋，是凱蒂今天早上在奧列佛多山區買的。還有一些耶誕節的鮮花，是送給你的，列瓦雷士先生，我知道你喜歡花。」

她坐在桌邊，開始剪掉鮮花的莖根，而後把它們插在一只花瓶裡。

「噢，列瓦雷士，」蓋利說：「接著給我們講那個捕獵美洲獅的故事吧，你才剛剛開了個頭呢。」

「啊，對了，蓋利剛剛問我在南美的生活，夫人。我正告訴他我的左臂是怎樣受的傷。那是在秘魯，我們蹚水過河追蹤一隻美洲獅時，我朝那個畜生開了槍，可是槍沒打響——火藥過河的時候弄濕了。那隻美洲獅當然沒等我把槍收拾好，所以就落下了這些疤痕。」

「那一定是一番很有趣的經歷吧？」

「噢，還不太壞！當然了，要想享受就得受苦。可是總的來說，生活還是極愜意的。比如說捕蛇——」

他侃侃而談，一件趣事接一件趣事講個沒完沒了，一會兒是阿根廷戰爭，一會兒是巴西探險，一會兒又是狩獵功績和遭遇到土人或野獸的故事。蓋利就像傾聽童話的小孩一樣聽得津津有味，時而提出問題。

他具有那不勒斯人那種易受感染的性格，喜歡一切聳人聽聞的故事。瓊瑪從籃子裡拿起編織活計，眼簾低垂，一面飛針走線，一面靜靜地聽著。

馬蒂尼皺起了眉頭，有些坐立不安。在他看來，牛虻在講述這些奇聞逸事時的姿態不但誇張而且做作。儘管在過去一個星期，他目睹牛虻以驚人的毅力忍受住肉體的疼痛，不由得對他肅然起敬，但他心裡並不喜歡牛虻，也不喜歡他的行爲和作風。

「那肯定是一種輝煌的生活！」蓋利嘆息道，帶著單純的忌妒，「我就納悶你怎麼能下定決心離開巴西呢？有了巴西經歷，別的國家就顯得平淡無奇了！」

「我覺得在秘魯和厄瓜多爾的時候最快活，」牛虻說道：「那真是個奇妙無比的地方。當然嘍，那裡很熱，尤其是厄瓜多爾沿海一帶酷熱難熬，不過那裡風光之秀麗出人意料。」

「我認爲，」蓋利說道：「在一個蠻荒的國度能夠享受自由的生活，這比所有景色都吸引我。置身於擁擠的城市之中，永遠也不會感覺到個人的人性尊嚴。」

「是啊，」牛虻答道：「那——」

瓊瑪抬起頭來，看了牛虻一眼。他突然漲紅了臉，連忙住口。接著是一陣沉默。

「不會又發作了吧？」蓋利急切地問道。

「噢，沒什麼。感謝你的鎮靜劑，我還咒罵了它一通呢。馬蒂尼，你們這就預備走了嗎？」

「是的。咱們走吧，蓋利，不然要遲到了。」

瓊瑪跟隨他二人走出房間，不一會兒端著一碗牛奶雞蛋回來。

「拜託把這個喝了吧。」她用溫和但不容置辯的語氣說。隨後她又坐了下來，忙她的針織活。牛虻順從地喝了下去。

足有半小時工夫，兩人都不說話，然後牛虻低聲說：

「波拉夫人！」

她仰起頭來，他正在找著沙發墊毯的流蘇，依然眼睛低垂。

「你這回懷疑我講的是真話吧。」他開口說道。

「我一點不懷疑你說的是假話。」她淡然地回答。

「你說得很對，我一直都在講謊話。」

「你是說打仗的事嗎？」

「所有，我根本就沒有參與過那場戰爭。至於冒險，我自然冒了幾次險，多數的故事都是真的，可是我並不是因爲那樣受的傷，但我的滿身傷痕並不是那時落下的。你已經發覺我的一個謊言，我想不妨承認統統是謊言。」

「你難道不覺得捏造那些謊話很費神嗎？」她問，「我倒覺得是多此一舉。」

「可是，又有什麼辦法呢？你知道你們英國人有句俗話：『不提問題，就聽不到謊話。』我並不喜歡拿謊話愚弄別人，但是他們問起我怎麼殘廢的，我總得回答呀，既然如此，倒不如編得好聽些。你看蓋利聽了有多高興呀！」

「你寧願討蓋利喜歡，也不肯講實話嗎？」

「實話？」他把眼光從手上的流蘇移開，而且抬起了頭。「你讓我跟這些人說實話嗎？我寧願割下我的舌頭！」

他有些尷尬，馬上脫口說道：「我從來沒有跟任何人說過，假如你願意聽，我就告訴你吧。」

她默默地將手中的編織活放下。在她看來，這個粗魯、神秘，並不可愛的男人，卻突然主動地向一個他尚不熟悉而且顯然並不喜歡的女人吐露心底的秘密，其中定有慘怛於心的隱情。

接著是一陣長久的沉默，她仰起了頭。只見他左臂支在身邊的桌子上，用那隻傷殘的手遮住眼睛，她注意到他的手指神經質地抽搐，手腕上的傷疤在顫動。她走到他跟前，輕輕呼喚他的名字。他猛然一震，抬起頭來。

「我忘了。」他期期艾艾帶著歉意地說道：「我正要給你講——」

「講使你致殘、瘸腿的那次意外事件或別的什麼原因。不過，如果提起往事叫你傷心的話——」

「意外事件？噢，一頓毒打！是啊，只是一起意外事故，是被火鉗打的。」

她愕然望著他。他用那瑟瑟顫抖的手將頭髮向後一掠，微笑著抬起頭來望她。

「你幹嘛不坐下來呢？請把椅子挪近點兒。真抱歉，我不能親自給你挪了。說真、真的，現在想來，當時如果是列卡陀醫生給我治療，他一定會把我的病例當成一個寶貴的發現。他具有外科醫生那種鍾愛骨頭的勁兒，我堅信我身上能夠打碎的東西全給打碎了——除了我的脖子。」

「還有你的膽量，」她小聲地插了一句，「大概是把膽量也算作那些折不斷砸不扁的東西裡面的吧。」

他搖了搖頭。「不，」他說：「我的勇氣也跟我身上其餘部分一樣，是後來勉強修補起來的，當時也打爛了，就像一隻砸碎的茶杯。這是最恐怖的事了。啊——對了，呃，我正要給你講起火鉗。」

「那是——讓我想想——那是大約十三年前在利馬發生的事。那會兒我在利馬，我曾經告訴過你，秘魯是一個適合居住的地方，住在那裡，你會覺得身心愉悅。但是對於像我這樣的落魄之人就不那麼美妙了。

「我到過阿根廷，後來又到了智利，常常是四處流浪，忍受饑餓。為了離開瓦爾帕萊索，我搭運輸牲口的船，在船上打雜。我到利馬找不著活幹，於是我去了碼頭——你瞭解，就是卡亞俄的碼頭——碰碰運氣。呃，自然那些碼頭是出海的人聚集的下賤地方。不久之後，我就在那兒的賭場裡當佣人。

「我得燒飯，在彈子球臺上記分，給水手和他們的婊子端茶送水諸如此類的工作。這不是令人愉快的工作，但我仍然為謀到這一份工作而高興，至少我在這裡能混口飯吃，看得到人的面孔，聽得到人的聲音——儘管是醜惡的面孔和污穢的語言。

「你也許會認為這沒有什麼好處，可是我當時剛剛患過黃熱病，曾孤零零一個人躺在一座廢棄的破房子的外屋裡，那種情形實在叫我怕極了。

「呃，有天晚上，一個喝醉的拉斯加人無事生非，我被主人叫去把他攆走。他上岸之後，把錢全都輸光了，正在大發雷霆，我自然得服從了，如若不幹，我就會丟掉那份工作，甚至餓死。但是那個人的力氣比我大一倍，因為那時候我才二十一歲，而且病後虛弱得像一隻貓；這且不說，他手裡還提著一把火鉗。」

他停頓了一下，悄悄瞄了她一眼，然後接著說道：

「很明顯他是想把我一下子給打死，可是不知什麼原因，他還是沒有把事做絕——沒有把我全給打碎了，剛好給我留下了夠我苟延殘喘的一口氣。」

「嗯，旁邊那些人呢，他們眼睜睜看著不管？難道這麼些人還怕一個拉斯加水手？」

他仰起頭來，哈哈大笑。

「旁邊那些人？你說的是賭客和賭窟老闆？怎麼，你還不明白！我是他們的僕人——是他們的財產呀。當然，他們站在周圍看熱鬧。在那種地方，這樣的事是被當作有趣的熱鬧的。也的確有趣，只要不是你碰巧成爲玩弄的對象。」

她不由得渾身戰慄。

「那麼之後呢？」

「那我就說不清楚了，一個人碰到了這種事，照例是有幾天什麼事也記不得。但是附近船上有位外科醫生，人們見我還有口氣，就去把他找來，他草草地把我縫補起來——列卡陀好像認爲他的縫補技術太差勁了，不過同行是冤家，那可能是他的偏見吧。

「總之在我醒來以後，一位當地的老太太懷著基督教的仁慈之心收留了我——聽上去感到詫異，對嗎？她整天蜷縮在小屋的牆角裡，抽一根黑煙袋，往地板上吐痰，對著自己哼哼唧唧，但是，她心地善良，她對我說，我或許會安靜地死去，不讓別人妨礙我。可是我心中非常矛盾，我還是決定活下去。

「可是爬回活命的路上那是很不容易的，有時候我覺得，僅僅爲了活命而費那麼大的勁，實在不值得，但不管怎麼說，那個老太婆的耐性是驚人的。她收留了我——多久？——在她那間棚屋裡躺了差不多有四個月，偶爾像瘋子一樣胡說八道，其餘的時間又彷彿是一頭兇猛的熊，脾氣極大。疼痛實在難忍，你知道，我的脾氣又是從小慣壞的。」

「後來呢？」

「噢，後來——反正我堅持住了，爬走了。不，不要以爲我是不好意思接受一個孤苦老太婆的施捨——我已不在乎這種事了，我之所以離開，是因爲那個地方我再也受不了了。你剛才說到我的勇氣，你要是見過我當時那副樣子，你就明白了！每天晚上，黃昏時分是疼痛發作最劇烈的時候，我獨自一人看著太陽緩慢地落下去——噢，你不懂！現在看見日落我就都覺得難受！」

一陣長久的沉默。

「呃，後來我就到處漂泊，看看我能在哪兒找到活幹——待在利馬我會瘋掉的。我最後走到了庫斯科，在那裡——真的，我爲什麼要講這些陳年舊事打擾你呢？這些事甚至不值得一笑。」

她仰起頭看著他，目光深沉而嚴肅，「請別這樣說。」她說。

他咬了咬嘴唇，又撕下了一片墊毯的流蘇。

「要我接著往下說嗎？」過了一會兒他問道。

「如果——如果你願意的話，我怕回憶往事對你來說太痛苦了。」

「你以爲不講出來我就會忘了嗎？那只會更糟。可是不要認爲是事情的本身讓我難以忘記，使我難以忘懷的是我曾經失去過自制力。」

「我——我不太明白你的意思。」

「我是說？我的勇氣到了終點，我發現自己竟然變成一個懦夫。」

「人的忍耐自然是有限度的。」

「對，人一旦達到這個限度，他就永遠也不清楚什麼時候他還會達到這個限度。」

「你能不能跟我談一談，」她遲遲疑疑地問道：「你怎麼才二十歲就孤身一人流浪到那種地方呢？」

「原因很簡單，我的生活原本有一個很好的開始，那還是在原來那個國家的家裡，而後我就離家出走了。」

「什麼原因？」

他哈哈大笑，笑聲急促而刺耳。

「為什麼？我想，大概因為我是一頭自命不凡的小野獸。我生長在豪門富家，從小養尊處優，以為這個世界是粉紅色的棉絮和糖衣杏仁組成的。後來在一個晴朗的日子裡，我發現我曾經信賴的某一個人欺騙了我。怎麼，你為何這樣吃驚？怎麼回事？」

「沒什麼，請你繼續往下說。」

「我發覺我被人欺騙了，相信了一個謊話。當然，這種事說來也很平常，可是正如我剛才對你說的那樣，我當時年輕氣盛，認為說謊的人都該下地獄。於是我離家出走，逃到南美，是死是活由我自己去混。口袋裡沒有一分錢，嘴上一個西班牙語單詞也不會說，並且也沒有一點糊口的能耐，僅有白淨的雙手和花錢如流水的習慣。其必然的結果就是，為了救治我對假地獄的想像，我跳進了真正的地獄裡，而且陷得很深——一陷就是五年，直到杜普雷探險隊從那個地方路過，才把我拉出來。」

「五年。噢，真是恐怖！難道你一個朋友也沒有嗎？」

「朋友？我——」他突然以一副兇狠的面孔轉向她，「我從來就沒朋友！」

之後他似乎對自己的衝動感到有點難爲情，繼續往下說：

「你千萬別把我講的這些事看得太認真，也許我把情況說得太壞了。其實最初的一年半並不算太壞，那時我年輕力壯，那個拉斯加水手在我身上留下他的記號以前，我的日子混得挺不錯，但從那以後我就找不到工作了。想來真有趣，如果運用得當，一根撥火棍也能成爲一件有效工具，一旦打成瘸子，就沒有人願意雇用你了。」

「你都做過什麼工作呢？」

「能做什麼就做什麼，有一段時間以打零工爲生，給甘蔗種植園裡的黑奴搬搬東西跑跑腿，以及諸如此類的事情。但那也幹不長，那些監工常常要把我趕走，因爲我腿瘸，跑不快，也搬不動重東西。後來我的傷口常常發炎，要不就得些稀奇古怪的病。」

「過了一段時間後，我去了銀礦，想要在那裡找到活幹。可是一無所獲，礦主覺得收留我這樣的人幾乎就是笑話，那班礦工呢，他們拼命打我。」

「爲什麼？」

「噢，我覺得是人類的本性吧！他們看見我只有一隻手能反擊，因此我不得不離開那兒，繼續流浪，漫無目的地流浪，指望能有什麼奇蹟發生。」

「徒步嗎？靠著那條瘸腳？」

他抬起頭來，突然顯出一副可憐的喘不過氣來的樣子。

「我──我那時餓著肚子啊。」他說。

她側轉頭，一隻手托住下巴。

沉默了片刻，他又開始說話，但說的時候聲音越來越低：

「呃，我走啊走啊，一直到走得快讓我瘋掉，仍然找不到工作。我走到厄瓜多爾，那裡的情形更糟，有時候我給人家補補鍋──我是個很不錯的補鍋匠呢──或者給人家跑跑腿，或者打掃打掃豬圈，有時我──噢，我根本就不清楚幹些什麼。直到有一天──」

那隻瘦骨嶙峋的棕黃色的手突然在桌子上攥起拳頭，瓊瑪抬起頭來，焦急地望了他一眼。他臉的側面正對著她，她看見他的太陽穴上有一根血管在搏動，像一柄錘子急速而不均勻地捶打著。她向前探身，把一隻溫柔的手放在他的臂膀上。

「別再說下去了，這事說起來都讓人感到恐怖。」

他帶著質疑的目光注視著那隻手，搖了搖頭，而後從容不迫，繼續說道：

「後來有一天，我碰上了一個走江湖的雜耍班子，你還記得那天傍晚看到的那個雜耍班子吧，呃，和那差不多，只是更加庸俗，更加卑賤。那個雜耍班子在路邊搭起帳篷準備過夜，我到他們的帳篷那兒乞討。

「噢，那天很熱，我已經餓得半死，所以──我昏倒在帳篷門口。那時候我常常突然昏倒，就像寄宿學校的女學生因爲束胸束得太緊突然昏過去一樣。於是他們把我弄了進去，給了我白蘭地，還有吃的等。後來──第二天早上──他們對我提出──」

又是一陣靜默。

「他們想找一個駝子，或者某個怪物，能夠讓孩子們對他扔橘子皮和香蕉皮──找個讓他們捧腹大笑的東西──那天晚上你見過那個小丑──那一行我做了兩年。」

「呃，我學會了整套把戲。我的樣子還不夠難看，但是他們有辦法，給我裝了一個假駝背，並且充分利用了我這殘手和跛腳──那裡的看客並不過分挑剔，只要他們能抓住一個活物戲耍，倒是很容易就滿足了──還有那套花花綠綠的傻子衣服也叫我改觀不小。」

「唯一的麻煩是我常常生病，不能演出。有時候，如果班主發起脾氣來，即使我的病發作起來，也要逼我上場。我相信看客們最喜歡看這種時候的演出。我記得有一次，表演進行到了一半時，我疼暈過去了──在我醒來以後，那些觀眾圍在我的身邊──呼嘯著，叫嚷著，往身上扔──」

「別說了！我無法忍受啦！看在上帝的分上，別說了！」

她兩手捂住耳朵站了起來。

他停住不再往下說，抬起頭來，只見她的眼睛裡掛著晶瑩的淚珠。

「我真該死，我真是一個傻瓜！」他喃喃說道。

她走到屋子的那頭，站在那裡朝窗外看了一會兒。等她轉過身時，牛虻又倚在桌上，一隻手捂住眼睛。他顯然忘記了她在屋裡，她便一聲不響地在他身邊坐下來。

沉默了很長時間之後，她緩緩說道：

「我想問你一個問題。」

「什麼問題？」他的身體絲毫沒有動彈。

「你為什麼不選擇自殺呢？」

他抬起頭，驚詫莫名。「想不到你問我這樣一個問題，」他說：「我的工作怎麼辦？誰來替我做？」

「你的工作──噢，我清楚了！你剛才談到淪為一個懦夫。噢，如果你經歷了那萬般苦難而仍矢志不渝，你就是我生平所見過的最勇敢的人了。」

他又蒙住眼睛，熱情地握緊她的手，他們彷彿沉浸在無盡無休的沉默之中。忽然從下面花園裡傳出清脆的女高音，唱的是一首粗鄙的法國小曲：

啊，帕洛特！跳吧，帕洛特！

跳起舞來，我親愛的帕洛特！

我們跳呀，永遠快樂地生活，度過我們美妙的青春年華！

如果我哭泣，或者我嘆息，或者臉上帶著憂傷的神氣，

別相信，先生，千萬別當真，

哈！哈！哈！哈！別相信，先生，千萬別當真！

一聽到這歌聲，牛虻就把手慌忙從瓊瑪的手中抽了回來，身體向後退縮，同時呻吟一聲。瓊瑪兩隻手抓住他的臂膀，緊緊按住不放，就好像按住一個正在進行外科手術的人的臂

膀那樣。

歌聲停止之後，從花園裡傳來一陣笑聲和拍手聲。他仰起頭，目光中的神情好似一頭受盡折磨的野獸。

「是的，是綺達，」他慢吞吞地說：「跟她那夥軍官朋友在一起。那天晚上在列卡陀到來之前，她想進屋裡來。她要是碰我一下，我可就要發瘋了！」

「可是她並不清楚，」瓊瑪小聲地表示抗議，「她猜不出爲什麼她讓你感到難過。」

從花園裡又傳來一陣笑聲，瓊瑪站起身，將窗戶打開。綺達正站在花園小徑上，她頭上圍著一條金色繡花圍巾，顯得妖冶風騷。她站在花園裡，手裡伸出一束紫羅蘭，三位年輕的騎兵軍官似乎正在爭著要花。

「萊尼小姐！」瓊瑪喊道。

綺達的臉頓時如雷雲遮日，變得陰沉了。

「夫人，什麼事？」她轉身說道，抬起的眼睛露出挑釁的眼神。

「請你的朋友們講話聲音小一點好嗎？列瓦雷士先生身體很不好。」

那位吉普賽女郎扔掉了紫羅蘭。「滾開！」她驀然轉身面對那幾位吃驚的軍官，用法語說道：「先生們，我討厭你們！」

她慢步走出了花園。瓊瑪關上了窗戶。

「他們已經走了。」她轉身對他說。

「謝謝你，給你找了麻煩，我——我很抱歉。」

「沒什麼麻煩。」

他立刻就從她的聲音裡聽出她有些遲疑。

「但是——」他說：「你那句話還沒有說完，夫人，你心裡還有個『但是』沒有出口。」

「若你窺出了別人心裡的話，你就不用爲了別人心裡的話而惱怒。這自然不關我的事，可是我無法瞭解——」

「你是說我對萊尼小姐的厭惡？只有當——」

「不，你既然討厭她，但又樂意和她住在一塊兒，我以爲這對她是屈辱，不把她當女人，把她——」

「女人！」他發出一陣難聽的笑聲，「那也能叫女人？夫人，這不是一個笑話。」

「這不公平！」她說：「你沒有權利對任何人以這種口氣談論她——特別是當著另外一個女人的面！」

他轉過身去，瞪大眼睛躺在那裡，看著窗外西沉的夕陽。她放下窗簾，拉上了百葉窗，以免他看到日落。隨後她在緊挨另外一扇窗戶的桌旁坐了下來，然後坐在另一扇窗前的桌旁，拿起她的編織活。

「你想點燈嗎？」過了片刻她問。

他搖了搖頭。

等到光線暗淡了下來，看不太清晰時，瓊瑪捲起她的編織活，放進籃子。

有好一陣子，她兩臂交疊坐在那兒，默默觀察牛虻那一動不動的身影。晦暝的暮色落在他的臉上，彷彿使他那粗魯、嘲弄、桀驁不馴的神情變柔和了些，但同時卻加深了他嘴角上那悲劇性的紋絡。

因爲勾起了一些荒謬的聯想，她清楚地記起了當初爲了懷念亞瑟，她的父親豎立一個石十字架，上面刻有這樣的銘文：汝之波濤與巨浪皆沒吾頂而逝。

安靜之中又過一小時。最終她站了起來，悄悄地走出了房間。回來的時候拿來一盞燈，在門口停了一下，以爲牛虻睡熟了。

當燈映到他的臉上時，他轉過身來。

「我給你煮了一杯咖啡。」她說著便把燈放下。

「先放在那裡吧，麻煩你過來一下好嗎？」

他緊握住她的雙手。

「我一直在想，」他說：「你的話很對，我的確使我的生活捲入了醜惡的糾葛之中。不過，你要記住，一個男人不是每天都能碰上他能——愛的女人，何況我——我處境艱難哪。我害怕——」

「害怕？」

「害怕黑暗。有時候我不敢一個人待在夜裡，我必須有一件活的東西——某種實實在在的東西在我身邊。我怕的是外在的黑暗，那裡會——不，不！不是外在的黑暗，那並不值得恐懼——而是內在的黑暗。那裡沒有哭泣，也沒有咬牙切齒，只有死寂——死寂——」

他的目光茫然。她靜靜地站著，屏息斂氣，直到他又開始說話的時候。

「這對你來說是難以想像的，對嗎?你不會明白——對你來說是件好事。我是說，假如我嘗試自己生活，我就很可能發瘋——如果你辦得到，請不要把我想得太壞，我畢竟不是你可能想像的那種殘暴的野獸啊。」

「我沒辦法為你做出決斷，」她答道：「我沒受過你那麼多的苦，但是，我也曾一度陷入絕境，只不過形式不同罷了。因此我認為——我敢斷言——如果你在恐懼的驅使下做出真正殘酷的或不公正的和卑怯的事來，你事後會為之悔恨的。至於其他——假如你在這件事上沒能成功，我清楚換了我也會失敗的——就該咒罵上帝，而後去死。」

他依然握著她的手。

「請告訴我！」他用很柔和的聲音說：「你在一生中是否做過一樁真正殘酷的事?」

她沒有作答，卻低下了頭，兩顆大大的淚珠落到他的手裡。

「告訴我！」他激動地低語道，同時把她的手握得更緊，「告訴我吧！我已經把我的全部的痛苦都告訴了你。」

「是的——有一次——那是很久以前，我對這個世界上我最愛的那個人做出那種事。」

握著她的那雙手劇烈地顫抖起來，可是那雙手並沒有鬆開。

「他是我的一位朋友，」她繼續說：「我聽信了一個誹謗他的謠言——警察當局編造出來的一個無恥的謊言。我把他當作叛徒，打了他一個耳光，他便離家出走，投水自盡了。兩天以後，我發現他是無辜的。也許這要比你的任何記憶都更可怕，如果能把已經做錯了的事糾正過來，我寧願把我的右手砍掉。」

他的眼睛裡閃爍著一種迅速但是危險的光芒，這是她以前從未見過的。他以突然的未能覺察的動作俯下頭，吻了她的手。

她大吃一驚，立刻抽回手。「別這樣！」她喊道，聲音裡夾帶著悲憫，「請你再也不要這樣做！你這樣會使我難過的。」

「你以爲你沒有使你曾經害死的那個人難過嗎？」

「我——殺死的那個人——啊，西薩爾終於來了！我——我得走了！」

馬蒂尼走進屋時，他發覺牛虻孤身躺在那裡，旁邊擱著一杯沒動過的咖啡。他在用一種懶洋洋的、無精打采的聲調輕輕咒罵自己，好像即使這樣他也不能解恨。

chapter 9

懷疑

幾天後，牛虻走進了公共圖書館的閱覽室。他的臉依舊十分蒼白，腳也比往常更瘸。正在旁邊一張桌子邊埋頭看書的列卡陀仰起了頭。他十分喜愛牛虻，但是不能容忍他那種怪脾氣——奇特的私人怨憤。

「你是在預備再次攻擊那位可憐的紅衣主教嗎？」他略帶慍怒地問道。

「我親愛的朋友，你爲什麼總、總、總是認爲人家有什麼不好的動、動、動機呢？這可很、很、很不符合基督教精神呀，其實我正在預備爲那家新報紙撰寫一篇關於當代神學的文章。」

「哪家報紙？」列卡陀蹙起眉頭。

新的出版法即將出爐，反對派正在籌備一份將要震驚全城的激進報紙，這也許是個公開的秘密。但是儘管如此，至少在形式上來說，這還是一個秘密。

「自然是《騙子報》，或者是《教會曆報》。」

「噓！列瓦雷士，咱們不要打擾別人看書。」

「那好，你去研究你的外科學吧，假如那就是你的科目，讓、讓、讓我研究神、神學——

那是我的科目。我不干涉你研究碎骨頭，雖然在這方面我懂得比你多得多。」

他坐下來開始全神貫注地看他那部布道文集，一個圖書館管理員來到他跟前。

「列瓦雷士先生！我猜你曾經在考察亞馬遜河支流的杜普雷探險隊裡待過吧？或許你能幫忙我們解決一個難題，一位太太要查閱探險隊的檔案，碰巧我們送出去裝訂了。」

「她想瞭解什麼？」

「僅僅是探險隊出發和路過厄瓜多爾的年代。」

「探險隊是一八三七年秋天從巴黎出發的，穿越基多的時間是一八三八年四月。我們在巴西停留三年，然後南下里約熱內盧，一八四一年夏返回巴黎。那位太太還需要知道每一次發現的日期嗎？」

「不需要啦，謝謝您，只需要這些。我已經筆錄下來。比坡，請把這張字條送給波拉夫人。謝謝您，列瓦雷士先生。打攪您了，很抱歉。」

牛虻靠在椅背上，茫然不解地皺起了眉頭。她想清楚這些日子做什麼？當他們路過厄瓜多爾時……

瓊瑪揣著那張字條回到家中。亞瑟於一八三三年五月去世，到一八三八年四月——五年。她開始在屋裡走來走去。前幾個晚上，她睡得很不安寧，眼睛下面出現了陰影。

五年——一個「生長在豪門富家？」——「他所信賴的一個人欺騙了他」——欺騙了他——而且被他發現了。

她突然站住，兩手抱住頭。哦，這完全是發瘋——這不可能——這真荒唐——但是，他們是如何在港口打撈的？

五年——他遭拉斯加人毒打時「還不到二十一歲」——那麼他離家出走時肯定是十九歲。他不是說過：「一年半——」他從哪裡得到那雙藍眼睛？他那手指為何也是神經質地顫動呢？而且他又為什麼如此痛恨蒙泰尼里呢？

五年——五年——

假如她能清楚他是淹死了——假如她能看到屍體，那麼有一天，曾經的傷痕就不會隱隱作痛，再回憶時也不會感到恐懼。或許再過二十年，她就能夠無所顧忌地回首往事。

她的全部青春毀在反思她曾經做過的事情上，日復一日，年復一年，她堅定地同悔恨的惡魔進行鬥爭。她時刻不敢忘記她的工作是在未來，她不得不對那個常常作祟的過去的幽靈閉目塞聽；日復一日，年復一年，那具被潮水捲入大海的屍體的影子始終沒有離開過她，她無法遏制的那淒厲的呼聲不時在她心中升起：「我殺了亞瑟！亞瑟已經死了。」有時她感到她的負擔太重，重得她沒辦法承受。

而如今，她卻寧願捨棄自己的半條生命，也要再次承受這沉重的負擔。假如是她殺死了他，那不過是熟悉的悲哀而已，她已經忍受了很久，現在不至於被這悲哀壓倒；可是假如她不是把他攆到水裡，而是把他攆到……

她坐了下來，雙手蒙住了眼睛。就是由於他的緣故，她的生活才變得陰暗無比，因為他死了！但願她沒有給他招致比死亡更壞的後果。

她一步接一步，鎮靜而堅毅地走進他以前生活的地獄。那些情景真實地浮現在她的面前，似乎她曾經看到過，好似她曾經感受過。那赤裸的靈魂無可奈何的戰慄，那比死亡更加苦澀的嘲笑，那孤獨的恐懼，那緩慢、難熬、無情的痛楚。那些情景是那樣真切，彷彿她在印第安人骯髒的茅草房裡跟他坐在一起，彷彿她跟他一起在採銀礦上、咖啡種植園裡和可怕的雜耍班子裡受盡折磨。

雜耍班子——不，她至少得趕走那一幕，坐在這兒想起這事讓人想瘋掉。

她抽開寫字檯的小抽屜。那裡保存著幾件私人的紀念品，都是她不忍心毀掉的。她並非嗜好收藏那些令人傷感的小物件，保存那些紀念物，乃是她對性格上脆弱一面的一種讓步。儘管如此，她仍竭力克制自己，難得允許自己看它們一眼。

這會兒她把它們一件接一件地取了出來：喬萬尼寄給她的第一封信，他死時握在手裡的花兒，她那個小嬰兒的一撮頭髮，還有她父親墳墓上一片乾枯的樹葉。在抽屜最裡邊還有亞瑟十歲時的一張小照——那是現存的唯一的一張照片。

她把它捧在手裡，凝視著那張英俊而帶稚氣的臉龐，一直到真正的亞瑟的臉龐清楚地浮現在她的面前，是那麼清晰！敏感的嘴唇線條、那雙真誠的大眼睛、天使般純潔的神情——這一切都深深地刻在她的記憶中，彷彿他是昨天才死去似的。

漸漸地，她淚如泉湧，模糊了眼睛，遮住了照片。

噢，她怎麼想起了這麼一件事呢！即使在夢中將那個遠逝的、光輝的靈魂與那種污穢、淒慘的生活聯繫到一起，也得算是褻瀆。看來諸神對他情有獨鍾，讓他英年早逝了！他進入了虛無縹緲之中，要比他像牛虻那樣生活強一千倍——那個牛虻，還有他那整潔得無可挑剔的領帶、含沙射影的俏皮話、刻毒的舌頭和芭蕾女郎！

不，不！這全是可怕的胡思亂想，她是在拿這些愚蠢的想像折磨自己的心。亞瑟死了。

「我能進來嗎？」一個溫柔的聲音在門外響起。

她猛然一驚，手中的照片落到地上。牛虻一瘸一拐地走了進來，從地上撿起那幀小照，遞到她手裡。

「你嚇了我一跳！」她說。

「對、對不起。或許我打擾到你了？」

「沒有，我就是在翻閱一些舊東西。」

她猶豫了一下，然後把那張照片遞給他。

「你認為這人的相貌怎樣？」

「你給我出了一道難題，」他說：「這張相片已經褪色，而且孩子的臉一向是難以判斷的。可我倒認為這個孩子長大後將是一個可憐的人，對他來說，最聰明的選擇就是自殺，不要長大成人。」

「為什麼？」

「看看他唇下的線條，他這種性格的人太敏感，以為痛苦就是痛苦，冤屈就是冤屈。而這個世界容不下這樣的人，它需要除了工作之外，沒有感情的人。」

「他像你認識的什麼人嗎？」

他更仔細地將照片端詳一番。

「對，真是一件稀奇事！是像一個人，而且非常像。」

「像誰？」

「蒙泰尼里大主教。我倒開始懷疑那位操守高潔的主教大人也許有個侄子吧？可以問一下他是誰嗎？」

「這是我朋友兒時拍的照片，我曾經告訴過你——」

「就是你曾經害死的那個人嗎？」

她不由得向後倒退一步。他把那個字眼兒說得那麼輕鬆，那麼殘忍！

「對，就是我害死的那個人——假如他真的死了。」

「假如？」

她凝視他的臉。

「我有時懷疑，」她說：「他的屍體一直沒有找到。他也許從家裡逃走了，像你一樣，逃到了南美。」

「我們但願他不是吧，否則你就會做噩夢了。我這一生參與過不少激烈的搏鬥，想送我去見閻王的人恐怕不止一個，但是，如果我因爲曾把一個活生生的人送到南美而感到內疚的話，我會連覺都睡不好的——」

「那麼你確信，」她打斷了他的話，緊握雙手向他靠近幾步，「如果他並沒有淹死——如果他也像你那樣歷經磨難——他永遠不會回來，把往事一筆勾銷嗎？你認爲他永遠都不會忘記嗎？記住，我也為此付出了一些代價。看！」

她將濃密的波浪似的頭髮從前額掠到腦後。只見在那烏黑的鬈髮裡露出很寬的一綹白髮。

一陣長久的靜默。

「我想，」牛虻慢慢地說：「死去的人最好還是死去，遺忘某些事情是十分困難的。假如我是你那位死去的朋友，我就會做個死人，還魂的鬼是醜惡的幽靈。」

她將照片放回抽屜裡鎖上。

「這是一個殘酷的理論，」她說：「好啦，現在咱們談點別的吧。」

「我來是和你商量點小事，若我能——是件私事，我想到的一個計畫。」

她把一張椅子拽到桌邊，然後坐了下來。

「你對那個草擬中的出版法有什麼看法？」他開始說道，絲毫沒有平時那種口吃。

「我對它有什麼想法？我看它不會有太大的價值，但是半塊麵包總比沒有麵包好。」

「那是毋庸置疑的，這兒有些人正在籌備創辦新的報紙，你想為其中的一份而工作嗎？」

「這事我想過，創辦一份報紙肯定要做大量的工作——印刷、安排發行，還有——」

「你要這樣白白浪費你的才幹到什麼時候？」

「這怎麼能說是『浪費』呢？」

「就是浪費。你很清楚，你的頭腦比跟你一起工作的大多數人強得多，而你卻甘心受他們驅使，幹些苦差使，當個打雜的。在學識上，你遠遠勝過格拉西尼和蓋利，在你面前他們好比是小學生；然而你卻像印刷廠的小學徒那樣，坐在那裡替他們看校樣。」

「首先我並沒把我的所有時間用於校改清樣，其次，我覺得你高估了我的才智，我並不像你想的那麼聰明。」

「我並不認爲你有什麼聰明之處，」他冷靜地回答，「可是我的確認爲你的智力是健全而可靠的，這一點有著很重要的作用。在委員會召開的那些乏味的會議上，你總是能說出每個人邏輯上的缺點。」

「你這樣說，對別人就不太公正了，比如說馬蒂尼吧，他的邏輯力就很強；而法布列齊和萊伽的才能也毋庸置疑。還有，格拉西尼對義大利經濟統計知識瞭解之豐富，大概超過了國內任何一位官員。」

「呃，這並不能說明什麼，我們還是不去談論他們的才幹吧。問題在於，你既然有這樣的才能，完全可以做比目前更重要的工作，擔當一個更重要的職位。」

「我對我的境況感到非常滿足，我所做的工作或許沒有太大的價值，可是我們都是竭盡所能。」

「波拉夫人，你我玩恭維和謙遜的把戲玩過頭啦，請你坦誠地告訴我，你是否意識到，你目前耗費腦力所做的工作，是能力不如你的人也一樣幹得了的？」

「既然你逼我回答——是，在某種程度上是吧。」

「那麼，你爲什麼還讓這種情況繼續下去？」

沉默。

「爲什麼你還要繼續下去呢？」

「因為──我不得不如此。」

「為什麼？」

她帶著責怪的表情抬頭看著他：「這太不客氣了──這樣逼我很不公平。」

「可是你要告訴我理由。」

「假如你必須要我回答，那麼──因為我的生活已經七零八落，我這會兒沒有精神開始從事真正的工作，我只適合於做革命這駕馬車的一匹馬，為黨做點雜活。至少我是自覺地做這種事的，而這種事總得有人去做。」

「必須有人來做這事，可是不能總讓同一個人來做。」

「估計我適合做吧。」

他瞇著眼睛看著她，莫名其妙地望著她，她迅速抬起頭來。

「本來說的是談一件正經事，可是現在咱們又回到那個老題目上來了。說老實話，你跟我說我有能力做這樣或那樣的工作，那全是白費力氣，可是或許我能協助你的計畫。你有什麼建議？」

「你一開始就告訴我提任何建議都是白費力氣，這會兒又來問我有什麼建議了。我的計畫要求你以行動幫助，而不僅僅是幫助考慮。」

「讓我聽聽，然後我們再來商量。」

「首先告訴我關於威尼西亞的起義，你都聽說了什麼。」

「自從大赦以來，我耳朵裡聽到的不是起義的計畫，就是聖信會徒的陰謀，恐怕我對雙方來的消息都同樣懷疑。」

「多數情況下，我也表示質疑。不過，我現在要說的是一次全省範圍的反奧地利人的大起義，這個消息是確實的，而且正在認真做著準備。教皇領地——尤其是在四大教省裡——有很多年輕人正秘密準備跨越邊界，以志願者身分參加起義。我還從羅馬涅的朋友那裡聽說——」

「告訴我，」她中斷了他的話，「你有把握你這些朋友靠得住嗎？」

「非常確定。我本人就瞭解他們，何況還和他們共過事。」

「那就是說，他們是你所屬的那個『小團體』的成員了？請原諒我多疑，不過我總對從那些秘密社團傳來的消息的準確性有點懷疑，看起來我這種習慣——」

「誰跟你說我們屬於一個『團體』？」他尖銳地打斷她的話。

「沒有人跟我說過，我猜的。」

「啊！」他靠到椅背上，皺著眉頭看著她，「你老是揣測人家的私事嗎？」他不久後說道。

「經常猜度。我善於觀察，有把事物聯繫到一起的習慣，我把這話告訴你，以便你有什麼事想瞞著我的時候可要多加小心。」

「我並不在乎你知道什麼事情，這件事還沒有——」

她驀地抬起頭來，似愕然，又似有惱意，「的確是個沒有必要的問題！」她說。

「我知道你當然不會向局外人提及這樁事，但我想，你也許會向你們黨內的成員——」

「黨務處理的是事實，但不是私人的揣測和想像，我自然從來沒有把這事跟別人提起過。」

「謝謝你。你是否猜到我屬於哪個秘密團體？」

「我但願——你可不要怪我說話太直率。這話是你先提起的，你瞭解——我確實希望你不屬於『短刀會』。」

「什麼原因？」

「因爲你適合做更好的工作。」

「我們大家都適合於做比我們所做過的事更重大的事情，這樣一來，你又回到你自己的回答上去了。其實，我並不屬於『短刀會』，而是屬於『紅帶會』，那夥人更爲堅定，對待工作也更認真。」

「你的意思是說，他們對待行刺和暗殺之類的事更認真嗎？」

「這只是其中的一項工作吧！行刺工作，就其本身而言，是大有用處的，但必須有組織得很好的宣傳工作爲後盾。這就是我不喜歡其他秘密團體的緣故。那班人認爲一把短刀就可以解決普天下的困難，其實大謬不然。」

「你真的認爲它能解決什麼難題嗎？」

他驚詫地望著她。

「當然了，」她繼續說道：「從目前來說，它能解決某個老奸巨猾的暗探或是某個令人厭惡的官員所導致的實際難題，但是，它是否在除掉一個困難之後，又造成被一個更棘手的困難取而代之，那就另當別論了。在我看來，這就像《聖經》上那個故事所說的，把鬼趕跑，打掃乾淨了房子，可是鬼又回來，還帶來了七個惡魔。每一次暗殺僅僅會使警察變得更加兇殘，還使人們更加傾向於暴力和獸行，最終的情況或許會比原來更糟。」

「你認爲革命到來的時候會發生什麼事情？你希望那時候民眾不習慣暴力嗎？戰爭畢竟是戰爭呀。」

「是的，可是正當的革命就是另外一回事。它是人們生活中的一個片段，它是我們爲了一切的進步所必須給予的代價。毫無疑問，會發生可怕的事，在所有革命中都一定會發生。但那都是一些孤立的事件——非常時期的非常現象。亂動刀子之所以恐怖，是由於它成了一種習慣。人們把它看作每天都將發生的事情，他們對生命的神聖感變得漠然。我沒有在羅馬涅久住過，但僅以我的所見而論，那裡的民眾給了我一個印象，即他們已經養成，或正在養成一種機械的暴力習慣。」

「就是這也比屈從的機械習慣要強。」

「我倒不這麼認爲，一切的機械習慣都不是好的，是奴性的，況且這個習慣還是十分惡劣的。當然啦，如果你把革命者的工作僅僅看作從政府當局那裡獲得某些讓步，那麼你就一定會認爲秘密團體和短刀是最好的武器，因爲沒有別的東西使政府更害怕了。可是假如你和我一樣，以爲脅迫政府本身不是目的，只是達到目的的手段，我們真正需要改造的是人與人之間的關係，那麼你肯定會以不同的方法去工作。使無知的民眾習慣於流血的景象，並不是提高他們賦予人類生命價值的辦法。」

「那他們給予宗教的意義呢？」

「我不懂你的意思。」

他略微一笑。

「我想，我們的分歧就在於禍根在哪裡，你認爲是對生命的價值重視不夠。」

「是對人性的聖潔重視不夠。」

「隨便你怎麼說吧。我們的混亂和錯誤在我看來，主要由於叫作宗教的那種病。」

「你是指特定的一種宗教嗎？」

「噢，不！那只不過是個表面症狀問題。這種病症本身是所謂的宗教心理態度。它是一種病態的願望欲求，想要樹立而且崇拜一個偶像，跪下身頂禮膜拜。無論是基督或者佛陀，都無關緊要！你是不會贊同我的觀點的。你可以是無神論者，也可以是不可知論者，或者別的什麼，但我在五步之外就能感覺到你身上的宗教氣質。但是我們討論這個是沒有用的。假如你認爲我把動刀子只當作討厭官員的一種手段，那你就錯了——它確實是一種手段，而且我認爲，它是破壞教會威信，使民眾習慣於把傳教士看作害人蟲的一種最好的手段。」

「等你達到了這個目的，等你喚醒安眠在人們心中的野獸，把它放出去抨擊教會，那麼——」

「那時我就做完了無愧於我這一生的那件工作。」

「這就是你那天提到的工作嗎？」

「是的，正是。」

她渾身發顫，然後轉過身去。

「你對我失望了？」他笑著抬起頭來，說道。

「不，並不全然。我是——我想是吧——有點怕你。」

隔了一會兒，她轉過身來，用平常那種一本正經的口氣說：

「這樣的討論毫無益處，我們的立場觀點大不相同。在我這方面，我相信宣傳、宣傳、再宣傳，等你把宣傳做好了，公開起義也就開始了。」

「那麼還是讓我們再來討論我的計畫吧，和宣傳有關，更與起義有關。」

「是嗎？」

「就像我所說的那樣，很多志願人員正在從羅馬涅進入威尼西亞，我們現在還不知道起義什麼時候爆發。也許得拖到今年秋天或冬天，但是亞平寧山區的志願者們必須武裝起來，做好準備，一聲召喚，他們便可立即奔赴平原，我已經開始幫他們把武器和彈藥偷運進教皇領地——」

「等一等，你怎麼會跟那班人一起工作的？倫巴第和威尼西亞的革命派都是擁護新教皇的啊。他們正與教會中的進步勢力聯手進行革新運動，像你這樣一個『毫不退步』的反教會人士，怎麼能和他們和平相處呢？」

他聳了聳肩：「我只要他們做工作，如果他們喜歡玩一玩布娃娃，這與我何干？他們當然要拉出教皇做傀儡領袖。只要起義的準備工作正常進行，我又何必管他們的事？什麼棍子都可以打狗，我想，只要能使民眾起來打擊奧地利人，用什麼做號召都行。」

「你需要我做什麼？」

「主要是幫助我把軍火偷運過境。」

「可是我如何才能做到呢？」

「你正是這項工作的最佳人選，我想過在英國購買武器，但運進境內有重重困難，通過教皇領地的任何一個港口都是不可能的，所以必須通過塔斯加尼，而後運過亞平寧山區。」

「這樣就要兩次越過邊境，可不是一次。」

「對，可是沒有別的辦法，你不能把大批的貨物運進缺少貿易的港口，況且你也清楚奇維塔韋基亞的全部船僅是三條划艇和一條漁船。一旦把東西運過塔斯加尼，我就有辦法運過教皇領地；我手下的人知道山裡每一條道路，況且我們有很多藏貨的地方。貨物一定要通過海上運送到里窩那，這是我面臨的最大難題，我與那裡的走私販子不太來往，我確信你與他們有來往。」

「讓我考慮五分鐘。」

她傾身向前，胳膊肘撐在膝上，用一隻手托著下巴。沉思幾分鐘之後，她仰起頭來。

「在這一部分工作上，我可能有點用處，」她說：「可是在我們進一步商量之前，我希望先向你提出一個問題，你能向我保證，這事與任何行刺或者任何秘密暴力沒有干係嗎？」

「我可以保證沒有。我不會邀請你參與你所不贊同的事情，這一點毋庸置疑。」

「什麼時候你希望從我這裡得到一個肯定的答覆？」

「時間緊迫，但我可以給你幾天的時間做決定。」

「這個星期六晚上你有空嗎？」

「讓我想想——今天是星期四，有空。」

「那就到這裡來吧，我要把這事考慮一番，然後給你最後的答覆。」

之後的那個星期天，瓊瑪向馬志尼黨佛羅倫斯委員會遞交了一份聲明，說明她願意去執行一項特殊的政治工作，在數月之內便不能繼續履行多年來擔負的黨內職務了。

有人對於這份聲明覺得詫異，可是委員會沒有反對。幾年來，黨內的人都清楚可以依靠她的決斷。委員們一致認爲，如果波拉夫人採取一個出人意料的步驟，她必然有她的充分理由。

對馬蒂尼，她則坦誠相告，說她決定幫助牛虻做些「邊界工作」。她已和牛虻談好，她有權把這麼多的情況告知給她這位老朋友，免得他們之間產生誤會，或者由於懷疑和疑惑而感到難過。在她看來，她必須這樣做，以證明對他的信任。可是她看得出來，也不清楚什麼原因，總之這個消息使他受到了非常大的傷害。

他們坐在她的處所陽臺上，眺望菲索爾那邊的紅色屋頂。沉默許久之後，馬蒂尼站起來，開始腳步沉重地來回踱步，手插在口袋裡，嘴中吹著口哨——很明顯這是心情煩躁的跡象。

她坐在那兒，望了他一會兒。

「西薩爾，你在爲這件事擔心，」她最終說道：「真是抱歉，你竟然覺得這麼不開心，但我只能做出我認爲是正確的決定。」

「不是這事，」他繃著臉說：「對此我毫不知情，一旦你贊同去做這事，那麼它大概就是對的，我所不放心的是他這個人。」

「我覺得你誤解了他，當初我對他不甚瞭解的時候也是這樣看的。他遠非完美無缺，但他身上的優點比你想的要多。」

「十分有可能。」有一段時間，他沉默地踱著步，然後停下腳步站在她的身邊。

「瓊瑪，放棄這事吧！趁早放棄這件事吧！別讓那個傢伙把你拉進你會後悔的事中。」

「西薩爾，」她溫和地說：「你都沒有想過你在說些什麼，沒有人能把我拖進任何事中。自從做出這個決定，我獨自再三思考了這件事。我知道，你對列瓦雷士有個人憎惡，但是我們現在談的是政治，而不是哪一個人。」

「夫人！放棄它吧！那個傢伙十分危險，他既陰險又殘忍，況且毫不忌諱——他愛上了你！」

她身體不由自主地往後一縮。

「西薩爾，你腦袋裡怎麼會產生這樣的怪念頭？」

「他愛上了你，」馬蒂尼又說道：「遠離他吧，夫人！」

「親愛的西薩爾，我沒辦法放棄他，我沒法向你解釋這是什麼原因，我們已被拴在了一塊兒——既不是出於希望，也不是出於行動。」

「假如你們已被綁在了一塊兒，那就沒有什麼可說的了。」馬蒂尼疲倦地說。

他藉口有事走開了，在泥濘的街道上來來回回走了幾小時。在他看來，那天傍晚世界是那麼陰暗。他最心愛的人——是那個狡猾的傢伙闖進來，把她搶走了。

在自己最心愛的人被別人搶走時，馬蒂尼陷入了無盡的哀傷。可是，他不會強迫瓊瑪做任何事情，雖然瓊瑪被「狡猾」的牛虻搶走了，但是馬蒂尼明白瓊瑪不會放棄牛虻，並且會和牛虻「綁」在一起的。因而，他覺得自己應該尊重瓊瑪的選擇，雖然自己心裡充滿失去心愛的人的痛苦。

chapter 10 冒險

臨近二月底的時候，牛虻去了一趟里窩那。瓊瑪把他介紹給了在那兒擔任船運經理的一位英國青年，那人一向持自由主義觀點，是她和她丈夫在倫敦時結識的。他曾多次向佛羅倫斯的激進派提供過一些小的幫助，比如借錢給他們應付意外緊急情況，允許他們利用他的營業地址收寄黨的信件，等等。可是這所有一切都是通過瓊瑪去做工作，看在他和她的私人交情的分上。所以根據黨內慣例，允許她用這層關係去做她認爲是有用的事情。至於這樣做有沒有用處，那就另當別論了。

懇求一位友善的同情者出借他的地址，收寄發自西西里的信件，或者在他的帳房保險箱的角落存放幾份文件，這是一回事；而要他給起義軍運送大批軍火，則完全是另外一回事。他能否同意這樣做呢？瓊瑪覺得希望渺茫。

「你只能碰碰運氣，」她對牛虻說：「可我並不以爲會有什麼結果。要是你帶著我的介紹信找他借五百斯庫陀，我敢說他馬上就借給你——他這個人非常慷慨——在危急時刻也許他會把自己的護照借給你，或者把一個流亡者藏進他的地窖裡。可是假如你提到諸如槍枝這類的事情，他會睜大眼睛望著你，而且會以爲我們都在發瘋呢。」

「他或許會給我幾個暗示，或者把我介紹給一兩位友好的水手。」牛虻當時這樣回答，「總之值得試試運氣。」

月底的一天，他走入她的書房，穿得不像往常那樣考究。從他的臉上，她立刻就看出他有好消息要通知。

「啊，你終於來了！我正擔心你出了什麼事呢！」

「我還是以爲不寫信要更安全，何況我也不能早點回來。」

「你剛到嗎？」

「是的，我一下驛車就來這兒了。我是來告訴你，事情都辦妥了。」

「你是說貝利已經同意幫忙了嗎？」

「何止是幫助。他把全部工作都應承下來了——裝貨、運輸——所有事情。槍枝將被藏在貨包裡，直接從英國運來。他的合夥人威廉斯是他的好朋友，此人願意負責南安普敦那邊的運輸，貝利會想辦法把貨混過里窩那的海關，所以我才在那裡待了那麼長的時間。威廉斯剛剛起身去南安普敦，我一直送他到熱那亞。」

「途中商量細節了嗎？」

「是呀，只要暈船不那麼厲害，我就說個沒完沒了。」

「你還暈船嗎？」她急忙問，因爲她想起當年父親帶她和亞瑟到海上遊覽的時候，亞瑟也因爲暈船吃了不少苦頭。

「暈得很，雖然以前常常出海。但是在熱那亞裝船的時候，我們深談了一次。我想，你認識威廉斯吧？他可真是個好人，既可靠又有見識。貝利也是這樣的人，並且他倆都清楚如何才能做到不走漏風聲。」

「話雖如此，但我覺得，貝利的確是冒著很大的風險。」

「我也是這麼告訴他的，可他只是繃著臉說：『這與你有何關係？』真是快人快語。假使我在廷巴克圖碰上貝利，一定會迎上去跟他打招呼：『你好啊，英國人。』」

「可我想不出你如何才使他們答應的，我更想不到威廉斯也答應了。」

「是啊，他先是強烈反對，倒不是由於危險，而是因爲那『不像一筆交易』，可是花了一點時間，我還是把他說服了。現在我們來談談具體細節吧。」

牛虻回到寓所的時候，太陽已經落山，垂掛在花園牆壁上盛開的棠梨花，在暮色中看上去黯然失色。他採了幾枝，帶入屋中。當他撞開書房的門時，只見綺達從角落的一張椅子上跳起來，衝他跑過來。

「噢，費利斯，我以爲你再也不回來了！」

他的第一個衝動是要責問她到他書房裡來幹什麼，但想到已有三個星期沒同她會面，便伸出手，很冷淡地說：

「晚安，綺達。你還好嗎？」

她仰起臉來等待他親吻，但他好像對這一姿勢視而不見，徑直從她身邊走過，他拿過一個花瓶，把那束花插了進去。就在這時，門被撞開了，那隻牧羊犬衝進房裡，繞著他發狂似的又蹦又跳，他放下花，彎下腰拍拍那隻狗。

「哦，沙頓，你好嗎，我的老夥計？是的，是我回來了。乖乖的，握握手吧！」

綺達的臉上露出生硬而又生氣的神情。

「我們出去吃飯吧？」她冷冷地問道：「你信上說今天晚上要回來，我已經在我那兒備下飯啦。」

他馬上轉過身來。

「非常抱歉，你不該等我！我收拾一下，馬上就過來。或許你不在意我把這些花放到水裡吧。」

他進入綺達餐室的時候，她正站在鏡子前，將一束棠梨花別到裙子上。很顯然她已經下定決心，露出心情愉悅的表情。見他走進來，便手持一束紅豔豔的花蕾迎上前去。

「這是送給你的插花，讓我把它插在你的外衣上。」

他在吃飯的時候盡力顯得和藹可親，一直跟她閒聊，她則回報以燦爛的笑容。見她因自己回來歡喜之情溢於言表，他反倒覺得不好意思了。他已經習慣了，以爲她已離他而去，生活在與她性格相仿的朋友和夥伴中間。他從沒考慮她會想念自己。現在她這麼興奮，表示在此之前她一定覺得很寂寞。

「咱們到露臺上喝咖啡吧，」她說：「今天晚上暖和得很。」

「非常好，要我帶上你的吉他嗎？或許你會唱歌。」

她高興得漲紅了臉。他對音樂非常苛刻，很少有要她唱歌的時候。沿著陽臺的牆壁有一圈寬木凳子，牛虻選擇了可以飽覽山間美景的角落，綺達腳踏木凳，倚靠露臺的廊柱，坐在短牆上。她並無心觀賞風景，她要看的是牛虻。

「給我一支菸，」她說：「在你離開後，我確信我沒抽過一支菸。」

「妙極了！我也想吸支菸，徹底痛快痛快。」

她傾身向前，深切地看著他。

「你真的開心嗎？」

牛虻靈活的眉毛揚起來。

「是，為什麼不呢？我美餐了一頓，我欣賞著歐洲最美麗的景色，現在我又要喝咖啡，聽匈牙利民謠了。我的良心和胃口都沒有什麼毛病，人還能有什麼更多的需求呢？」

「我知道你還期望得到一樣東西。」

「什麼？」

「這個。」她往他手裡投去一個紙盒子。

「炒杏仁！你為什麼不在我吸菸前對我說呢？」他用責備的口氣喊道。

「嘿，寶貝！你能夠抽完菸再吃，咖啡來了。」

牛虻邊喝著咖啡，邊吃著炒杏仁，彷彿一隻舔著奶油的小貓那樣津津有味，享受著眼前這一切。

「在里窩那嘗過那種東西以後，回來品嘗正宗的咖啡簡直是妙極了。」他慵懶地說道。

「既然已經回來，那你就該待在家裡了。」

「我並沒有多少時間啊，明天我又得出發。」

笑容從她臉上隱沒了。

「明天？有什麼事？到哪裡去？」

「噢！要去兩三個地方，是公事。」

他已經與瓊瑪商定，他必須親赴亞平寧山區，與邊界上的走私販子安排偷運軍火事宜。穿越教皇領地，對他來說，那是一件極端危險的事。但是，偷運工作若要成功，就非冒這個險不可。

「老是公事！」綺達輕輕嘆了口氣，而後大聲問道：「你要去很長時間嗎？」

「不。也就兩三個星期，很、很、很可能是這樣。」

「我猜想，是『那一類』公事吧？」她突然問道。

「什麼事？」

「你老是冒著生命危險去做的事情——沒完沒了的政治。」

「這和政、政、政治是有點干係。」

綺達將香菸扔掉。

「你在騙我，」她說：「你是去冒險。」

「我要直接去闖地、地獄，」他懶散地回答，「你是不是恰好在那邊有什麼朋友，要我把常春藤給他捎過去呀？你犯不著把它們都扯下來。」

她從柱子上用力拽下一把藤子，一氣之下又把它扔了下來。

「你這是拿性命去冒險，」她重複說：「可是你連一句老實話都不願意對我說，你以爲我只配受人愚弄，受人嘲笑嗎？總有一天你會被人家抓起來絞死，難道連一句道別的話也沒有嗎？開口閉口總是政治呀，政治——簡直膩味透了！」

「我也覺得膩味，」牛虻懶洋洋地打著哈欠說：「我們還是談點其他東西吧——要不然，你就唱首歌吧。」

「那好，把吉他遞給我。唱什麼好呢？」

「那支《失馬謠》吧，這歌很適合你的嗓子。」

綺達唱起那支古老的匈牙利民謠，歌中唱道一個人先丟失了駿馬，後丟失了家園，又丟失了愛人，只得拿「在莫哈奇戰場上丟掉的更多」的回憶來自我安慰。

牛虻尤其喜歡這首歌，它那強烈悲愴的曲調和歌詞之中所隱含的那種痛苦的禁欲主義使他怦然心動，而那些纏綿的樂曲並沒有使他產生這樣的感觸。

綺達的歌喉優美動聽，由她的雙唇吐出的音符清越而鏗鏘有力，洋溢著對生活的熾烈願望。她唱不好義大利或斯拉夫歌曲，日耳曼歌曲就唱得更糟，但她唱起馬扎爾人的民歌來很是精彩。

牛虻睜大眼睛，張著嘴，聽得入神，他從沒聽過她這樣唱歌。當她唱到最後一行時，她的聲音忽然輕顫起來。

「啊，沒關係，沒關係！在莫哈奇戰場上丟掉的更多——」她泣不成聲，打住了歌聲。她把臉埋在常青藤裡。

「綺達！」牛虻起身從她手裡接過吉他，撫慰她說：「怎麼啦？」

她只是雙手掩著臉，泣不成聲。他拍一拍她的肩膀。

「告訴我怎麼了。」他柔和地說。

「不要管我！」她抽泣著，身體直往後縮，「不要管我！」

他迅速回到他的座位，等著哭泣聲停止。忽然之間，牛虻覺得她的雙臂抱住了他的脖子，她就跪在他的身旁。

「我們回頭再說這個。」牛虻頗感驚異，輕輕地擺脫那隻勾住他的胳膊，「先告訴我，是什麼讓你如此煩惱，有什麼事嚇壞你了嗎？」

她靜靜地搖了搖頭。

「我做了什麼傷害你的事嗎？」

「沒有。」她伸出一隻手觸摸他的喉嚨。

「那是什麼呢？」

「你會死的，」最終她小聲地說道：「那天有些人到這兒來，我聽他說你就要大禍臨頭了——而我問起你這件事來，你卻笑我！」

「我可愛的孩子，」牛虻吃了一驚，停了一會兒說道：「你的腦子裡裝進了一些不切實際的想法，或許有那麼一天我會被殺死——這是成為一位革命黨人理所當然的結果。可是沒有原因懷疑我現在就——就會被殺死。我冒的險並不比別人大。」

「別人——別人與我有什麼干係？假如你愛我，你就不會這樣走開，扔下我獨自一人，害怕你被捕了，或者在沉睡時就會夢見你已死了。你全然不把我放在心上，對待我連那條狗都不如！」

牛虻站起身，慢慢走到露臺的另一端。這一種局面完全出乎他意料，竟一時語塞，不知如何回答是好。是的，瓊瑪說得對，他的生活已經陷入難解難分的糾葛之中，要想解脫，談何容易。

過了一會兒，他走了回來。「坐下來我們平心靜氣地談談，」他說：「我看我們誤會了對方。當然，要是我知道你是一本正經地跟我談問題，我就不會笑你了。坦率地告訴我，你爲什麼這樣傷心？你我之間如果有什麼誤會，可以澄清嘛。」

「沒有什麼要澄清的，我看得出來，你對我並不在乎。」

「我親愛的孩子，我們彼此之間還是坦誠一點好。我一向竭力以誠懇的態度對待我們之間的關係，我想，在這一方面我從沒有欺騙過你——」

「噢，確實沒有！你始終都很誠實，你甚至從來都不僞裝，僅把我當成一個妓女——看成從舊貨店買來的一錢不值的花衣裳，在你之前已經有很多人穿過了——」

「不要說下去了，綺達！我從來不曾這樣看待過任何有生命的東西。」

「你從來沒愛過我。」她生氣地堅持說道。

「不錯，我從來不曾愛過你。聽我說，儘量不要以爲我存心不良。」

「誰說過我認爲你存心不良？」

「等等，我想說的是我不相信那套傳統的倫理道德，對它們一點都不尊重。對我來說，男女之間的關係僅僅是個人喜好和討厭的問題——」

「還有金錢問題。」她冷笑一聲，打斷他的話。他眨眨眼睛，猶豫了片刻。

「那自然是這個問題醜陋的地方，可是相信我，假如我以爲你不喜歡我，抑或對這事感到討厭，那麼我永遠都不會提議我們相處下去，並且也不會利用你的境況，勸說你同意我們相處。我一生中從未跟任何女人發生過那種關係，也從未對任何女人說過謊，來掩飾我對她的真實感情。你可以相信我，我說的都是實話——」

他停了一會兒，可是她沒有答覆。

「我原以爲，」他繼續說：「如果一個男人在世界上無依無靠，感到需要身邊有個女人，如果他找得到一個對他有吸引力，他也並不憎惡的女人，他就有權利按照和睦友好的精神，接受那個女人所願意向他提供的歡樂，而不必結成更密切的關係。

「我看這事沒有什麼不好，只要公正對待雙方，不要相互侮辱、相互欺騙。至於在我知道你之前曾與其他男人有過關係，我對此從沒有想過。我僅僅是想過這層關係對我們兩人都是愉悅的，不會傷害誰。只要這層關係變得讓人覺得厭惡，那麼我們都有權斬斷這層關係。如果我以前想錯了，如果你現在已經有了不同的看法——那麼——」

他又停了一下。

「那麼，怎麼樣？」她低聲說，沒有抬頭。

「那麼我使你受了委屈，我十分抱歉。可是我並不是故意的。」

「你『本意並非如此』，你『原以為』——費利斯，難道你是鐵石心腸嗎？難道你一生從來沒有愛過一個女人，竟然看不出我愛你嗎？」

牛虻忽然覺得毛骨悚然，有人對他說「我愛你」的話，那是很久很久以前的事了。綺達即刻跳將起來，張開兩臂，把他緊緊摟抱住。

「費利斯，和我一起走吧！離開這個恐怖的國家，遠離這些人，遠離他們的政治！我們與他們有什麼干係？走吧，我們在一起會十分幸福的，我們去南美，那是你過去住過的地方。」

聯想起的肉體恐怖使他清醒過來，並且恢復了自制。他把她的雙手從脖子上掰開，而後緊緊地握住它們。

「綺達！你要明白我對你說的話的意思。我不愛你，即便我曾愛過你，我也不會跟你一起走。我在義大利有我的工作，還有我的同志——」

「而且，還有一個你更愛的人？」她生氣地叫道：「噢，我真想殺死你！你關心的不是你的同志們，我清楚你關心誰！」

「噓！」他平靜地說道：「你太激動了，光想些虛幻的事情。」

「你以為我說的是波拉夫人嗎？我絕不是那麼容易上當的！你只跟她談政治，你對她並不比對我更關心，我說的是那個主教！」

牛虻大吃一驚，就像被槍擊中了一樣。

「紅衣主教？」他麻木地重複了一下。

「秋天來這兒布道的蒙泰尼里主教。你以為當他的馬車從此地經過的時候，我沒有看見你的臉色嗎？當時你的臉就像我的手帕這樣白！怎麼，因爲現在我提到他的名字，你就抖得像一片樹葉了嗎！」

他站了起來。

「我不清楚你在說些什麼，」他緩慢而柔和地說道：「我恨那位紅衣主教，他是我最大的敵人。」

「不管是不是敵人，你是愛他的，愛他勝過愛世界上任何別的人。你敢盯著我的眼睛說一聲這不是真的！」

他扭過頭去，望著花園。她偷偷地望著他，有點恐懼她所做的事情，他的沉靜有點讓人覺得害怕。後來，她終於像一個受驚的孩子，偷偷走到他身邊，怯生生地扯一扯他的衣袖。

「是真的。」牛虻說。

chapter 11 僞裝

「但是我能、能在山裡找個地方跟他會面嗎？我到布列西蓋拉去太危險了。」

「羅馬涅每寸土地對你都是不安全的，可就目前對你來說，布列西蓋拉要比別的地方更安全。」

「爲什麼？」

「等一會兒我再告訴你。當心，千萬別叫那個穿藍短衫的傢伙看見你的臉，那是個危險人物。是呀，這場暴風雨可真可怕！很久沒見過葡萄收成這麼糟糕了。」

牛虻在桌上攤開他的雙臂，而且把臉伏在上面，好像一個疲勞不堪或醺醺大醉的人。剛來的那個穿著藍布上衣的傢伙快速往四下看了一眼，只看見兩個農民對著一壺酒在談論收成，另外一個山民頭趴在桌子上打瞌睡。

在馬拉迪這個小地方，這樣的情景見怪不怪。穿著藍布上衣的傢伙顯然以爲在一旁偷聽也不會有什麼收穫，於是他一口把酒喝了下去，就晃悠悠地走到另一間屋子。他在那兒倚在櫃檯上，懶散地和掌櫃聊天，時不時透過敞開的門，用眼角的餘光察看坐在桌邊的三個人。那兩個農民還在一口一口地喝酒，談論著收成和本地的天氣，牛虻卻像毫無心事似的鼾聲大作。

那個暗探最終斷定不值得在這家酒店裡耗費時間，於是付完賬後出了酒店，搖搖晃晃地朝狹窄的街道那頭走去。牛虻連聲哈欠，伸著懶腰，直起身來，睡意朦朧地拿那件粗布褂子的袖口揉一揉眼睛。

「裝模作樣可真不簡單。」他說。從口袋裡掏出一把折疊刀，將桌上的黑麵包切下一塊，「米歇爾，讓你受驚了吧？」

「他們比八月的蚊子更毒，沒有片刻的安靜。無論你走到哪兒，都有暗探在四周轉悠，即使在山裡都有，他們以前可不敢進去冒險，可現在他們開始成群結隊去那裡活動——吉諾，對嗎？就爲這個緣故，我們才安排你和陀米尼欽諾在城裡會面。」

「是啊，可是爲什麼要在布列西蓋拉呢？邊境小鎮老是佈滿了暗探。」

「眼下布列西蓋拉城是個再好不過的地方，那裡擠滿了從四面八方擁來的香客。」

「可是這裡並不是交通要道啊。」

「它離去羅馬朝聖的那條大道並不算遠，在復活節有很多香客都繞個彎到那兒去做彌撒。」

「我並不清楚布列西蓋拉還有什麼特殊的地方。」

「那位紅衣主教在那兒呀。你不記得去年十二月他到佛羅倫斯布過道嗎？就是那位蒙泰尼里紅衣主教。人們說，他一到那兒就轟動了全城。」

「估計是吧，我向來不去聽布道。」

「嘿，他名氣大得很，人們都把他當成聖人。」

「他是怎麼出的名？」

「我不清楚，我想那是因爲他把收入全都佈施給了窮人，自己倒像個窮教區的牧師，靠一年四五百斯庫陀過活吧。」

「啊！」那個叫作吉諾的人插嘴說道：「可不止這些，他不僅捐出他的錢，還把全部的精力都用來照顧窮人，想各種辦法讓病人得到治療，從早到晚聽人家喊冤訴苦。米歇爾，我是跟你一樣不喜歡教士的，可是蒙泰尼里大人的確跟別的教士不一樣。」

「噢。我敢說，與其說他是個壞蛋，還不如說他是個蠢貨！」米歇爾說道：「總之人們對他如癡如醉，最近還有一個新的怪誕行爲，朝聖者繞道懇請得到他的祝福。陀米尼欽諾打算扮成小販，攜一籃子便宜的十字架和念珠去賣，人們喜歡買這些玩意兒去請主教摸一摸，掛在小孩子脖子上避邪。」

「等等，我喬裝朝聖者——進去怎麼樣？我倒覺得現在這副裝扮對我就挺合適，可是，照從前在這兒的老樣子，在布列西蓋拉露面是不行的。假如我被抓了起來，會成爲對你們不利的證據。」

「你不會被他們逮住的，我們爲你喬裝改扮準備好了一套絕妙的行頭，另外還有一張護照，一應俱全。」

「什麼樣的裝扮？」

「一位西班牙老年朝聖者的裝束——從那邊山區來的一個悔罪的強盜，去年他病倒在安科納，我們一個朋友出於慈悲心腸，把他弄到一艘商船上，送他去了威尼斯——那兒有他的朋友——爲了表示感激，他把他的證件留給了我們，這些證件對你剛好合適。」

「一個悔罪的強盜？可是警方怎麼看呢？」

「噢，那沒事！他在許多年之前就服完了划船的苦役，從那以後到過耶路撒冷和很多別的地方，拯救他自己的靈魂。他把自己的兒子錯當旁人給誤殺了，一時悔恨交加，就投案自首了。」

「他年紀很大嗎？」

「對，可是弄個白鬍子和假髮就可以了。至於其他方面，證件上對他相貌特徵的描述對你完全合適。他是個老兵，瘸了一條腿，像你一樣臉上有一條刀痕，而且他是個西班牙人——你看，假如你碰上了西班牙的朝聖者，你完全能夠和他們交談。」

「我在哪裡跟陀米尼欽諾接頭呢？」

「你跟著朝聖者走到十字路口，我們會在地圖上指給你看，你就說在山裡迷路了，而後到鎮上時，你跟隨香客們一起進市場，就是紅衣主教住的宮殿前面那個市場。」

「噢，這麼說，當聖人的也住起宮殿來了？」

「他住在一側的廂房裡，其餘的房子改建成了醫院。你們全都在那裡等他出來爲你們祈禱，陀米尼欽諾會挎著籃子過來問你：『你也是一個香客嗎？老爹？』你就回答他：『我是個不幸的罪人。』隨後他就放下籃子用袖子擦一擦臉，你給他六斯庫陀買一串念珠。」

「然後他自然就會安排談話的地方嗎？」

「是的，趁人們都張大嘴巴注視蒙泰尼里的那會兒，他會有充分時間交給你會面的地址。這只是我們的計畫，要是你不喜歡，我們可以通知陀米尼欽諾重做安排。」

「不，這挺好，可是務必要把鬍子和假髮做得和真的一樣。」

牛虻坐在主教宮殿的臺階上，從蓬亂的白髮下面抬起頭來，用沙啞、顫抖的聲音，帶著濃重的外國口音，回答了接頭暗語。

陀米尼欽諾從肩上拿下皮帶，把裝著敬神小玩意兒的籃子擱在臺階上。那群農民和朝聖者，有的坐在臺階上，有的在集市上往來，誰都沒有在意他們。可是爲了小心起見，他們還是無邊無際地聊著天。陀米尼欽諾滿口當地土話，牛虻說的是結結巴巴的義大利語，中間還夾雜著西班牙語字眼兒。

「主教閣下！主教閣下出來了！」門口的人們喊道：「閃開！主教閣下出來了！」

他倆也站了起來。

「喏，老爹，」陀米尼欽諾說著，將用紙包著的一尊小聖像塞到牛虻手裡，「把這個也拿上，等你到了羅馬的時候替我祈禱吧。」

牛虻把它揣進懷裡，隨後轉身看著站在臺階最高一層的那個人。他穿著大齋期的紫色法衣，頭戴鮮紅的帽子，正伸出雙臂祝福眾人。

蒙泰尼里緩步走下臺階，人們擁上去吻他的手。還有許多人跪下來，在他走過的時候，撩起他法衣的邊角放到嘴唇上。

「希望你們平安，我的孩子們！」

聽見那清澈的、銀鈴般的聲音，牛虻趕緊低下頭來，讓頭上的白髮遮住面孔，陀米尼欽諾看見這位朝聖者的手杖在手中哆嗦，暗自佩服：「真會做戲！」

站在他們不遠處的一位女人彎腰從臺階上抱起了她的孩子。「來呀，切柯，」她說：「主教閣下將會賜福給你，正如上帝賜福給孩子們一樣。」

牛虻向前走了一步，然後停了下來。噢，真是難以接受！這些外人——這些朝聖者和山民——都可以走上前去同他講話，他也會用手撫摸他們孩子的頭頂。也許還會對那個農民家的孩子說一聲「親愛的」，就像他從前常說的那樣——

牛虻又坐在臺階上，轉過頭去，不忍心再看下去。他恨不得鑽進一個角落裡，塞住耳朵，阻擋住那個聲音。的確，這超出了任何人所能忍受的限度，離得那麼近，近得觸手可及的那隻親切的手。

「你不想到裡面歇一歇嗎，我的朋友？」那個柔和的聲音說道，「恐怕你是受涼了吧。」

牛虻的心臟停止跳動。霎時間，他失去了知覺。只覺得一股血流湧上心頭，壓迫得他難以忍受，彷彿要將胸膛撕裂開，然後血液又沖了回去，在他的全身激蕩、燃燒。他仰起頭，看見了他的臉。他的那雙眼睛忽然變得溫柔起來，滿是神聖的憐憫。

「朋友們，往後退一些，」蒙泰尼里轉身對人群說道：「我希望和他說話。」

人們互相低語著慢慢向後退去，牛虻咬緊牙關，眼睛盯著地面，坐在那兒一動不動，他覺出蒙泰尼里的手輕輕地放在了他的肩頭。

「你有過莫大的不幸，我能幫你嗎？」

牛虻一聲不吭，只搖一搖頭。

「你是一位香客嗎？」

「我只是一位苦命的罪人。」

蒙泰尼里的問話恰巧與接頭暗語合拍，這一巧合猶如天上掉下一根救命稻草，牛虻趁勢機械地做了回答。他感覺到輕輕撫摸著他肩頭的那隻手好像火一樣燒灼著他，他開始簌簌顫抖起來。

紅衣主教俯下身來，離得更近。

「也許你願意單獨跟我說說話吧？如果我能對你有什麼幫助的話——」

牛虻頭一回平靜地直面蒙泰尼里的眼睛，他已恢復了平靜。

「沒用的，」他說：「這事不會有任何希望。」

一名警察從人群中走了出來。

「請恕我冒昧，主教大人。我看這個老頭兒的腦袋瓜有點不正常，不過他倒不是個壞人，他的證件齊備，沒有問題，所以我們不打算干涉他。他因爲犯了彌天大罪，服過苦役，現在正在悔罪。」

「大罪。」牛虻又說道，緩慢地搖了搖頭。

「很感謝你，隊長，請往旁邊站點。我的朋友，假如一個人真心悔過，那麼就沒有什麼是缺少希望的，你願意今天晚上到我這兒來嗎？」

「難道主教大人願意接見一個殺死親生兒子的人嗎？」

這個問題幾乎帶有挑釁的語氣，蒙泰尼里聽了直往後退，身體哆嗦，彷彿受到一陣冷風襲擊似的瑟瑟發抖。

「無論你做過什麼，上帝都不允許我責怪你！」他莊嚴地說：「在上帝的眼裡，我們大家都是罪人，我們的正直就像骯髒的破布一樣。假如你來找我的話，我會見你的，正如我禱告上帝有一天或許會接待我一樣。」

牛虻一時激動，以一個突如其來的動作伸出雙手。

「聽著！」他說：「基督徒們，你們全都聽著！假如一個人殺死了他唯一的兒子——熱愛而且信賴他的兒子，他的親生骨肉。如果他用謊言和欺騙把他的兒子引誘進死亡的陷阱裡——那個人無論是在塵世還是在天國還有救嗎？

「我曾在上帝和凡人面前懺悔過我的罪孽，我也忍受了凡人加在我身上的懲罰，他們已經把我放出來了，可是，什麼時候上帝才會說：『這就足夠了』呢？什麼樣的安慰才能從我的心靈之中消除他的詛咒呢？什麼樣的寬恕才會彌補我所做的那事呢？」

在隨後的沉寂中，人們看著蒙泰尼里，只見他胸前的十字架起伏不停。

他終於抬起眼睛，用一隻顫巍巍的手賜了福。

「上帝是仁慈的，」他說：「把你良心上的沉重負擔置於主的寶座前吧；因爲聖訓有言：『汝切勿蔑視一顆破碎、痛悔的心。』」

說完，他轉身向市場裡走去，一路上不時地停下來與人們交談，並抱起他們的孩子。

依據寫在神像包裝紙上的指令，牛虻在晚上到了約好的會面地點。這是當地一位醫生的家，他是「紅帶會」的一名積極分子。

大多數密謀起義的人都已經到了，大家對牛虻的到來熱情歡迎，這給了他一個新的證明——如果他還需要多一個證明的話——他是個很得人心的領袖。

「可以又一次見到你，我們覺得十分興奮，」醫生說道：「可是我們見到你之後會覺得更加恐懼。這事太冒險，讓人覺得恐懼。我本人是反對這個計畫的，你真的以為今天上午那些警察耗子沒有留意上你嗎？」

「噢，他們哪能不注意我呢，不過他們沒認出我。陀米尼欽諾安排得太棒啦，他在哪裡？我怎麼沒看見他？」

「他還沒有到，這麼說，你一切很順利？紅衣主教給你賜予祝福了嗎？」

「他的祝福嗎？噢，那有什麼了不起。」陀米尼欽諾一步走進門來，說道。

「列瓦雷士，你就像耶誕節的蛋糕一樣叫我稱奇不已，你有多少本事可以施展出來讓我們佩服呢？」

「現在又怎麼啦？」牛虻懶散地問道。他正倚在沙發上，抽著一根雪茄。他依舊穿著朝聖者的衣服，可是白鬍子和假髮已經放在身邊。

「我真沒想到你這麼會演戲，我這輩子還從沒見過哪齣戲演得這麼精彩，你幾乎把主教大人感動得快要流淚啦。」

「怎麼回事？說來聽聽，列瓦雷士。」

牛虻聳了聳肩膀。他此時的心境不願多言語，看看從他嘴裡掏不出什麼話來，眾人轉而請求陀米尼欽諾說明原委。聽罷宮殿門前的那一個場面之後，一個沒有跟著大家一齊哄笑的年輕工匠突然說道：

「幹得自然十分聰明，可是我看不出這番表演對大家有什麼益處。」

「只有一點好處，」牛虻插話說道：「那就是在這個地區，我能想到哪兒就到哪兒，想幹什麼就幹什麼，沒有一個男人、女人或者小孩會懷疑我。到了明天，這個故事就會傳遍這個地方。在我碰到暗探時，他只會想：『這是那個瘋子狄雅各，他在市場上懺悔了他的罪孽。』毫無疑問，這就是得到的好處。」

「是的，我懂了。即便是這樣，我也希望當時沒有愚弄紅衣主教。像他這樣的好人，用這種花招愚弄他是很不應該的。」

「我自己也曾想到，他看起來的確像個好人。」牛虻懶洋洋地回答。

「桑德羅，你別瞎說！我們這兒不需要紅衣主教！」陀米尼欽諾說：「蒙泰尼里有機會到羅馬高就，假如當時他接受了那個位子，那麼列瓦雷士就不可能捉弄他了。」

「他是不會接受那個職務的，因為他捨不得丟下這兒的工作。」

「更有可能是由於他並不想被拉姆布魯斯契尼手下的暗探暗殺，他們對他有些成見，這一點我敢打包票。一位主教，特別是一位深孚眾望的紅衣主教，寧願待在這樣一個被上帝拋棄的山旮旯裡，其中道理可想而知了——你說是嗎，列瓦雷士？」

牛虻正在吐著煙圈。「這或許是『破碎的、痛悔的心』之類的事情。」他說。而後他仰起頭來，看著那些煙圈消散。「好了，夥計們，現在我們就來說正事吧。」

他們開始詳細地討論偷運和藏匿武器的各種計畫。牛虻專心致志地聽著，時不時地插上一句，尖刻地糾正一些不準確的說法或者不小心的提議。大家都說完了，他才提了幾項切實可行的建議，這些建議大多沒經過討論便一致通過。

於是會議結束了，會上還決定：至少在他安全返回塔斯加尼以前，應該避免會開得過晚，以免引起警方注意。

到了二十二點以後，大家都已散去，僅留下醫生、牛虻和陀米尼欽諾。他們三人開了一個小會，商量了具體的細節。經過長時間的激烈討論，陀米尼欽諾抬起頭看了一眼壁上的掛鐘。

「二十三點半了，我們不能繼續待下去了，要不巡夜人會發現我們的。」

「他什麼時候路過？」牛虻問道。

「二十四點左右，我得在他來以前趕回家。晚安，吉奧丹尼。列瓦雷士，咱們一起走好嗎？」

「不，我認為我們還是分開走安全一些，我還要跟你會面嗎？」

「是的，下次在鮑羅尼斯堡會面，我還不知道化裝成什麼樣子，不過接頭暗號照舊。我想，你明天就要離開這兒？」

牛虻照著鏡子，小心謹慎地戴上假鬍子和假髮。

「明天上午，同那些朝聖者一塊兒走。後天我佯裝生病，住在牧羊人的小屋裡，然後從山中抄小路，我會比你早到。晚安！」

牛虻站在那個巨大的穀倉門前向裡張望的時候，教堂鐘樓上敲響了二十四點的鐘聲。那個穀倉空了出來，臨時充作招待香客的住處，地上躺著橫七豎八的軀體，大多數人都在用力地打著鼾聲，空氣污穢，使人難以忍受。

他有些顫抖，只覺得想要嘔吐。想要在這裡入睡是不可能的，他還是散會兒步，然後找個小棚或者草堆好了，那裡起碼乾淨而寂靜。

那是個晴朗的夜晚，一輪皎潔的明月高懸於淡紫色的天空。他開始毫無目的地在街上遊蕩，痛苦地回想早晨的那一幕，後悔自己沒有拒絕陀米尼欽諾要在布列西蓋拉開會的計畫。假如他一開始就宣稱這個計畫太危險，那麼就會選擇另一個地方，那樣他和蒙泰尼里就不會碰上這齣膽戰心驚的滑稽鬧劇。

神父變化多大啊！然而他的聲音絲毫未變，依然像過去對他說「親愛的」的時候一樣。

巡夜人的燈籠出現在街道的那邊，牛虻轉身走進一條狹窄崎嶇的小巷。

走了一段路，他發現自己來到教堂廣場上，這裡靠近主教下榻宮殿左邊的廂房。月光如水，灑落在廣場上，四下不見人影，但他注意到教堂的一個側門虛掩著。這麼晚了，那裡自然不會有什麼事。他也許能夠走進去，躺在一條長凳上睡個覺，從而避免在那個憋悶的穀倉裡睡覺。第二天早上，他能在教堂司事進來前悄悄溜走。即便被人發現了，他們當然會認爲瘋子狄雅各躲在角落裡禱告，然後被關在裡面。

他在門口聽了一會兒，隨後悄悄走了進去。腿瘸了之後，他還是維持這種走路的姿勢。

月光從窗子上傾瀉下來，在大理石地板上投下寬闊的光帶。特別是祭壇上，月光之下，一切清晰可見。蒙泰尼里光著頭，雙手抱拳，一個人跪在祭壇臺階下面。

牛虻退回到陰影之中。他是否應該在蒙泰尼里看到他之前走開？那樣無疑是最聰明的——或許還是最仁慈的。但是，僅僅走近一點——再看上一眼神父的臉——又有什麼害處呢？之後他就會回去接著從事他的工作。

他隱沒在柱子的陰影之中，摸到內殿欄杆前，然後停在靠近祭壇的側門旁。主教寶座投下的陰影很寬，足以遮掩住他。他便屏住呼吸，在黑暗中蹲下來。

「我不幸的孩子！噢，上帝。我不幸的孩子啊！」

那斷斷續續的低語裡充滿了徹底的絕望，牛虻情不自禁地發抖起來。然後傳來低沉、深重、無淚的哭泣，他看到蒙泰尼里揮動雙手，肉體彷彿承受著劇痛。

他怎麼也想不到事情會糟糕到這種地步。他曾經常痛苦地寬慰自己：「何必為它煩惱呢，那個創傷早就癒合了。」而現在，過了這麼多年之後，那創傷依然清清楚楚擺在他面前，他看見它仍在流血。

現在治療它是多麼簡單啊！他只需舉起手來——只要走上前去，說：「神父，我在這兒。」還有瓊瑪，她的頭上已經有了白髮。噢，只要他能饒恕就好了！只要他能一刀砍斷深深打在他記憶上的烙印——忘掉那個拉斯加水手，忘掉甘蔗種植園和那個雜耍班子！然而，還有什麼比這更悲慘呢——肯於寬恕，渴望寬恕，但他卻清楚地知道這是辦不到的——他不能，也不敢寬恕。

蒙泰尼里終於站了起來，畫了一個「十」字，隨後轉身離開祭壇。牛虻連往後退到陰影中，渾身哆嗦。他擔心他被看見，然後他鬆了一口氣。蒙泰尼里已經從他身邊走過，近到他的紫色法衣拂過了他的面頰。他走過去了，並且沒有看見他。

沒有看見他——噢，他到底做了什麼？是他最後的機會——這最寶貴的一瞬間——他竟然錯過了。他猛然驚醒，一步跨進亮光裡。

「神父！」

他的聲音在殿堂穹頂下震盪，並漸漸消失，使他心裡充滿令人瘋狂的恐懼。他又退縮回陰影裡。

蒙泰尼里站在廊柱旁邊，一動不動，瞪大眼睛，側耳諦聽，充滿死亡的恐懼。牛虻不知道那一陣沉寂延續了多久，也許是短暫的一瞬，也許是永遠。他心裡突然一震，醒悟過來。蒙泰尼里的身子開始搖晃起來，好像就要栽倒似的，他的嘴唇動了起來，先前沒有發出聲音。

「亞瑟！」他的低語終於能夠聽見，「是的，那水很深——」

牛虻走上前去。

「主教閣下，請您寬恕我！我還以爲是位神父呢。」

「噢，你是那位朝聖者嗎？」蒙泰尼里立刻恢復了平靜。他手中的藍寶石熠熠發光。牛虻看得出來他還在輕顫。「你有什麼事嗎，我的朋友？天已晚了，教堂夜間是要關門的。」

「如果我做錯了事，主教大人，請你饒恕。我見門開著，就走進來禱告了，看見大人在那兒默禱，以爲是一位神父，就等著請他爲我祝福。」

他舉起從陀米尼欽諾手裡買來的一個小的錫十字架。蒙泰尼里接了過來，重新走回內殿，把它在祭壇上擱了一會兒。

「拿去吧，我的孩子，」他說：「放寬心吧，由於上帝是仁慈的，博愛的。去羅馬吧，請求他的使者聖父爲你祝福吧。祝你平安！」

牛虻低頭承受祝福，隨後慢慢轉過身。

「別走！」蒙泰尼里說道。

他站在那兒，一隻手倚著內殿的欄杆。

「你在羅馬接受聖餐時，」他說：「請爲一個痛苦極深的人祈禱——爲一個感到上帝放在他靈魂上的手非常沉重的人祈禱。」

他簡直是含著眼淚說出這番話，牛虻的決定發生了動搖。再有一瞬間，他就會將自己暴露了。忽然，雜耍班子的情景又呈現在他眼前，他想到，像約拿一樣，他恨得對。

「我是什麼樣的人，上帝肯賜惠聽我的禱告嗎？一個瘋瘋病人，一個被遺棄的人！假使我能像您，主教大人，把一個神聖的生命——一個清白無瑕、無愧無悔的靈魂，作爲祭品奉獻於上帝的寶座——」

蒙泰尼里忽然轉過身去。

「我僅能奉獻一樣，」他說：「那就是一顆支離破碎的心。」

幾天以後，牛虻從皮斯托亞乘驛車回到佛羅倫斯。他一下車就直接去了瓊瑪的處所，不巧她出門了。他留下一句話，說他明天再來，然後向他自己家裡走去，滿心希望不要再碰上綺達鑽進他的書房裡。她那些帶著忌妒的責怪就像牙醫銼刀的聲音，假如今晚他還會聽到她的責怪，他的神經一定會無法忍受。

「晚安，畢安卡。」他在女傭打開房門時說道：「萊尼小姐今天來了嗎？」

女僕茫然地望著他。

「萊尼小姐？先生，這麼說她回來了？」

「你這話是什麼意思？」他皺著眉頭問道，並在門前的腳墊上停下來。

「她忽然出走了，就在你走了之後，把她所有東西全都留了下來，也沒說要去哪兒。」

「在我走了之後？什麼，兩個星期前嗎？」

「是的，先生，就在同一天。她的東西還橫七豎八地放在那兒，左鄰右舍都在議論這事。」

他二話沒說，轉身離開門前臺階，匆匆穿過那條小巷，向綺達住的那座房子走去。她房間裡的東西一件也沒動過，他贈送給她的那些禮物仍放在原處，哪裡都找不到一封信或一張字條。

「先生，打攪您一下，」畢安卡把頭伸進門裡說道：「有個老太婆——」

他生氣地扭過身來。

「你想幹什麼——居然尾隨我到這兒來？」

「一個老太婆想見你。」

「她有什麼事？告訴她，我不見她，我忙著呢。」

「自從你走後，她差不多天天晚上都要來，先生，總是打聽您什麼時候回來。」

「問她有什麼事。不，不必了，我看我還是自己去吧。」

那個老太婆在他的門廳裡等他，她衣著十分寒酸，棕黃色的臉上佈滿褶皺，有如一枚枸杞子，頭上纏著一方色彩鮮豔的頭巾。當他走進來時，她站起身來，睜大一雙黑色的眼睛細細觀察著他。

「你就是那位跛腿的先生吧，」她說，而且帶著苛刻的目光，從頭到腳掃了他一遍，「我給你帶來綺達・萊尼的口信。」

他開了書房門，扶住門讓她進去，然後緊隨其後，將門關住，以免讓畢安卡聽見他們的談話。

「請坐。現在，告訴我你是什麼人。」

「我是誰，這跟你沒關係，我來這兒只是想告訴你，綺達・萊尼跟著我的兒子跑了。」

「和——你的——兒子？」

「是，先生。假如你有了情人，卻不清楚怎樣管住她，那麼別的男人把她帶走了以後，你就沒有什麼可埋怨的。我的兒子是個熱血男子，他的血管裡流的不是牛奶和水，他真是一個吉普賽人。」

「啊，你是個吉普賽人！這麼說，綺達回到她的族人那裡了？」

她帶著驚訝的鄙夷看著他，想明白這些基督徒不是血氣方剛的男子漢，受到這樣的侮辱，竟然不會發怒。

「你是什麼東西，她爲什麼要和你在一起？我們的女人或許肯把自己給你們，那是出於女孩的好奇，或者你給很多錢，可是到頭來，羅馬族的血還是要回到羅馬族人身上去。」

牛虻的臉龐依舊那麼漠然、平靜。

「她是去了一個吉普賽營地，還是跟你的兒子單獨住在一起？」

那個女人縱聲大笑。

「你想去追她，試圖把她搶回來嗎？太晚了，先生。你早就應該想到這點！」

「不是這個意思。我只想知道實際情況，要是你願意告訴我的話。」

她聳了聳肩膀，對這事居然聽之任之的人，根本就不值得嘲弄。

「哼，真相就是在你走的那天，她在路邊碰到了我的兒子，她用吉普賽語和他聊起天來，他見她雖然穿著漂亮衣服，卻是我們同族的人，就愛上她那張漂亮臉蛋兒。我們的男人就是這麼個愛法。她把痛苦全都告訴了我們，她坐在那裡不停地哭泣。不幸的姑娘，哭得我們都爲她覺得難過。我們盡力安慰她，後來她就脫掉她的漂亮衣服，換上吉普賽女孩常穿的衣服，把她自己給了我的兒子，成了他的女人，把他當成她的男人。他不會對她說『我不愛你』或『我有別的事要做』。女人年輕時只想要得到男人，一個漂亮的姑娘用手摟你的脖子時，你居然不去吻她，你算是什麼男人？」

他中斷她的話：「你說過給我捎來了她的口信。」

「是的，我們的大隊人馬繼續往前走，我留在後邊，就是爲了給你送個信兒。她叫我說，她對你們那班人和他們的斤斤計較、冷漠無情領教夠了，她要回到自己人身邊，她要自由。『告訴他，』她說：『我是一個女人，我曾經愛過他，所以我再不想做他的婊子。』這個姑娘走是正確的，一個女孩子靠漂亮的臉蛋掙幾個錢，這算不了什麼——要不長個漂亮臉蛋幹什麼，可是，一個吉普賽姑娘是犯不上去愛你們族裡的男人的。」

牛虻站了起來。

「這是口信的全部內容嗎？」他說：「那就請你轉告她，說我覺得她做得對，我祝她幸福，這就是我要說的。晚安！」

他木然地站著，一動不動，直到老太婆出了花園並帶上花園的大門。然後他坐了下來，雙手蒙住了臉。

又是一記耳光！他還有一點的驕傲和自尊嗎？他自然承受了一個人所能承受的一切，他的心曾被拖進泥潭之中，並遭路人踩踏。他的心靈沒有一處沒有被烙上受人輕賤的印記，沒有一處未被落下受人譏笑的痕跡。現在這個吉普賽姑娘，他在路邊拾回的女孩——竟然連她手裡都拿著鞭子。

沙頓在門外嗚嗚地叫，牛虻站起身放牠進來。那條牧羊狗撲向牠的主人，可是很快就清楚什麼地方出問題了，所以躺在旁邊的地毯上，還往那隻脆弱的手裡伸去牠那冰涼的鼻子。

一小時後，瓊瑪走到門前，她敲門沒人應答。畢安卡見牛虻沒有要吃晚飯的意思，便溜出去找鄰居家廚子聊天了。她臨走沒有關門，客廳裡還點著一支蠟燭。

瓊瑪等了一會兒，然後決定進去看看，是否能找到牛虻，因爲她剛從貝利那兒得到重要消息，必須立刻告訴牛虻。

她敲了敲書房門，聽到牛虻在裡面回答的聲音：「你可以走開了，畢安卡。我不需要什麼東西了。」

她輕輕地推開了門。房間裡相當昏暗，可是在她進去時，過道的那盞燈射出一道長長的光亮。她進門的時候看見牛虻一個人坐在那兒，腦袋低垂，貼近胸脯，那條狗在他腳下睡著了。

「是我。」她說。

他清醒了過來：「瓊瑪——瓊瑪！噢，我是那麼想見到你啊！」

她還未及說話，他已經跪在她腳下的地板上，將臉埋在她裙裾的皺褶裡。他的整個身體像痙攣似的猛烈顫抖，看見他那副樣子，比看見他哭泣更令人難過。

她安靜地站在那兒，她沒法幫他——絲毫也不能幫他，這是最令人痛苦的事。她只能站在那兒，無可奈何地旁觀——若能解脫他的痛苦，哪怕要她去死也心甘情願。此時此刻，只要她敢於俯身以手臂摟抱住他，將他緊緊貼在胸前，用她的身軀保護他不再受到侵害和冤屈，他肯定又會成爲她的亞瑟，那時天就會放晴，陰影就會散去。

噢，不，不！他又怎麼能遺忘過去呢？難道不是她把他趕進了地獄——不正是她用自己的右手嗎？

她已經把那一瞬間錯過了。

他匆匆站起來，坐到桌子旁邊，一手遮住自己的眼睛，使勁咬著嘴唇，好像要把嘴唇咬穿似的。他馬上抬起頭來，平靜地說道：

「讓你受驚了吧。」

她向他伸出雙手。「親愛的，」她說：「我們現在的友情還不能使你信任我嗎？是怎麼一回事？」

「僅是我自己的個人煩惱，我看不出你該爲此覺得不安。」

「你聽我說。」她繼續說道，並且雙手握住他那隻手，想止住他的顫抖，「我沒有試圖涉足過我不該干涉的事情。但是，既然你已經出於自願給了我這麼大的信任，何不再多給我一點信任——把我當作你的妹妹。你不妨繼續戴著那副面具，如果它能給你安慰的話。但爲了你自己，切莫在靈魂上也罩一副面具呀。」

他把頭壓得更低。「你必須對我有耐心一些。」他說：「我怕是一個不會令人滿意的那種兄長呢，你要是知道——上個星期我快要瘋了，就像在南美洲那個樣。反正魔鬼跟上了我，而且——」

他停住了話頭。

「我能爲你分擔痛苦嗎？」她終於囁嚅道。

他把頭埋在她的胳膊上：「上帝的手太沉重了。」

SECTION 3

考驗

chapter 1

計畫

此後的五個星期裡，瓊瑪和牛虻開心不已，但十分忙碌，既沒有時間也沒有精力去考慮他們個人的事情。當武器平安地運到教皇領地之後，剩下的只是一項更加困難、更加危險的任務，那就是把它們從山洞和山谷的藏匿地點偷偷運到當地的各個中心，然後再運到各個村莊。

整個地區到處都是暗探。受牛虻委託負責運送彈藥的陀米尼欽諾，派了一個信使趕到佛羅倫斯，提出緊急請求，要求延長時間。牛虻曾經堅持這一工作必須在六月底之前完成，可是山路崎嶇，重載難行，而且須隨時躲避警方偵緝，因此運期一再耽擱。

陀米尼欽諾越來越沉不住氣。「我是進退兩難，」他在信上寫道：「我不敢加快工作，原因是怕被發覺。假如我們想要按時做好準備，我就不能拖延。要不立刻派個得力的人來幫忙，要不就讓威尼斯人知道我們在七月第一個星期以前無法做好準備。」

牛虻把信帶到瓊瑪那裡，她一邊看著信，一邊緊鎖眉頭坐在地板上，而且用手撫摩著小貓的毛。

「這下可糟糕了，」她說：「我們總不能讓威尼斯人等待三個星期。」

「當然不能，那簡直是荒唐。陀米尼欽諾也應該明白這一點，我們必須照威尼斯人的安排辦事，而不是讓他們照我們的安排辦。」

「我看這不怨陀米尼欽諾，很明顯他已經竭盡全力，沒辦法完成的事情，他是不會做的。」

「錯並不在陀米尼欽諾身上，錯就錯在他身兼兩職，我們至少應該安排一個人看守貨物，另外安排一個人負責運輸。他說得對，他必須有一個得力的助手。」

「可是我們能給他什麼幫助呢？我們在佛羅倫斯沒人能夠派去啊。」

「那麼我就必須親自出馬了。」

她倚在椅子上，稍微皺起眉頭看著他。

「不，不成。那太冒險。」

「假如我們找不到別的辦法擺脫困難，那麼只能這樣。」

「不管怎麼說，我們一定得另想辦法。你剛從那裡回來，現在又要到那裡去，那是萬萬使不得的。」

他的嘴唇下角出現了一條執拗的線條。

「我倒看不出這有什麼使不得的。」

「你還是心平氣和地想上一分鐘吧，你回來後才五個星期，警察依然在追查朝聖的事，他們到處出動，爲了找到線索，已經把整個地區都搜遍了。不錯，我知道你善於喬裝打扮，可是不要忘記，那裡的很多人都見過你，既見過扮作西班牙人的你，也見過扮作鄉下人的你，而且你那條瘸腿和臉上的疤痕無論怎樣化妝都瞞不過人的。」

「這個世上瘸腿的人多著呢。」

「對，然而你瘸了一隻腿，臉上還有塊刀疤，左臂又受了傷；況且你的眼睛是藍色的，皮膚又這麼黑。在羅馬尼亞，像你這樣的人可不多見。」

「眼睛沒關係，我能用顛茄改變它們的顏色。」

「可是別的你改變不了呀。不行，這絕對不行！你現在帶著這些表明身分的特徵到那兒去，就等於睜著眼睛往陷阱裡跳。你肯定會被抓住。」

「可是必須有人幫助陀米尼欽諾。」

「讓你在這樣的危急時刻被捕，對他來說毫無益處，你的入獄只會意味著整個事情的全盤失敗。」

然而很難說服牛虻，他們商量了半天仍沒有結果。瓊瑪開始意識到他雖然不吵吵嚷嚷，卻萬分固執。若不是她覺得事關重大，爲了息事寧人，她也許讓步了。但在這件事情上，她的良心不允許她做出妥協。從擬議的行程中所得的實際好處，在她看來都值得他去冒險。

她不禁懷疑他急於想去，與其說是由於確信政治上的迫切需要，還不如說是由於一種病態的渴望，想要體驗危險的刺激。他已經習慣於用生命去冒險，他容易闖進不必要的危險之中。在她看來，這種無謂的冒險行動是他任性的一種表現，必須冷靜而堅決地制止。

當她發覺自己的一切論點都不能動搖他那一意孤行的堅強決心時，她便使出了最後一招。

「我們還是坦誠地談這件事，」她說：「實事求是，倒不是陀米尼欽諾的困境使你如此堅決要去，而是你自己熱衷於——」

「不是那麼回事！」他激烈地打斷她，「他對我是無所謂的，即使今生今世永不見他，我也不在乎。」

他停了下來，從她的臉上，他知道他的心事已經暴露。他們的眼睛忽然相對而視，而後又都垂了下來，他們都沒有說出心照不宣的那個名字。

「我並不想解救陀米尼欽諾。」他最終結結巴巴地說道，臉卻伏在貓的毛髮裡，「而是我清楚假如他得不到幫助，我們的工作就有失敗的危險。」

她毫不理會他那無力的遁詞，好像他並沒有打斷她的話似的，繼續說下去。

「你是由於喜歡冒險，所以你才想去那兒的。在你煩躁的時候，你希望冒險，就像你有了病就要吞服鴉片一樣。」

「我並沒有索要鴉片，」他固執地說道：「是別人非讓我服的。」

「恐怕你是以自己的禁欲主義自矜吧，要求解除肉體上的痛苦是會傷你的自尊心的，可是在你冒著生命危險去減輕神經的刺激時，你的自尊則會在很大意義上得到滿足。不過，說到底，二者的區別只不過是習慣上的區別罷了。」

他把貓的腦袋扳到後面，低下頭望著那雙綠色的圓眼睛。

「是這樣嗎，帕什特？」他說：「你的主人說我的這些嚴苛的話是真的嗎？這是『我有罪，我犯下大罪』的事嗎？你這隻聰慧的動物，你從未索求過鴉片，是嗎？你的先祖是埃及的神靈，沒人會踩踏牠們的尾巴。但是我想清楚的是，假如我截下你的貓爪，把它湊到燭火之中，你對人間罪惡的大度又會怎樣？那你就會找我索要鴉片吧？抑或也許——尋死吧？不，貓咪，我們沒有必要爲了個人而去尋死。我們或——或許罵罵咧咧，假如這能安慰我們的話，但是我們可絕不能扯下貓爪。」

「噓！」她把貓從他的膝上放下來，然後把牠放在一隻小凳上，「我們回頭再考慮這些東西。現在要考慮的是，怎樣才能把陀米尼欽諾從困境中解救出來。什麼事，凱蒂，有客人嗎？我正忙著呢。」

「萊特小姐派專人送來了這個，夫人。」

那個嚴密封緘的包裹裡有一封信，收信人是萊特小姐，信沒拆開，上面貼著教皇領地的郵票。

瓊瑪之前的同學依然住在佛羅倫斯，爲了安全起見，較爲重要的信件常常是寄到她們那裡。

「這是米歐爾的暗號，」她很快瞥了一眼那封信，指著信角上的兩個小黑點說。信上好像說的是亞平寧山區一所寄宿學校放暑假的事，「這是化學藥水寫的，試藥在寫字檯第三個抽屜裡。對啦，就是它。」

他把信攤在寫字檯上，用一把小刷子在信上刷了一遍。當報告真正消息的一行鮮亮的藍字赫然呈現在紙上時，他往椅背上一靠，哈哈大笑起來。

「怎麼回事？」她急忙問道。他把信遞給了她。

「陀米尼欽諾被捕。速來。」她坐下來，手裡捏著那封信，絕望地凝視著牛虻。

「怎麼樣？」他終於用柔和的語調、諷刺的口吻拉著長聲說道：「我說過我非去不可，現在你信服了吧？」

「是，我想你必須去，」她嘆口氣回答，「我也非去不可。」

他仰起頭來，有些驚訝：「你也去？可是——」

「那當然了。我知道佛羅倫斯這邊一個人都不留下會很不方便，但目前只能考慮如何多派幾個人手進山，其他的事只好暫且擱置一邊。」

「那兒有足夠的人手。」

「可是他們並不是你能信賴的人。你自己剛剛說過必須有兩個人分頭負責，要是陀米尼欽諾應付不了局面，顯然你也辦不到。別忘了，在做這種工作，像你這種時刻都有危險的人很不方便的，而且會比其他人更需要幫忙。從前是你跟陀米尼欽諾搭檔，現在應該是我跟你搭檔了。」

他緊鎖眉頭思考了一會兒。

「是的，你說得很對，」他說：「我們去得越快越好，但咱們兩個不能一起走。要是我今晚深夜動身的話，那你就搭乘明天下午的驛車好啦。」

「去哪兒？」

「這一點我們必須商量一下。我想我最好直奔法恩扎。假使我今晚深夜動身，騎馬到聖·羅倫梭的郊區，我就能在那兒變好裝，繼續趕路。」

「我看也只好如此了，」她因為焦慮，微蹙著眉頭說道：「可是這樣十分危險，一則你這樣慌忙動身，二則你是靠聖·羅倫梭郊區那班走私販子設法給你變裝，在你偷越邊界之前，至少應該有三天來回兜圈子，迷惑跟蹤的人。」

「你不用擔心，」他微笑著回答，「我即使被捕，那也是以後的事，不會在邊界上；只要一鑽進山裡，我就像在這兒一樣安全了。亞平寧山區的走私販子沒有一個會出賣我，我不太放心的倒是你用什麼辦法越過邊界。」

「噢，那很容易！我帶上路易士・萊特的護照，假裝去度假。羅馬尼亞沒人知道我，可是每一個暗探都知道你。」

「所幸的是，每一個走私販子也都知道我。」

她掏出懷錶看了看。

「兩點半，倘若我們今晚出發，我們還有一個下午和一個傍晚的時間。」

「我最好立刻回家去，把一切事都安排妥當，然後弄一匹好馬。我騎馬去聖・羅倫梭，那樣會安全一些。」

「租馬一點也不安全，馬的主人會——」

「我不會去租馬的，我知道一個人，他會借我一匹馬，他這個人值得信賴，他以前就曾替我辦過幾件事。兩個星期以後，我打發一個牧羊人把馬送回來。那麼，我在下午五點或者五點半再來你這兒。我走後，希望你找到馬蒂尼，把一切情況都向他講清楚。」

「馬蒂尼！」她轉過身來，驚訝地看著他。

「對，我們必須信任他，除非你還能想到另外一個人。」

「我不太清楚你的意思。」

「我們在這兒必須有一個可以信賴的人，以防萬一碰上什麼特殊的麻煩。在這裡的所有人當中，我認為馬蒂尼是最可信賴的人。當然啦，列卡陀也會為我們做他所能做的一切，可是我認為馬蒂尼的頭腦比較冷靜。儘管如此，你比我更瞭解他，由你看著辦吧。」

「我絲毫不懷疑馬蒂尼的忠誠和各方面的才能，況且，我也以為他可能願意盡力幫助我們，可是——」

牛虻馬上就懂了她的意思。

「瓊瑪，假如你發現了一位同志急於得到幫忙，由於擔心傷害你的情感，抑或擔心讓你覺得煩惱，他居然沒有請你給予可能的幫助，當你發覺之後將做何感想呢？你會說那是真正出於善意嗎？」

「很好，」她沉默一會兒之後說道：「我馬上打發凱蒂請他來，我趁她不在的這一會兒，去找路易士取護照。她曾答應過，只要我需要，隨時可以借給我。錢怎麼辦？要不要我從銀行裡取一些出來？」

「不，別為錢的事浪費時間，我能從我的存款裡把錢取出來，這筆錢足夠我們用上一段時間了。假如我的存款用完了，我們回頭再來動用你的，我們下午五點半再見，我保準能在這兒見到你，對嗎？」

「噢，對！那時我早就該回來了。」

超過約定時間半個多小時，牛虻回到瓊瑪家中，只見她和馬蒂尼坐在露臺上。他馬上就看出他們的談話很不愉悅，兩人明顯進行過激烈的爭論。馬蒂尼非常沉靜，悶悶不樂。

「你把一切都安排妥當了嗎?」她抬頭問道。

「是的，我還帶來一點錢供路上使用。馬已經備好了，子夜一點在羅梭橋的柵欄外邊等候。」

「那樣不會太晚了嗎?你應該在早上抵達聖·羅倫梭，那時人們還沒起床。」

「快馬加鞭的話，我能趕得到，我不想在別人有可能注意我的行蹤的時候離開這兒。我不再回家了，門外有個暗探盯梢，他還當我是待在家裡呢。」

「你是怎麼甩掉他出來的?」

「我是從後花園的廚房窗戶爬出來的，然後翻過鄰家果園的院牆，所以才來得這麼晚，我得躲著他。我讓馬的主人待在書房裡，一整夜都亮著燈，暗探只要看見窗子上的燈光和窗帷上的人影就會心滿意足了，這樣就還以爲我今晚是在家裡寫東西呢。」

「這麼說來，你得在這兒一直待到去羅梭橋的時候啦?」

「對，我不想今晚讓人在街上碰到，抽支雪茄嗎，馬蒂尼?我清楚波拉夫人是不在意別人抽菸的。」

「我不會在意你們在這兒抽菸，我必須下去，幫凱蒂預備晚餐。」

當她走了之後，馬蒂尼站了起來，雙手背在身後，開始來回踱步。牛虻坐在那裡抽著菸，沉默地望著毛毛細雨。

「列瓦雷士!」馬蒂尼行至他跟前，突然站住，眼睛依然低垂，望著地面開口說道:「你想把她拖進什麼事情裡去?」

牛虻把雪茄從嘴裡拿了出來，吐出了長長的煙圈。

「她自己做的決定，」他說：「沒人逼過她。」

「是，是——我清楚。可是告訴我——」

他停下腳步。

「我會知無不言。」

「那，好吧——山裡那些事的詳細情形我知之甚少——你是否要帶她去參加一項非常危險的工作？」

「你要我講實話嗎？」

「是。」

「那麼——是吧。」

馬蒂尼轉過身，繼續來回踱步。不一會兒，又站住了。

「我還想問你一個問題，假如你選擇不回答，你自然就不用回答。可是假如你回答的話，那麼你就坦白地回答。你是否愛上了她？」

牛虻特意敲掉雪茄上的菸灰，然後繼續抽菸。

「也就是說——你選擇不作回答？」

「非也。只是我認爲我有權利知道你爲什麼提這個問題。」

「爲什麼？天啊，夥計，難道你看不出原因嗎？」

「啊！」牛虻放下雪茄，眼睛一眨不眨，對著馬蒂尼凝視良久。

「一點不錯，」他終於用溫和的聲音慢言慢語說道：「我是愛上了她，可是，你不要以爲我準備向她求愛，或者爲此而焦慮。我只是準備去——」

他的聲音在一陣奇怪的、微弱的喃喃低語中消失了。

「僅僅是準備——去——」

「去送死。」

他直愣愣地盯著前方，目光冷淡而麻木，似乎他已死了一樣，及至他又重新說話的時候，他的聲音聽起來呆板而毫無生氣。

「你不用事先爲她擔心，」他說：「對我來說，我是絲毫希望也沒有了，這事對大家都很危險的，這一點她和我都清楚，但是那些走私販子會竭盡全力保護她，使她不至於被捕。雖說那些人生性有點粗魯，但都是些好人。至於我呢，絞索早已套在脖子上，一跨過邊界線，就把繩套拉緊了。」

「列瓦雷士，你這話是什麼意思？自然有危險，對你來說尤其如此。這一點我也清楚，可是，你是經常在邊界上穿來穿去的，而且每一次都成功了呀。」

「對，這一次我會失敗的。」

「那是爲什麼？你怎會知道？」

牛虻露出疲倦的笑容。

「你還沒忘那個德國傳說嗎？人要是碰到了和他長得一模一樣的幽靈，他就會死的。不記得啦？那是在一個荒涼的地方，鬼魂半夜三更出現在他面前，絕望地絞著手指。嗯，上一回進山，我也碰上跟我一模一樣的鬼魂。這次再度跨越邊界，怕是有去無回了。」

馬蒂尼走到他面前，並且把一隻手擱在他的椅背上。

「聽著，列瓦雷士。這一套虛幻的東西，我一個字也不明白，不過有一件事我是懂的：如果你有了這種預感，那就不適合去了，既然深信必然被捕，就一定會被捕。你肯定是病了，或者身體有些不大舒服，於是這樣幻想。如果我替你去呢？那裡該做的所有實際工作，我都能去做，你能夠給你的那些人寫封信去，說明——」

「叫你替我去送死嗎？這可真是個絕頂聰明的主意。」

「噢，我不可能死的！他們都熟悉你，可是卻不知道我。另外，即便我被捕了——」

他停下來，牛虻仰起頭來，用探詢的目光慢慢地打量他。馬蒂尼的手垂在他身邊。

「她有可能不像想念你那樣深深地想念我。」他說著，聲音不高不低，「另外，列瓦雷士，這是公事，我們應當用功利主義的觀點看問題——為最大多數人謀最大利益。你的『終極價值』——經濟學家們不是這樣說的嗎？——比我的要大。我儘管不夠聰明，可是還可以看到這一點，雖然我並沒有原因非要很喜歡你不可。你比我作用大，我並不能說你比我更好，可是你的確有更多的優點，你死比我死損失更大。」

從他講話的神態看來，他好像是在股票交易所裡討論股市行情。牛虻抬起頭來，似乎被凍得渾身發抖。

「你希望讓我等到我的墳墓自行張開把我吞下嗎？」

「如果我必須死，我可以把黑暗當成新娘——」（此句引用莎士比亞的喜劇《一報還一報》第三幕第一場：「如果我一定要死，我會把黑暗當成新娘。」）

「你聽著，馬蒂尼，咱倆都在講廢話！」

「你說的才是廢話。」馬蒂尼氣憤地說。

「對，但你說的也是廢話，看在上帝的分上，我們不要去做瀟灑的自我犧牲，就如堂・卡洛斯和波莎侯爵（席勒悲劇《堂・卡洛斯》（Don carlos）中兩個主要人物。堂・卡洛斯是西班牙國王菲利世的兒子，由於有反政府傾向，被他父親拘禁，之後死在獄中。波莎侯爵是堂・卡洛斯的好朋友，為了解救他而犧牲了自己。）那樣。現在是十九世紀了，如果死是我的本分，我就應該去盡這個本分。」

「那麼，照你的意思說來，如果我的本分是苟活下去，那我就應當苟活下去啦？列瓦雷士，你可真是個幸運兒。」

「對。」牛虻乾脆地承認，「我從前一直都很幸運。」

他們沉默地吸菸，過了幾分鐘後開始討論起具體的細節。

瓊瑪上樓來喊他們吃晚飯的時候，他們的臉色或舉止都沒有露出他們剛才進行了一次不同尋常的談話。

吃完飯後，他們坐下來商量計畫，同時做些必要的安排。到了十一點，馬蒂尼動身拿過他的帽子。

「我回家取我那件騎馬斗篷，列瓦雷士。我想，你穿上斗篷就不容易被人認出來，不像你這一身輕裝；我還得去偵察一下，確定我們動身時附近沒有暗探。」

「你打算把我送到關卡那兒嗎？」

「對，如果有人跟著你，四隻眼睛要比兩隻眼睛安全。我晚上十二點回來，一定等我回來再走。我最好還是拿上鑰匙，瓊瑪，免得門鈴響起來把別人吵醒。」

在他伸手接過鑰匙的時候，瓊瑪抬起頭望著他的臉。她明白他找了一個藉口，以便讓她能和牛虻單獨待一會兒。

「你我明天接著談，」她說：「早上等我收拾好了之後，我們還有時間。」

「哦，當然！時間充裕得很。我還想問你兩三個小問題，列瓦雷士。可是我們能在去關卡時再談。你最好還是讓凱蒂去睡覺，瓊瑪。你們倆盡可能輕點。那麼我們就晚上十二點再見。」

他笑吟吟的略一點頭，走了出去，隨手砰地一聲關上門，以便讓鄰居知道波拉夫人送客了。

瓊瑪進到廚房去和凱蒂互道了聲晚安，隨後用托盤端著咖啡走了回來。

「你想要躺一會兒嗎？」她說：「後半夜你可就睡不成了。」

「噢，親愛的，不！到了聖．羅倫梭，在那些人為我預備裝束時，我還可以打個盹。」

當她在食品櫥前跪下身來時，他忽然在她肩膀上方彎下腰來。

「你那裡頭都放了些什麼呀？巧克力和英國太妃糖！怎麼，這都是國王才配享用的奢侈品啊！」

聽到他那熱情的語調，她笑咪咪地抬起頭來。

「你喜歡吃糖果嗎？這些糖果我是給西薩爾準備的，他呀，簡直就像個小孩子，不論什麼樣的糖果都愛吃。」

「真的嗎？呃，你明天肯定要爲他再弄一些，這些讓我拿走吧！不，讓我把太妃糖裝進我的口袋，它會寬慰我，讓我想起失去的快樂生活。我真希望上絞架的那一天，他們能給我一些太妃糖咂一咂。」

「噢，還是讓我找來一個紙盒子盛著吧，至少在你把糖放在口袋以前！你會搞得黏糊糊的，要我把巧克力也放進去嗎？」

「不，我現在就要吃巧克力，跟你一起吃。」

「可是我不喜愛巧克力呀，我要你過來，像個有理性的人那樣坐下來。在你或我被殺之前，我們恐怕再也沒有機會安安靜靜地談一談了，而且——」

「她不喜愛巧克力！」他喃喃地說道：「那我就得自己放開吃了！這多像絞刑吏在行刑前給吃的晚餐呀，是嗎？看來今天晚上你是要滿足一下我的古怪念頭了。首先，我請你坐在安樂椅上，你方才說我可以躺下，那我就躺在這兒，舒服一下了。」

他躺在她腳邊的地毯上，胳膊肘倚著椅子。他仰起頭望著她。

「你的臉色好蒼白！」他說：「那是因爲你把生活看得太悲慘的緣故，而且不喜歡吃巧克力——」

「你就認真五分鐘吧！這真是個生與死的問題。」

「認真兩分鐘也不可以，親愛的，無論是生是死都不値得認真。」

他已經握住了她的雙手，正用指尖撫觸它們。

「表情別這樣肅穆，密涅瓦，（密涅瓦：羅馬神話中的智慧之神、女戰神，又名雅典娜。）再這樣一分鐘，你就會讓我哭出聲的，然後你就會懊悔的。我真的期望你再次露出微笑，你的笑容老是給人一種意想不到的喜悅。對啦，不要罵我，親愛的，我們一起吃餅乾吧！就像兩個乖孩子一樣，不會為了吃多吃少而吵架——因為明天我們就要死了。」

他從盤子中拿過一塊甜餅，小心地分成兩半，認真地從中折斷。

「這是一種聖餐，正如那些道貌岸然的偽君子在教堂裡吃的一樣。『你們拿著吃，這是我的身體。』況且你清楚，我們一定要用同一個杯子喝酒——對，這就對了。為了緬懷——」

她放下酒杯。

「別這樣！」她說著，幾乎抽泣起來。

他仰起臉，又握住了她的手。

「別說話！讓我們安安靜靜地待上一會兒。我們中有一個死了，另外那一個會永遠記住此時此刻的情景，我們會忘記在耳畔呼號的那個喧囂、紛擾的世界，我們會手挽手一同走去，走進死亡的神秘殿堂，躺在罌粟花叢中間。噓！我們會非常安詳。」

他低下頭來靠在她的膝上，埋住了他的臉。

在一片寂靜中，她低頭俯視著他，並用手撫摸著他那一頭黑髮。時光就這樣悄然逝去。

他們既沒有動也沒有說話。

「親愛的，快到十二點了。」她終於說道。他仰起了頭。

「我們僅有幾分鐘的時間了，馬蒂尼馬上就會回來。也許我們再也不會見面了，你沒有什麼要和我說嗎？」

他慢慢地站起身來，走到屋子的另一頭。

「我有一件事要說，」他開始用幾乎難以聽得見的聲音說：「一件事——是要告訴你——」

他欲說又止，坐到窗前，用雙手捂住臉。

「過了這麼久，你終於決定大發慈悲了。」她低聲說道。

「我這一生沒有見到多少仁慈，我認爲——開始的時候——你不會在意——」

「你現在不這麼認爲了吧。」

她等了一會兒，見他沒有說話，便走過去，站在他身邊。

「你就把實話告訴我吧。」她小聲說道：「你想一想，如果你被殺死，而我卻活著——我就得回顧一生，但卻永遠也不知道——永遠都不能肯定——」

他握住她的手，緊緊地握住它們。

「如果我被殺死——你知道，在我去南美洲的時候——啊，馬蒂尼來了！」

他忽然被嚇了一跳，立刻打住話頭，而且打開房門，馬蒂尼正在門外擦鞋墊上擦拭靴子。

「一分鐘也不差，就像平常那樣守時！你簡直就是一座天文時鐘。這就是騎馬斗篷嗎？」

「是，還有兩三樣其他東西。外面下著傾盆大雨，我好不容易才沒讓它們淋濕。我想，你騎馬跑這一趟是很不舒服的。」

「噢，那不要緊，街上沒有暗探吧？」

「沒了。看起來暗探們都回家鑽被窩了，在這樣一個風雨交加的夜晚，一點都不奇怪。那是咖啡嗎，瓊瑪？他得喝點熱乎的東西才能出去淋雨，不然會受涼的。」

「咖啡什麼也沒加，很濃的，我去煮些牛奶。」

她走進廚房，激動得咬緊牙關，攥緊拳頭，以免失聲痛哭起來。

待她端著牛奶回來的時候，牛虻已經將斗篷穿在身上，正在扣上馬蒂尼帶來的那副皮綁腿的扣子。他站著喝了一杯咖啡，拿起那頂騎馬戴的寬邊帽。

「我看應該出發了，馬蒂尼。我們一定要先兜上一個圈子，然後再去關卡，以防萬一。再見，夫人，感謝你的禮物。那麼星期五我在福利等你，除非有什麼意外。等等，這——這是地址。」

他從袖珍記事簿上撕下一頁，用鉛筆寫了幾個字。

「地址我已經有了。」她說，語調單調而平靜。

「有了嗎？呃，這個也拿著吧。走吧，馬蒂尼。噓——噓——噓！不要讓門發出吱吱嘎嘎的響聲！」

他們躡手躡腳地下了樓梯。當臨街的門喀嗒一聲關上時，瓊瑪回到房裡，機械地打開他塞進她手裡的紙條。只見地址下面寫著：「到了那邊，我會把一切都告訴你的。」

chapter 2 被捕

這天恰好是布列西蓋拉趕會的日子，這個地區大小村莊的農民都來到這裡，帶著他們的豬和家禽，還有他們的畜產品和不大溫馴的成群山羊。

集市上人群川流不息，他們放聲大笑，互相戲謔，爲了買些乾無花果、廉價的炊餅和葵花子而討價還價。

烈日下，棕紅色皮膚的兒童赤腳趴在人行道上。他們的母親坐在樹下守著一籃子一籃子的乳酪和雞蛋。

蒙泰尼里主教出來祝福人們「平安」，一群鬧哄哄的孩子立刻擁上去把他團團圍住。他們舉起大把的燕子花、猩紅的罌粟花和散發著幽香的白色水仙花，希望他能接受從山坡上採來的鮮花。他們以爲這一小小的愛好與智者非常相稱。假如有人不是這樣受到眾人的愛戴，那麼他把房間擺滿了野草閒花，他們就會譏笑他。可是「有福的紅衣主教」能夠有幾個無傷大雅的怪習慣。

「喔，瑪魯西亞，」他停下來，拍著一個小孩子的腦袋說：「自從上次見過你以後，你又長個了。你奶奶的風濕病好些了嗎？」

「她近來好多了，主教閣下，可是媽媽現在病得很嚴重。」

「我很傷心，告訴媽媽哪天到這兒來，看看吉奧丹尼醫生有什麼方法。我會找個地方安排她，換個環境對她興許會有益處。你的氣色好多了，魯吉，你的眼怎麼樣？」

他一邊往前走著，一邊跟山民們聊家常。他永遠記得那些孩子的姓名和年齡，記得他們以及他們父母的病痛和煩惱。他不時地停住腳步，懷著同情之心，興趣盎然地詢問耶誕節病倒的那頭奶牛，或是上回趕集被車輪輾壞的那個布娃娃。

他回到宮殿時，集市開始了。一個跛子穿著藍布襯衫，一頭黑髮耷拉到他的眼睛上，左臉有一道深深的疤痕。他一瘸一拐地走到一個攤子跟前，他操著蹩腳的義大利語，討要一杯檸檬汁。

「你不是這附近的人。」那個女人說，一面倒檸檬汁，一面抬頭瞄了他一眼。

「不是，我是從科西嘉來的。」

「來找活兒幹？」

「對。收割乾草的季節快到了，一位先生在拉文納有個農場，那天他去了科西嘉，告訴我這裡有很多活兒幹。」

「祝你能找到活兒幹，我確信你能，可是這兒一帶收成可不大好。」

「科西嘉更糟，大嬸，我不清楚我們這些窮人還有什麼活路。」

「你是一個人來的嗎？」

「不，我和夥伴一起來的，他就在那兒，就是穿紅襯衫的那個，喂，保羅！」

米歇爾聽到有人叫他，便把手插進褲袋，晃晃悠悠地走過來。雖然他戴著假髮，但是他裝扮得很像一個科西嘉人，甚至他自己都沒認出來。至於牛虻，那就是一個道地的科西嘉幫工了。

他們一路逛悠，一同穿過了集市。米歇爾從齒縫裡吹著口哨，牛虻肩上揹著一捆東西，拖著腳跟往前走著，好讓別人不易察覺他的瘸腿。他們正在等待著送信的人，他們必須要向他下達重要的批示。

「那就是麥康尼，拐角上那個騎馬的。」米歇爾忽然說道。牛虻仍舊揹著那一捆東西，拖著腳跟朝騎馬人走去。

「你想雇一個割草的嗎，先生？」他一邊說，一邊摸摸破帽子的帽檐，並用一根手指從上到下撫摩著馬籠頭。從表面上看，那位騎手或許是一個鄉紳的管家。

那人跳下馬來，把韁繩拋到馬背上。

「夥計，你能幹什麼活兒？」

牛虻摸索著帽子。

「我會割草，先生，還會整修籬笆。」他開口說道，緊接著說了下去，「今晚一點，在那個圓洞的洞口，你必須準備好兩匹快馬和一輛馬車。我在洞裡等你——我會刨地，先生，還會——」

「那就行了，我只需要一個割草的。你之前出來幹過嗎？」

「幹過一次，先生——注意，來的時候必須帶槍，我們也許會碰上騎兵巡邏隊。別走林子裡那條路，另一條更安全。碰上暗探，別跟他囉唆，立刻開槍——我很高興去幹活，先生。」

一個衣衫破舊的乞丐懶洋洋地朝他們走來，操著淒涼枯燥的聲音苦苦懇求：

「可憐一個不幸的瞎子吧，看在聖母瑪利亞的分上——立刻離開這裡，騎巡隊正在開來——最神聖的天后，純潔的聖女——他們是來抓捕你的，列瓦雷士，他們是來抓你的，兩分鐘內就要到了——天上的聖人會補報你們的——你馬上逃吧，到處都有暗探，要想溜走而不被發覺太難了。」

麥康尼將韁繩塞進牛虻手裡。

「快！騎到橋上就把馬放走，能夠藏在山谷裡。我們都帶了槍，我們能夠抵擋十分鐘。」

「不，我不可以讓你們這些人給抓走。大家集合起來，跟我一個接一個開槍，都向馬匹那邊移動。馬就在那邊，拴在宮外臺階旁邊，把短刀都準備好。我們邊打邊退，等我扔下帽子，就把韁繩割斷，而後跳上最近的馬匹，這樣我們就全都能夠到達樹林那裡。」

他們說話時的語調十分平靜，就連最近的旁觀者都沒有質疑他們談的不是割草，而是更危險的事情。

麥康尼牽著他那匹母馬的韁繩，走向拴馬的地方。牛虻拖著腳跟走在他身邊，那個叫花子伸出一隻手，哀號叫著，尾隨其後。米歇爾吹著口哨跟了上來，那個乞丐擦身而過時，不僅對他發出警告，而且把消息從容地傳給在樹下吃著生洋蔥的三個農民，那三個人立刻站起來，跟在米歇爾身後。

沒等別人來得及注意，七個人已齊集於臺階下，每個人的手都握住藏在身上的手槍。那幾匹馬伸手可及。

「在我動手之前，千萬不要暴露。」牛虻說道：聲調平和，聲音清楚，「他們或許認不出我們，在我開槍後，你們就依次開槍。不要朝人開槍，要打瘸馬腿──那樣他們就沒法追上我們。三個人射擊，其餘的人裝子彈。要是有人擋在你和馬匹中間，就殺死他。我騎那匹五花馬。我一捽帽子，就各自上馬。出什麼事都別停下。」

「他們來了。」米歇爾說道。牛虻轉過身來，露出一副純真而又愚蠢的驚詫表情。這時人們忽然停止了討價還價。

十五名武裝的士兵騎馬緩緩地進入集市。他們很難通過那擁擠的人群，要不是廣場四角佈滿暗探，那七個起義者完全可以趁人們注意士兵的時候，神不知鬼不覺地溜之大吉。

米歇爾湊到牛虻跟前。

「我們現在不可以溜走嗎？」

「不能，我們讓暗探給包圍了，並且有一個人已經認出我了。」

他剛剛派了一人去找騎巡隊的上尉，告訴他我在什麼地方，我們唯一的機會是打瘸他們的馬腿。

「哪一個是暗探？」

「我開槍打的第一個人就是，你們全都預備好了嗎？他們已經清理開了一條道路，就要向我們衝過來了。」

「大家閃開！」上尉喊道：「我以陛下的名義命令！」

人們紛紛向後面倒退，驚恐而又惶惑。士兵們立即向站在宮殿臺階下的那幾個人衝去。牛虻從襯衫裡抽出手槍開了一槍，不是對準前面來的士兵，而是對著離近馬匹的暗探。那人被打折了鎖骨，悶聲倒了下去。一槍響過，迅即六槍連發。同時，起義者們沉著地靠攏拴著的馬匹。

騎巡隊的一匹馬絆了一下，隨後倒了下去。另一匹馬一聲慘叫，立刻也栽倒下來，恐慌萬狀的人們發出了一陣陣的尖叫。這時，那個指揮官已踩著馬鐙站立起來，在頭頂上揮舞著指揮刀。他氣勢洶洶，高聲斷喝。

「這邊，弟兄們！」

他在馬鞍上搖了幾下，向後栽去，牛虻剛剛又開了一槍，把他打個正著，一股細細的血流從上尉的軍服上流了下來，但他緊緊抓住馬鬃，奮力掙扎著坐穩了馬鞍轎，惡狠狠地喊叫著。

「假若不能活捉那個瘸腿的魔鬼，那就殺死他，他就是列瓦雷士！」

「再給我一支槍，馬上！」牛虻衝他的夥伴叫道：「走啊！」

他扔下帽子，這一招來得正好，由於那些士兵現在已經被激怒了，他們揮舞著馬刀逼到他的眼前。

「放下武器，統統放下！」

蒙泰尼里紅衣主教忽然出現在戰鬥雙方中間，一名士兵恐慌地大聲叫道：「主教閣下！上帝，你會被他殺死的！」

然而蒙泰尼里上前一步，直面牛虻的手槍。

五名革命黨人已經騎上了馬背，正在奔向崎嶇不平的街道那頭。麥康尼也縱身跳上他那匹母馬的馬背。策馬離開時，他回過頭來看一看他的領袖要不要幫助。那匹五花馬就在眼前，片刻之後大家就會安然無事。

但是，就在那個穿著猩紅色法衣的身影向前跨步的時候，牛虻突然猶豫了，握槍的那隻手垂了下去。瞬息之間決定了一切。他立即被包圍起來，並被猛然推倒在地。

一個士兵揮起刀背將他手裡的槍打落。麥康尼踩著馬鐙使勁擊打馬肚子，騎巡隊的馬向他追來，馬蹄聲在山坡上響了起來。此時若走不脫被他們抓住，不僅幫不上忙反而更糟。

他策馬飛馳的時候，回身朝趕在最前面的追兵射了最後一槍。這時他看見牛虻滿臉血污，被踩在馬匹、士兵和暗探腳下，並聽見追捕者惡毒的咒罵以及得意與憤怒的號叫。

蒙泰尼里並沒注意到所發生的一切，他已經起身離開了臺階，正在安撫那些恐懼萬分的鄉民。當他停下來俯身去看那個受傷的暗探時，人群中一陣驚恐的騷動使他抬起頭來。士兵們正在穿過廣場，他們拖著雙手被綁住的俘虜。

因為疼痛和精疲力竭，牛虻的臉色變得煞白。他氣喘吁吁，樣子實在可怕。但他扭過頭來，苦笑著，用那煞白的嘴唇低聲說：「恭喜你啊，主教閣下。」

五天以後，馬蒂尼趕到福利。他已經從郵局收到瓊瑪寄來的一個印刷品包裹，這是事先約定有特別緊急情況時要他去的暗號。他記起了在陽臺上進行的談話，立刻就明白了事情的真相。

「我已經猜到是怎麼一回事了，是列瓦雷士被捕了吧？」他進入瓊瑪的房間時說。

「他是上星期四被逮捕的，是在布列西蓋拉被捕的。他拚死抵抗，而且打傷了騎巡隊的上尉和一名暗探。」

「武力對抗，這下可糟了！」

「這沒有什麼差別，他早就是重大嫌疑犯，多開一槍對他的處境並沒有多大的影響。」

「你覺得他們預備怎麼處置他？」

她的臉色變得比先前更爲蒼白。

「我想，」她說：「我們不能坐在這裡，要查清他們想要怎麼做。」

「你以爲我們可以把他成功地解救出來嗎？」

「我們必須營救。」

他轉過身，背著手，吹起口哨。瓊瑪讓他靜靜思考，不去干擾他。她頭靠椅背，坐著一動不動，眼睛凝望窗外迷茫的遠方，神色呆滯而淒惻。當她的臉上流露出這種神態時，很像杜勒爾銅版雕刻畫《悲哀》中的人物。

「你見過他了嗎？」馬蒂尼停下踱步問道。

「沒有，他原本說好第二天早上在這兒見我。」

「對了，我想起來了，他在什麼地方？」

「關在堡壘裡，看守得很嚴，據說還戴上了鐐銬。」

他做了一個無所謂的手勢。

「噢，那沒關係。只要有把好銼子，任何鎖鏈都能去掉，假如他沒有受傷的話——」

「他好像負了點輕傷，至於傷到什麼程度我不知道，我想，你最好聽米歐爾親自講一講情況，被捕的時候他在場。」

「他怎麼沒被逮捕呢？他逃走了，居然留下列瓦雷士不顧嗎？」

「這不能怪他，他同其他人一樣戰鬥到最後一分鐘，然後不折不扣執行了列瓦雷士給他的命令。他們所有的人都是這樣做的，在最後一刻忘記命令，出了差錯的不是別人，而是列瓦雷士自己；否則就是他在最後的緊要關頭犯了一個錯誤，不然也不會發生這種事情，這事完全解釋不清。等一會兒，我去叫來米歐爾。」

她走出房間，立刻就帶著米歐爾和一位五大三粗的山民回來了。

「這位是麥康尼，」她說：「你已經聽過他的事，他是一個走私販子。他剛到這兒沒幾天，或許他可以告訴我們更多的情況。米歐爾，這是西薩爾．馬蒂尼，就是我給你提過的那個人。你們能把看到的情況都告訴他嗎？」

米歐爾簡要敘述了與騎巡隊遭遇的過程。

「我不明白爲什麼會這樣，」他在結束時說道：「要是我們想到他會被捕，絕不會有一個人離開他。可是他的命令相當明確，誰也沒想到在他摔掉帽子的時候會等著讓他們圍上來。那匹五花馬就在他身邊——我眼看著他割斷了拴馬索——我上馬以前還遞給他一支裝好彈藥的手槍。我唯一可想到的解釋是，因爲腿瘸，他在上馬的時候失了足，可是，就算是那樣，他也能開槍啊。」

「不，不是這麼回事，」麥康尼插了進來，「他沒有嘗試上馬，我是最後一個走的，由於我的母馬聽到槍聲受到了驚嚇，我回頭看他是否平安無事。要不是因爲那個主教，他是完全可以脫身的。」

「啊！」瓊瑪輕聲叫道。

馬蒂尼驚詫地重複了一遍：「紅衣主教？」

「是的。他挺身上前擋住了槍口——該死的東西！我想，列瓦雷士一定大吃了一驚，因爲我看見他那隻拿槍的手立刻垂下，另一隻手這樣舉起來，」麥康尼說著，將左手舉起，用手背遮住眼睛，「然後，他們就朝他撲上去了。」

「我弄不懂，」米歇爾說道：「這根本不像列瓦雷士，他在關鍵時刻從來都鎮定自若。」

「他放下手槍，大概是擔心殺死一個手無寸鐵的人。」馬蒂尼插話說道。

米歇爾聳了聳肩膀。

「手無寸鐵的人就不該把鼻子伸進戰鬥中來，戰爭就是戰爭。要是列瓦雷士讓一顆子彈穿透主教的胸膛，而不是讓他自己像一隻馴順的兔子那樣被人捉住，這樣世上就會多了一個誠實的人，少了一個傳教士。」

他轉過身去，咬著他的鬍鬚，他氣得快要掉下淚來。

「總之事已至此，」馬蒂尼說道：「浪費時間議論發生了什麼毫無用處，現在的問題是我們該怎樣安排他越獄。我想你們都願意完成這個危險的任務吧？」

米歐爾甚至不屑答覆這個多餘的問題，那位走私販子僅是笑著說道：「假如我的兄弟不想幹的話，我會殺死他。」

「那好，第一件事，我們弄到了城堡的平面地圖嗎？」

瓊瑪打開抽屜，取出幾張圖紙。

「我已經畫了所有的平面地圖，這是城堡的底樓，這是塔樓的上層和下層，這是壘牆的平面圖，這些是通向山谷的道路，這是山中的小路和藏身的地方，這兒是地道。」

「你知道他被關在哪個塔樓？」

「東邊的那個，就是那個窗戶安有鐵欄杆的圓屋。我已經在圖上做了標記。」

「你是從哪得到這個情報的？」

「從一個外號叫『蟋蟀』的衛兵那裡，他是我們這邊一個叫吉諾的人的表兄弟。」

「你出手好快呀。」

「沒有時間浪費。吉諾立刻就去了布列西蓋拉，我們已經得到了一些平面圖，藏身的地方是列瓦雷士列出來的，你能夠看出他的筆跡。」

「守堡壘的衛兵都是些什麼人？」

「這我們還沒有查出來，蟋蟀也是剛到這個地方，對別的士兵不熟悉。」

「我們必須從吉諾那裡搞清楚蟋蟀是個什麼樣的人，是否瞭解到當局的意圖，列瓦雷士是可能在布列西蓋拉受審呢，還是押送到拉文納了。」

「這個我們就不清楚了。拉文納自然是這個教省的省府，依照法律，重大的案子只可以在那裡受審，在預審法庭受審。可是法律在四大教省無關緊要，這要取決於掌權者的個人喜好。」

「他們不會把他押送到拉文納去。」米歇爾插話道。

「你爲什麼這樣斷定？」

「我敢確定，布列西蓋拉城的統領費拉里上校是列瓦雷士打傷的那個軍官的親叔叔。他是個報復心很強的惡棍，他絕不會放過對一個仇人發洩的機會。」

「你認爲他會設法把列瓦雷士關在這裡？」

「我以爲他會設法把他絞死的。」

馬蒂尼迅速瞟了瓊瑪一眼。她臉色蒼白，但並沒有因爲聽了這句話而變色。顯然，這種想法對她來說已並不新鮮了。

「他不經過正式手續是很難做到這一點的。」瓊瑪平靜地說：「不過他可以找個藉口設立軍事法庭，事後再以本城治安需要說明他做得有理。」

「可是紅衣主教呢？他會贊同這樣的事情嗎？」

「他沒權過問軍務。」

「不會，可是他的影響力很大。沒有得到他的認可，軍事統領不敢採取這樣的行動吧？」

「他絕對得不到允許，」麥康尼插嘴說：「蒙泰尼里一向反對軍事審判這一類辦法。只要他們把他關在布列西蓋拉，就不會有什麼嚴重的事發生，主教大人一向站在犯人一邊。我倒是怕把他押解到拉文納去，一到拉文納，他就完了。」

「我們不能讓他們把他押解到那裡去，」米歇爾說道：「我們完全可以設法在路上營救他。但是從堡壘裡救他出來，那可就是另外一回事了。」

「我以爲，」瓊瑪說道：「等待他被引渡拉文納的機會是毫無用處的，我們必須搶先在布列西蓋拉動手，事不宜遲。西薩爾，你我最好一塊兒研究城堡的平面圖，看看我們能否想出什麼法子，我倒是有個想法，可是有一個難處解決不了。」

「走吧，麥康尼，」米歇爾站起身說道：「讓他們去考慮他們的計策吧。今天下午我得到福亞諾去，我想要你跟我一起去。文森卓還沒有把彈藥送來，他們昨天就該到了。」

在那兩個人走了之後，馬蒂尼走到瓊瑪面前，靜靜地伸出他的手，她由著他握了一會兒她的手。

「你真是一位好朋友，西薩爾，」她最後說道：「患難之交，現在讓我們來商量計畫吧。」

chapter 3 審判

「我再次懇切地向您擔保，主教閣下，您的拒絕影響了本城的治安。」統領說這番話的時候，雖然盡力保持對教會高層人士應有的尊敬，他的聲音卻掩飾不住他的惱怒。

他的肝臟出了問題，他的妻子賒帳太多，他的脾氣在過去三個星期裡承受了嚴峻的考驗。這裡的老百姓桀驁不馴，圖謀不軌，怨憤情緒日甚一日。本地區猶如一個馬蜂窩，充斥著種種陰謀，私藏的武器多如牛毛。那支無能的守備隊是否對政府忠誠，也很值得懷疑。還有這位紅衣主教，幾乎使他陷入絕望。在對他的副官講話時，他悲哀地把紅衣主教描述成「純粹是頑固化身」。現在他又攤上了牛虻這個麻煩，牛虻活活就是一個魔鬼的化身。這就更加重了他的精神負擔。

那個「瘸腿的西班牙惡魔」打傷了他親愛的侄子和最有價值的暗探，繼續施展他在集市上顯示過的本領，煽動那些看守，威嚇審案官吏，「把監獄變成動物園裡逗熊的熊舍」。

他被關進城堡才三個星期，布列西蓋拉的執政者就已經爲這一宗案件傷透腦筋。他們不厭其煩地審問他，爲了讓他招供，他們無所不用其極，恐嚇、勸誘和計謀一哄而上。但是他依舊像被捕那天一樣「狡詐」。

他們已經開始認識到，如果當初把牛虻立即押解到拉文納去，也許會好一些。可是現在悔之晚矣，這個錯誤已經來不及糾正了。因爲當初統領將捕獲牛虻的消息呈報羅馬教皇特使的時候，曾經請求特許他親自監督這一案件的審理。這一請求既經恩准，若再想撤回，那就非得厚著臉皮承認自己不是牛虻的對手不可了。

正如瓊瑪和米歇爾所預見的那樣，設立軍事法庭來解決這個問題是唯一令他欣慰的途徑。紅衣主教蒙泰尼里卻十分頑固，拒絕贊同這個想法，這使他難以忍受。

「我以爲，」他說：「如果主教大人知道我和我的助手爲這犯人吃了多少苦頭，或許您對這樁事的見解就不同了。您受良知的驅使反對審判程序的不當之處，對此我完全理解並表示尊重，但這是一個特殊案件，需要採取特殊手段。」

「沒有一個案子不要求公正的手段，」蒙泰尼里回答，「如若依照一個秘密軍事法庭的決斷來給一個平民定罪，那麼這既是不公平的，也是違法的。」

「您應該知道，主教大人，這個案子的性質非常嚴重，該犯顯然犯下幾條大罪。他曾參加薩維尼奧那次卑劣的暴動，要不是他逃到了塔斯加尼，當時由斯賓諾拉大人指派成立的軍事委員會早就把他處決或者送去服划船的苦役了。

「從那之後，他沒有停止過密謀策劃。據瞭解，他參加了國內一個十惡不赦的秘密團體，還是這個團體中的一位重要成員。我們的確懷疑他即便沒有教唆，也贊同暗殺了不少於三名的秘密特工。他是在把武器偷運進教省時被當場捕獲的，他居然抗命持槍拒捕，而且重傷兩名執行任務的警官。他目前直接威脅著本城的安全和秩序。肯定地說，對待這樣一起案件，組織一個軍事法庭是公正的。」

「無論這人做了什麼，」蒙泰尼里回答，「他都有權按照法律來審判。」

「正常的法律程序，遷延在所難免，主教大人，而就本案而言，每分鐘都是寶貴的，其他麻煩姑且不論，我時刻擔心他會越獄逃跑。」

「若有這個危險，你就應該嚴加防範他。」

「我會盡力而爲，主教閣下，但是我只能依靠那些監獄看守，他們好像都被那個犯人迷住了。我三個星期更換過四次看守，我不厭其煩地懲罰那些士兵，但是毫無用處，我不能防止他們來回傳遞信件，那些傻子愛上了他，彷彿他是個女人。」

「這倒十分奇怪，他一定是有什麼過人之處吧。」

「的確有些常人不及的鬼把戲——請原諒，主教大人，說老實話，此人足可以考驗聖人的耐性。真是難以置信，我不得不親自主持審訊，因爲別的審判官再也受不住了。」

「怎麼會這樣呢？」

「一言難盡啊，主教閣下，他胡攪蠻纏，你只要聽過就知道了。別人還認爲審訊官是犯人，而他倒是法官。」

「可是他有什麼過人之處呢？他自然能拒絕回答問題，但是他除了沉默沒有別的武器。」

「他有一條像剃刀一樣鋒利的舌頭，我們都是些凡夫俗子，主教大人，大多數人一生中都犯過錯誤，他們不願意把這些東西張揚出去。此乃人之常情。如果把一個人二十年前的小過節抖出來，扔到他臉上，那是很難堪的呀。」

「列瓦雷士抖出了審訊官的一些個人隱私嗎？」

「我們——真的——那個不幸的傢伙在還是一名騎兵軍官時欠了債，所以就從團裡的資金借了一筆錢——」

「事實上是盜竊了托他保管的公款，對嗎？」

「這自然是不對的，主教閣下，不過他的朋友很快替他還清了債，這件事被遮蓋過去——他出身很好——而且從那以後他一身清白。至於列瓦雷士是怎麼得知這個事情，我就想不出了。可是他在審訊時所做的第一件事情就是抖出這件醜事——居然還當著下屬的面！還擺出一副純真的神情，就如同是在禱告一樣！現在這件醜聞在整個教省都傳遍了。如果主教大人肯在開庭的時候旁聽一次，我相信你就會發現——當然不必讓犯人知曉，您不妨躲在一旁——」

蒙泰尼里轉過身來望著統領，臉上露出了不同尋常的表情。

「我是宗教使者，」他說：「不是警察暗探，偷聽不是我的使命。」

「我不是有意冒犯尊嚴——」

「我以爲這個問題再討論下去毫無益處，假如你把犯人送到這兒，那麼我能和他談談。」

「我斗膽奉勸主教大人不要這樣做。這傢伙怙惡不悛，我們就不要拘泥於法律規定，立即處死他，免得他再犯罪。這個辦法既安全，又明智。雖然剛才主教大人已經吩咐過了，但我仍要斗膽懇請您接受這個建議。因爲本城的治安畢竟是由我向教皇特使負責——」

「我呢，」蒙泰尼里中止了他的話，「也要對上帝和聖父負責，確信在我的教區內沒有見不得人的勾當。既然你在這個問題上逼迫我就範，上校，那麼我就行使紅衣主教的特權，我不允許和平時期在本城設立一個秘密軍事法庭。我要在這裡獨自接見犯人，明天上午十點。」

「聽憑主教閣下吩咐。」統領悻悻地畢恭畢敬回答了一聲，扭頭便走，口中還咕噥著，「他們簡直是一對，一樣固執。」

他沒對任何人提到紅衣主教將要接見犯人，到了時間才讓人打開犯人的鐐銬，而後把他押往宮裡。

他對受傷的侄兒說：貝拉姆那頭驢子（此話出自《聖經》，貝拉姆是一位先知，他由於咒罵以色列人，而被他所騎的驢子用人語責罵。這裡是借此故事辱罵主教是一個頑固的人。）的優秀子孫發號施令，就使人夠受了，可現在還要冒那些士兵跟列瓦雷士及其黨羽串通一氣把他放跑的危險。

當牛虻在嚴加防範下走進屋子時，只見蒙泰尼里正坐在一張鋪滿文件的桌旁奮筆疾書。一段往事忽然浮現於牛虻的腦際：那是一個悶熱的夏日午後，他坐在一個與此相似的書房裡翻閱布道文稿，百葉窗關著，就和這裡一樣，讓熱氣進不來，一個水果販子在外面喊道：「賣草莓嘍！賣草莓嘍！」

他氣惱地甩開眼前的頭髮，嘴上流露出了笑容。

蒙泰尼里從公文堆裡仰起頭來。

「你們可以去門廳等候。」他向押解的士兵說。

「請主教大人原諒，」帶隊的軍曹顯然著了慌，低聲下氣地說道：「上校覺得這個犯人很危險，最好是——」

蒙泰尼里的眼裡忽然露出了一道閃光。

「你們可以在門廳裡等候。」他又說了一遍，聲音平靜。

軍曹大驚失色，敬了個禮，呑呑吐吐地告辭了，隨後帶著手下的士兵撤出了房間。

「請坐。」門關上以後，紅衣主教說道。牛虻默默地坐了下來。

「列瓦雷士先生，」停了一會兒，蒙泰尼里開始說：「我想向你提幾個問題，如果你肯回答，我將感激不盡。」

牛虻略微一笑：「目前我的主要職業就是被人審問。」

「那麼——不作回答嗎？這我已經聽說了，可是那些問題是審理你的案子的官員提出來的，他們的使命是利用你的回答作爲證據。」

「那麼主教大人的問題呢？」他的言辭本已鋒芒畢露，聲調中更隱藏著一種侮辱。主教立即心領神會，但絲毫未改其臉上嚴肅而和藹的表情。

「我的問題，」他說：「無論你回答與否，永遠只有咱倆清楚。假如問題有關你的政治秘密，你自然可以不作回答；至於其他問題，雖然我們素昧平生，但我希望你能賞我一點面子，肯於賜教。」

「我完全聽從主教閣下的吩咐。」他說罷略微鞠了一躬，臉上的神情即便貪得無厭的人們都不敢鼓起勇氣求他幫助。

「那麼，首先，據說你總把武器偷運進這一地區，你要拿這些東西幹什麼？」

「殺老鼠。」

「這個回答太可怕了。在你看來，如果你的同胞與你的見解不同，他們便都是老鼠嗎？」

「有些人是。」

蒙泰尼里倚在椅背上，沉默地看了他片刻。

「你的手怎麼啦？」他突然問道。

牛虻掃了一眼他的左手：「一些老鼠咬的舊疤痕。」

「抱歉，我說的是另一隻手，那是新傷。」

那隻瘦長而靈活的右手被割破和擦傷，傷得很厲害。牛虻將那隻手舉起來，只見手腕腫得很粗，還橫著一道又深又長的青黑色血痕。

「你瞧，這不過是點小意思罷了，」他說：「那天我被逮捕時——還多虧了主教閣下。」他又略微鞠了一躬，「一個當兵的給踩的。」

蒙泰尼里拿起手腕細細察看。「過了三個星期，現在怎麼還這樣？」他問，「全都發炎了？」

「那大概是鐐銬的壓力帶來的好處吧。」

主教雙眉緊鎖，抬起頭來。

「他們始終都把鐐銬扣在新傷上嗎？」

「那是自然了，主教閣下，這就是新傷的用處，舊傷倒沒有用，舊傷僅僅會作痛，但不能讓你疼得火燒火燎。」

蒙泰尼里又對他仔細端詳了一會兒，然後站起身，打開一隻盛滿外科醫療用品的抽屜。

「把手給我。」他說。

牛虻伸出手去，臉緊繃得就像敲扁的鐵塊。蒙泰尼里清洗了受傷的地方之後，輕輕地把它裹上了繃帶。顯然他做這樣的工作駕輕就熟。

「鐐銬的事我會跟他們說說，」他說：「不過，現在我想問你第二個問題：你打算怎麼辦？」

「這很好回答，主教閣下，能逃就逃，逃不掉就死。」

「爲什麼要死呢？」

「因爲如果統領無法槍斃我，我就會被送去服划船苦役，對我來說，那結果一樣，我這身體熬不過去的。」

蒙泰尼里把胳膊倚在桌子上，陷入了深思。牛虻不去打擾他。他背靠椅背，半閉著眼睛，懶洋洋地享受除掉鐐銬以後肉體的舒適感覺。

「如果，」蒙泰尼里再次開口說道：「你逃了出去，之後你怎麼辦呢？」

「我已經告訴過您，主教閣下，我會殺老鼠。」

「你要殺老鼠！那就是說，假使我現在讓你從這兒逃走——假設我有權這樣做的話——你就會利用你的自由去製造暴力和流血，而不是防止它們？」

牛虻抬起眼睛望著牆上的十字架。

「不是和平，而是劍（此語引自《聖經》。耶穌曾對他的信仰者說：「你們不要認為我帶著和平來到世上；我帶來的不是和平，而是劍。」）——至少我應該和友善的人們待在一起，就我自身來說，我更喜愛手槍。」

「列瓦雷士先生，」蒙泰尼里仍泰然自若地說：「到目前爲止，我不曾對你出言不遜，也不曾侮慢你的信仰或朋友，那麼我不能希望從你那裡得到同樣的待遇嗎？或者你希望我假設無神論者不能成爲謙謙君子？」

「啊，我差點兒忘了，在基督教的禮儀中，主教閣下更看重的是禮節，我想起您在佛羅倫斯布道時，那時我和您的匿名辯護者展開了一場交鋒。」

「這正是我希望能同你交談的一個話題。你好像對我懷有一種特殊的仇怨，你能否向我解釋一下這是爲什麼？倘若僅僅是選中我當作方便的靶子，那就另當別論。你那套政治論戰的法子是你自己的事情，我們現在不談政治，可是我當時確信你對我懷有一些個人的怨恨。假設是這樣，我願意知曉我是否讓你受過委屈，抑或在什麼方面導致你產生了這樣的情感。」

是否做過對不起他的事！牛虻抬起那隻纏著繃帶的手，頂住喉嚨。

「我一定要向主教閣下引用莎士比亞的話。」他說，而且輕聲笑了一下，「『就像那人一樣，無法忍受一隻無害且必需的小貓。』（典出莎士比亞《威尼斯商人》）我厭惡的就是教士，見到法衣，我牙齒就疼。」

「噢，如果這是唯一的原因——」蒙泰尼里做了一個不以爲然的手勢，將這個問題岔開。

「即使如此，」他補充說道：「侮辱是一回事，歪曲事實就是另外一回事了，在答覆我的布道時，你曾經說過我清楚那位匿名作者的身分，那是你錯了——我並非指責你故意造謠——你說的不是事實，因爲直到今天我還不知道那位作者的姓名。」

牛虻把頭歪到一邊，正如一隻智慧的知更鳥，嚴肅地看了他一會兒，而後忽然仰面放聲大笑。

「多麼聖潔啊！噢，你們這些可愛的、天真的埃爾卡第仙境裡的人哪——你們沒有猜到！你們從未發現過魔鬼的足跡？」

蒙泰尼里站了起來：「那麼，列瓦雷士先生，論戰雙方的文章難道都是你一人寫的嗎？」

「我知道，那樣做是不光彩的。」牛虻抬起那雙單純的藍色大眼睛回答，「而你居然吞下了這一切，正如吞下了一隻牡蠣，這樣做太不應該，可是，噢，太有意思了。」

蒙泰尼里咬著嘴唇重新坐下。從一開始他就看出牛虻想要激怒他，所以他打定主意無論發生什麼事都不動怒。可是他開始爲統領的生氣尋找藉口，一個人在過去三個星期裡，每天都要花上兩個小時審問牛虻，偶然罵上一句，的確可以原諒。

「我們還是拋開這個話題，」他平靜地說：「我想要見你的主要目的是：我身處紅衣主教地位，如果肯在如何處置你的問題上行使我的特權，說話還是有些分量的。我要行使特權的唯一用處是干涉對你使用暴力，爲了阻止你對別人使用暴力，對你使用暴力是不必要的。因此，我派人把你帶到這兒，一來是想問一問你有沒有冤情要陳訴——關於鐐銬的事我會去查問，可是也許還有別的什麼問題；二來我覺得，在我提出我的意見之前，應該先親眼看一看你到底是怎樣的一個人。」

「我沒有什麼埋怨的，主教閣下。兩軍交戰，必須遵守戰爭規則，我不是小學生，因而也不指望哪個政府因為我偷運軍火進入他的領地而拍拍我的頭頂，他們用力揍我，這是自然的。至於我是怎樣的人，您不是曾聽過一次我的羅曼蒂克的懺悔嗎？那還不夠嗎？還要我再重演一遍嗎？」

「我聽不明白你在說些什麼。」蒙泰尼里冷冷地說道，隨即拿起一枝鉛筆在手中玩耍。

「主教大人一定沒有忘記那個叫狄雅各的老香客吧？」他突然改變了他的聲音，用狄雅各的腔調說：「我是一位苦命的罪人——」

鉛筆啪地一聲在蒙泰尼里手中折斷了：「這太過分了！」

牛虻仰面倚在椅背上，低聲地笑了一下。他坐在那兒，看著紅衣主教一言不發地在屋裡走來走去。

「列瓦雷士先生，」蒙泰尼里終於在他面前站住，說道：「你對我做了任何一個由女人生養的人對他不共戴天的仇敵都未必忍心做的事情，你窺視了我個人的傷痛，而且諷刺和嘲笑另一個人的悲傷。我再次懇求你告訴我，我讓你受過委屈嗎？假如沒有，你為什麼對我玩弄這一套殘酷的惡作劇呢？」

牛虻倚在椅墊上，帶著神秘、冷淡和耐人尋味的微笑望著他。

「我覺得很好玩，主教大人。你對這事這麼在乎，這讓我想起——有點像一場雜耍表演——」

蒙泰尼里連嘴唇都氣得發白，轉過身搖響了鈴。

「你們能把犯人帶回去了。」他在看守進來時說道。

他們走後，他在桌旁坐下來，依然因為從來未有過的震怒而渾身顫抖，順手拿起一遝各小教區教士送來的報告。

他馬上就把它們推到一邊。他靠在桌上，雙手蒙住了他的臉。牛虻似乎留下了一個可怕的陰影，一個要繼續在房間裡作祟的幽靈。蒙泰尼里坐在那裡，顫抖著，蜷縮著，不敢抬頭，唯恐看見在他面前的那個幻影，雖然明知它並不存在。

那個幽靈不過是他的一種幻覺罷了，僅僅是因為神經過度緊張而產生的幻覺。可是他卻感到它的影子有著一種難以名狀的恐懼——那隻受傷的手，那種微笑，那張冷酷的嘴巴，那雙神秘的眼睛，就像深深的海水——

他終於擺脫掉那個幻覺，重又處理他的工作。整整一天他幾乎一刻不得閒，那個幻影也沒來打擾他。但是深夜他走進臥室的時候，心裡猛然一震，不由得在門檻上停住了腳步。若他在夢中看見那個幽靈怎麼辦？他馬上恢復了自制，跪倒在十字架前禱告。

蒙泰尼里不論怎樣用心地去禱告，其思緒都會被牛虻留給他的恐怖身影攪得萬分凌亂。他從來沒有感到如此的恐懼，內心的狂亂與掙扎使他徹夜未眠。

chapter 4 越獄

蒙泰尼里並沒有因生氣而忽略自己的承諾。他對給牛虻上鐐銬的做法提出強烈抗議，那個倒楣的統領此時已無計可施，只得在無望之中，不顧一切將牛虻戴的鐐銬統統打開。

他對他的副官說：「我怎麼明白下一步主教閣下又會反對什麼？假如他把普通的一副手銬也叫作『殘忍』，那麼他不久就會驚呼不應該在窗戶上安裝欄杆，抑或要我用牡蠣和塊菌款待列瓦雷士。在我年輕的時候，犯人就是犯人，就得當犯人對待，誰也不會把造反作亂的人比小偷高看一等。如今造反成了時髦，主教大人倒好像有意鼓勵國內所有的匪徒呢。」

「我看不出他憑什麼要來干擾，」副官說道：「他不是教廷的使節，也沒有權力干預民政和軍事，按照法律——」

「討論法律有什麼用？聖父打開了監獄的大門，把自由派的所有壞蛋全都放了出來。在這以後，你不能奢望誰來尊敬法律！簡直是胡鬧！蒙泰尼里主教當然要擺擺架子，前任教皇在位時，他還算安分，現在他可是目空一切。他立刻就得到賞識，能夠爲所欲爲。我怎好跟他作對呢？說不定他有從梵蒂岡那邊來的密旨呢。現在一切都弄顛倒了，你今天說不準明天將會發生什麼事。從前在太平年間，你還知道該做什麼，而如今——」

統領喪氣地搖了搖頭。這樣一個世界在他看來變得實在太複雜了，使他難以理解。紅衣主教居然操心監獄規章，而且談論政治犯的「權利」。

至於牛虻，他是在一種近於歇斯底里的精神亢奮狀態下回到城堡裡的。同蒙泰尼里的碰面簡直使他再也無法忍受。絕望之中，最終他惡狠狠地說到了雜耍表演，僅僅是為了中斷那次面談。再過五分鐘，他恐怕就要聲淚俱下了。

那天下午提審他的時候，他對向他提出的每一個問題只是報以陣陣痙攣似的狂笑，見那位統領氣急敗壞，大發雷霆，破口大罵，他反而越發笑得厲害。可憐的統領怒不可遏，揚言要對這位固執的犯人動用無以復加的酷刑。可是終於他得出了詹姆斯·伯登老早就得出的結論，和一個沒有理智的人爭論只是徒勞無功，徒傷肝火。

牛虻又被押回牢房，帶著每逢狂笑之後便接踵而至的那種陰鬱、絕望的消沉情緒，在草墊上躺下。一直躺到黃昏，一動不動，甚至沒有思想。

經歷過上午的衝動之後，他處於一種怪異的漠然狀態，他自己的痛楚對他來說不過是沉重的機械負擔，壓在某個忘卻了自己還有靈魂的木頭物體上。

其實，這一切的結局如何，都已經無關緊要了。對於一個具有感覺的生物來說，唯一重要的是解除難以承受的痛苦，至於是從改變外部條件入手，還是從扼殺感覺入手，那是個無足輕重的問題，也許他會越獄成功，也許他們會殺害他，在任何情況下，他都再也見不到他的神父了，因而這一切都是精神的虛幻和煩惱。

一名看守送來晚飯，牛虻仰起頭來，冷漠地望著他。

「現在什麼時候了？」

「晚上六點。您的晚飯，先生。」

他皺著眉頭瞥了一眼那發了黴、有餿味、半冷的東西，掉轉了頭。他覺得身體不適，精神萎靡，一見那食物就要嘔吐。

「假如你不吃是會生病的，」那名看守慌忙說道：「還是吃點麵包吧，對你會有益處的。」

那人用一種異乎尋常的懇切語調說著，從盤子裡拿起一塊沾濕的麵包，接著又放回盤子裡。牛虻那份秘密工作者的機警全部蘇醒了，他立刻猜到麵包裡一定藏著什麼。

「你把它擱在這兒，待會兒我會吃上一點。」他漫不經心地說。牢門開著。他清楚站在樓梯上的軍曹能夠聽清楚他們所說的每一句話。

牢門又被鎖上，他確信無人從監視孔窺探，才拿起了那塊麵包，裡面夾著一張紙，紙上寫著幾行字。他細心地將紙抹平，拿到難得的一點亮光下。字又密，紙又薄，很難辨認：

鐵門打開。天上沒有月亮，儘快銼好，深夜兩點至三點時穿過走道，我們已經做好所有準備，或許再沒有機會了。

他激動地把那張紙揉碎了。這麼說來，一切準備工作都已做好，他只需銼斷窗上的鐵欄杆，鐐銬已經卸下來，多幸運啊！他不必費功夫銼鐐銬了。有幾根欄杆？兩根，四根。每一根得銼斷兩處，這就等於八根。

哦，要是動作利索，大半夜工夫是銼得完的——瓊瑪和馬蒂尼怎麼準備得這麼快——包括偽裝、護照和藏身之地？他們一定忙得馬不停蹄——到底還是採用了她的計畫。

他暗自譏笑自己愚不可及，究竟是不是她的計畫又有什麼關係，只要是個好計畫就行！

儘管如此，他仍情不自禁，由衷地感到高興，因為讓他利用那條地下通道越獄的主意是她想出來的。而按照走私販子們最初的建議，是要他用繩索從牆上縋下去的。她的計畫更複雜，更困難，但這樣就不會危及東牆外面哨兵的性命了。所以，當兩個計畫擺在他的面前時，他果斷地選擇了瓊瑪的計畫。

具體的安排是這樣的：那位外號叫作「蟋蟀」的看守朋友抓住第一個機會，在他的夥伴毫不知情的情況下，打開院子通向壘牆下面的地道鐵門，而後把鑰匙掛在警戒室的釘子上。牛虻一接到消息就要銼斷窗上的欄杆，把襯衣撕作布條結成繩子，然後抓住繩子縋到院子裡寬闊的東牆上。趁哨兵面朝相反方向的時候，沿牆匍匐爬行。

如果哨兵轉過身來，就得緊貼牆頭趴著不動。東南角上有一個坍塌了一半的小塔樓，在某種意義上，塔樓是被密密的常青藤支撐在那裡，可是大塊的石頭墜落到裡面，堆在院子的牆邊。他將順著常青藤和院子的石堆從塔樓爬進院子，然後輕輕打開沒有上鎖的鐵門，從過道進入和其連接的地道。

幾個世紀前，這個地道是從城堡通向鄰近小山上一座塔樓的秘密通道，現在已完全廢棄，而且多處被坍塌下來的石頭堵塞了。僅有走私販子清楚山坡有一個藏得嚴實的洞穴，他們挖開了這個洞穴，使它和地道相通。

沒人懷疑違禁的貨物經常藏在城堡的壘牆下面，並且能在這裡藏上幾個星期，但是海關官員卻到那些怒目圓睜的山民家裡搜索，結果老是徒勞無功。牛虻將從這個洞爬到山上，隨後趁黑走到一個僻靜的地點，馬蒂尼和一個走私販子將在那裡等他。最好的時機是晚間巡邏以後的某一刻，而這個機會不是天天都存在的。況且在星空明亮的夜晚不能爬下窗戶，那樣就有被哨兵發覺的危險。現在有了這麼好的一個機會，那就不能讓它擦肩而過。

他坐了下來，開始吃上一點麵包，至少麵包不像牢獄其他的食物，讓他一見就噁心。何況他也得吃點東西，增加點力氣。

他最好還是躺一會兒，盡力睡上一會兒，二十二點以前就開銼可不安全，他得苦幹一整夜。

這麼說，神父還是想讓他逃走！這倒像神父。可是就他而言，他永遠也不贊同這樣做。這種事就是不可以！即便他逃走，那也得靠他自己，靠他的同志們，他不會接受教士們的恩賜。

真熱！空氣窒悶得令人透不過氣來，肯定是要打雷了。他在地鋪上輾轉反側，把裹了繃帶的右手放在頭後當作枕頭，然後又把它抽了出來。他那隻手疼痛、顫抖得那麼厲害，所有的舊傷疤都開始隱隱作痛。它們是怎麼啦？

噢，真荒唐！這不過是雷暴天氣作怪罷了。他得睡上一會兒，休息一下，才好動手。

他會睡上一覺，在開銼之前休息一下。

八根欄杆都是那麼粗，那麼堅硬！還有幾根要銼？當然沒有幾根了。他一定銼了好幾個鐘頭了——無數個鐘頭了——是的，當然，所以他的胳膊才會疼得這樣厲害——一直痛徹骨髓！

可是不大可能使他的側身這麼疼。那條瘸腿悸動的灼痛——這是銼削引起的嗎？

他猛然驚醒。不，他沒有睡著，他是在睜著眼睛做夢——夢見在銼鐵欄杆，其實一根也沒有開始銼。窗戶的欄杆他碰都沒碰，還是那麼堅固。遠處的鐘樓敲響了十下，他一定要動手幹了。

他透過監視孔向外張望，見沒有人監視，便從懷裡掏出一把銼刀。

不，他沒什麼要緊——沒什麼！這一切都是幻覺。肋骨間的疼痛乃是消化不良，或者是受了風寒，或者是其他諸如此類的原因。牢房的飲食和空氣如此惡劣，在此間過上三個星期之後，出現這種情況不足爲怪。至於全身的痛楚和哆嗦，部分是由於緊張，部分原因是缺少鍛煉。對了，就是這麼回事，毫無疑問是缺少鍛煉。真是荒謬，以前怎麼沒有想到這個！

他能坐下歇一會兒，等到疼過這一陣再幹，歇上一兩分鐘，疼痛肯定會好些的。

坐著不動更糟糕。當他坐著不動時，疼痛難忍，由於恐懼，他的臉色發青。不，他必須站起來工作，消除疼痛。感到疼痛與否取決於他的毅力，他不會覺得疼痛，他會逼迫疼痛收縮回去。

他又站了起來，自言自語，聲音響亮而清楚。

「我沒病，我沒時間生病，我要把這些欄杆銼斷。」

他接著開始銼起來。

他仍然銼呀、銼呀，銼個不停——銼鐵條的聲音是那麼刺耳，彷彿是有人在銼他的身體和大腦。

「真不清楚哪個先被銼斷，」他偷偷輕聲笑了一下，「是我還是欄杆？」

晚上十一點半。他依然在銼著，雖然那隻僵硬而又紅腫的手很難握住工具。他怕他放下工具再也沒有勇氣提起來。

哨兵在門外走動，短筒馬槍的槍托碰到了門楣。牛虻停下來環顧四周，銼子仍在舉起的那隻手裡。他被發現了？

一個小團從窺測孔裡彈了進來，掉在地上，他放下銼子，連忙彎腰撿起那個紙團，這是一小片紙揉成的紙團。

直往下沉，沉到無底的深淵，黑色的波浪向他席捲而來——怒號的波濤——

噢，對了！他僅僅是彎腰撿起了那個紙團就已經有點頭暈，這是很正常的，這沒什麼要緊——沒什麼。

他把它撿起來拿到亮處，然後平靜地把它攤開。

無論發生什麼，今晚都要過來，蟋蟀明天就要被派到另一個地方，這是我們唯一的機會。

他撕掉了紙條，他就是這樣處理前一張紙團的。他又拿起了銼子，回去接著工作，緊張、沉默而又陷入絕望。

子夜一點。他現在已經連續三個小時沒有休息了，銼斷了六根欄杆，再銼兩根，他就能爬出去——

他開始回想他這身恐怖的病症以前發作的情景，上一次是在過新年的時候，當他想起連續生病的五天時，他不禁哆嗦起來。可是那一次病魔來得不是這麼猛然，他一直沒有意識到會這麼突然。

他扔下銼子，迷茫地伸出雙手，轉而陷入了完全的絕望。他開始祈禱。從他成爲一位無神論者後，他這還是頭一次禱告。他對微乎其微禱告——對子虛烏有禱告——對所有的一切禱告。

「千萬別在今晚發作！噢，讓我明天再生病吧！明天我願意忍受一切——只要不在今晚發作就行！」

他平靜地站了片刻，雙手遮住太陽穴。隨後他再次拿起了銼子，又回去重新工作。

子夜一點半。他已開始銼最後一根欄杆。他的襯衣袖子已被咬成了零星碎片，他的嘴溢出了血，眼前是一片血霧，汗水從他的前額滑落。他還在使勁地銼啊。銼啊，銼啊——

太陽升起的時候，蒙泰尼里睡著了。夜晚失眠的痛苦使他精疲力竭，在他安詳地睡上一會兒時，他又開始做起了噩夢。

起先他的夢境模糊而又混雜，破碎的形象和幻覺不斷湧來，飄忽不定，沒有一絲頭緒，然而同樣充斥著搏鬥和痛楚，同樣充斥著難以名狀的恐懼陰影。

他接著就做起了失眠的噩夢，做起了一直讓他感到恐懼的噩夢，這個噩夢這麼多年以來始終使他膽戰心驚。甚至在他做夢的時候，他都確信自己經歷著這一切。

他在一個長長的地下走廊上，低矮的拱頂通道好像沒有盡頭。走廊裡點燃著耀眼的風燈和蠟燭，透過木格子搭成的拱頂，傳來跳舞、嘩笑聲和歡快的音樂聲。在那上面，在頭頂上，在那群活人住的世界裡，一定是在歡慶什麼佳節。

噢，找一個藏身和睡眠的地方，找一片咫尺之地，哪怕是一座墳墓也成！他正自言自語，突然絆倒在一座張開口的墳墓上。一座張開口的墳墓，散發著死屍和腐物的氣味——啊，那又有何妨，只要能夠睡覺就行！

「這座墳墓是我的！」那是格拉迪斯在說話，她抬起頭來，從腐爛的屍衣上對他瞠目而視。於是他雙膝跪下，向她伸出兩隻手。

「格拉迪斯！格拉迪斯！可憐可憐我吧，讓我爬進這逼仄的空間睡上一覺吧。我不求你愛我，我碰也不碰你一下，也不同你講話，只要允許我在你身邊躺下來睡覺就行！噢，親愛的，我多時沒有睡過覺了！我實在熬不過去了。刺眼的亮光直照我的靈魂，喧鬧的聲音把我的腦子打得粉碎。格拉迪斯，讓我進去睡覺吧！」

時鐘響了一下又一下，但是他還在繼續飄蕩，從一個房間走到另一個房間。從一所房子走到另一所房子，從一條走廊走到另一條走廊。恐怖的灰濛濛的黎明越來越近，時鐘正敲響了五下，但他依舊沒有安息之地，噢，苦啊！又一天——又一天啊！

他想拽過她的裹屍布蒙到他的眼睛上，可是她直往後退，尖聲喊道：「這是玷污神靈，你是一位教士！」

他繼續遊蕩，走呀，走呀，終於走到了海邊，站到光禿禿的岩石上，熾熱的亮光照射下來，大海連續發出低沉、不耐煩的怒號。

「啊！」他說：「大海一定會發點慈悲的，它也疲倦得要死，不能睡覺呢。」

亞瑟立刻從大海裡伸出了身體，大聲喊道：

「大海是屬於我的！」

「主教閣下！主教閣下！」

蒙泰尼里從夢中驚醒了過來。他的僕人正敲他的房門，他機械地爬起來，將門打開，那個僕人一眼就看見他臉上茫然和驚恐的神色。

「主教閣下──您生病了嗎？」

他摸了摸他的前額。

「沒有病，我正睡覺，是你把我驚醒了。」

「很對不起，我聽見您一大早就起床了，所以我想──」

「這會兒不早了吧？」

「已經九點啦，統領看您來了，說是有要緊的事，知道主教大人習慣早起──」

「他在樓下嗎？我立刻就去。」

他穿起衣服，立刻走下樓去。

「此時貿然拜訪主教大人，未免不恭。」統領一見面就說。

「沒有什麼重要的事情？」

「事情十分緊要，列瓦雷士差點就越獄逃跑了。」

「唔，只要他沒逃得了就不妨事。到底是怎麼回事？」

「他在院子裡睡覺，就倚在那個鐵門上。今天凌晨三點，巡邏隊在巡查院子時，有個士兵給地上的什麼東西絆了一跤。他們找來燈後，發現列瓦雷士倒在小路上昏迷不醒。他們立刻發出警報，並且把我也叫醒了。我去查看他的牢房的時候，只見所有的窗柵都被銼斷了，一根斷窗櫺上吊著一條用衣服撕成布條擰成的繩子。他是從窗子上縋下去，然後沿著牆爬走的。那扇鐵門是通向地道的，我們發現門沒有上鎖，看來那些看守已被收買了。」

「可是他怎麼會昏倒在小路上呢？他是從壘牆上摔了下去，而且受了傷嗎？」

「起初我也這麼想，主教大人，但是獄醫絲毫查不出摔傷的痕跡。昨天值班的衛兵說，他送晚飯的時候看見列瓦雷士像生了重病的樣子，晚飯一點也沒吃。這話一定是信口胡說，一個病人怎麼能夠銼得斷那些鐵欄杆，並且從牆頭上爬走呢！這令人難以置信。」

「這事他自己是如何說的？」

「他昏迷不醒，主教閣下。」

「還沒蘇醒過來？」

「他時好時壞，呻吟幾聲就又暈過去。」

「這就十分奇怪了，醫生如何看呢？」

「他也說不出個所以然來，如果說是心臟疾病，又找不出症狀。不管是什麼緣故，反正是在他眼看就要逃脫的時候，有什麼事突然發生了。依我看，這是仁慈的上帝直接干涉給他的打擊。」

蒙泰尼里略微鎖起了眉頭。

「你如何處理他呢？」他問。

「我在一兩天裡就可以把這個問題決定下來。在這段時間裡，我可得到了一個很好的教訓。那就是給他取下鐐銬產生了什麼後果——恕我直言，主教閣下。」

「我期望，」蒙泰尼里中斷他的話，「你至少在他病得不省人事的時候不會給他重新加上鐐銬吧。一個人處在像你說的那樣情況下，幾乎不再可能設法逃跑了。」

「我會注意不讓他逃跑的。」統領走出去時暗自嘟囔，「主教閣下儘量去悲天憫人，這和我沒關係。列瓦雷士現在已被銬得牢牢的，並且之後一直這樣，無論他生病還是不生病。」

「怎麼能發生這種事？一切都準備妥當了，可是在最後一分鐘暈倒了，而且已經到了門口！這真像是開了一個可怕的玩笑。」

「我敢肯定，」馬蒂尼說道：「我所能想到的唯一理由是舊病復發，他一定苦撐了很長時間，用盡了全部力氣，當他走進院子時，他累暈過去了。」

麥康尼暴躁地磕掉菸斗裡的菸灰。

「呃，總之是完了，我們現在對他有心無力，不幸的傢伙。」

「不幸的傢伙！」馬蒂尼低聲回應道。他開始感覺到，失去了牛虻，這個世界將會變得空洞無聊。

「她是怎麼想的呢？」那個走私販子朝房間的另一頭瞟了一眼，問道。瓊瑪獨自坐在那邊，兩手懶散地置於膝頭，目光茫然直視前方。

「我還沒問她，從我把消息告訴她之後，她就一言不發，我們最好還是不要打攪她。」

看她那樣子，顯然並沒察覺房裡還有另外兩個人，但他們講話的時候依然將聲音壓得很低，彷彿他們面對著一具死屍似的。一陣難堪的沉寂過後，麥康尼站起身，收拾起菸斗。

「我晚上再來吧。」他說。但馬蒂尼做了個手勢阻攔住他。

「別走，我還有話想要跟你說。」他把聲音壓得更低，幾乎耳語似的繼續說：「你確信真的沒有希望了嗎？」

「眼下我看不出還有什麼希望，再來一次越獄是不可能的，即便他身體好轉，能做他自己該做的那一份兒，我們也不可能做我們的那一份兒啦。衛兵們因爲涉嫌，正在撤換，可以肯定，蟋蟀也絕對沒有機會可乘了。」

「你不以爲在他身體恢復之後，」馬蒂尼忽然問道：「我們能夠做點什麼，以便把哨兵調開嗎？」

「把哨兵調開？這是什麼意思？」

「哦，我剛才忽然想到，基督聖體節（天主教節日，紀念耶穌基督的身體實際存在於聖事所用的餅和酒中。列隊遊行是該節日慶祝活動的特色。）那天，遊行隊伍打城堡門前經過的時候，如果我攔住統領的去路，對著他臉上開槍，所有的衛兵就會立刻衝上來抓我。你們的一部分人或許可以乘亂救出列瓦雷士。這不算什麼好計畫，僅僅是我的一個想法。」

「我懷疑這事能否做得到，」麥康尼板著面孔說：「要想完成這事，自然需要認真思慮清楚。可是，」他停了一下，看看馬蒂尼，「如果這個辦法行得通——你願意去做嗎？」

馬蒂尼往常是個謹言慎行的人，然而此時此刻卻異於往常。他抬起頭，正視那個走私販子的眼睛。

「我願意幹嗎？」他重複說道：「看看她！」

沒有必要再做任何說明，說了這句話也就表示說了所有的話。麥康尼扭過頭朝房間另一端望去。

從他們談話開始，她就紋絲不動。她的臉上沒有質疑，沒有恐慌，甚至沒有悲傷，臉上什麼也沒有，僅有死亡的陰影。那個走私販子望著她，眼中滿含熱淚。

「快點，米歇爾！」說完打開遊廊的門，朝外看去。

米歇爾從遊廊走過來，後面還跟著吉諾。

「我現在預備好了。」他說：「我就想問夫人──」

他說著就要朝瓊瑪那邊走去，馬蒂尼連忙一把抓住他的胳膊。

「別去打攪她，最好還是別去打擾她。」

「由她去吧！」麥康尼補充說：「我們瞎摻和沒有什麼好處。上帝知道我們大家都很難過，可她是最難過的，可憐的人哪！」

瓊瑪得知這一悲痛的消息後，內心無比哀傷。她神情顯得痲木，似乎世間所有的不幸都降臨到她身上。一種死亡的陰影蒙在瓊瑪心裡面。她擔心牛虻再次從她身邊離去。這種揮之不去的念頭使瓊瑪陷入了絕望的深淵。

chapter 5 酷刑

整整一個星期，牛虻的病勢都處於嚴重的狀態。這次發作來勢兇猛，而統領又因恐懼和困惑獸性大發，不僅給牛虻上了手銬和腳鐐，還堅持用皮帶將他緊緊捆綁在草薦上。因此他稍一動彈，皮帶就會嵌進皮肉裡。憑著頑強而又堅定的斯多葛精神，牛虻忍受著這一切。然而，到了第六天晚上，他的自尊垮下來，他不得不乞求獄醫給他一劑鴉片。那位醫生倒是很願意給他，但統領聽到這一要求，立刻嚴令禁止「這種愚蠢行爲」。

「你怎麼清楚他要它做什麼？」他說：「說不定他一直在裝模作樣，說不定他要搗什麼鬼，想用鴉片麻醉衛兵呢。列瓦雷士狡猾得很，什麼事都幹得出來。」

「我給他一劑鴉片根本就不能幫他麻醉哨兵。」醫生忍不住苦笑著回答，「至於無病呻吟——這倒不必擔心，他可能快死了。」

「不管怎麼說，不准給他鴉片。他想要別人善待他，就該有相應的表現，受一點嚴厲懲戒，是他罪有應得。也許這會給他一個教訓，看他還敢不敢玩弄鋰斷窗戶鐵柵的把戲。」

「但是法律禁止動用酷刑，」醫生鼓足勇氣說道：「這就幾乎是動用酷刑了。」

「我以爲法律沒有涉及鴉片。」統領嚴厲地說道。

「當然，給不給全聽你吩咐，上校。但我希望無論如何你也得叫人把皮帶去掉，在他的痛苦之上再增加痛苦，絲毫沒有必要。現在不必擔心他逃跑，即便你把他放走，他也站不起來。」

「我的好好先生，我想醫生或許會像其他人一樣犯下錯誤，我現在就要把他緊緊地綁在那裡，一直這樣綁下去。」

「至少，還是把皮帶鬆一下吧，把他捆得那麼緊，那也太殘忍了。」

「就這麼綁，感謝你，先生，你就不要和我討論殘忍了。假如我做了什麼，那也是有我的道理的。」

第七個夜晚就這樣過去了，牛虻的痛苦沒有絲毫減輕。在牢房門外站崗的士兵整夜聽到那聞之令人毛骨悚然的呻吟，直嚇得哆囉哆嗦，一遍又一遍在胸前畫「十」字。

牛虻終於再也忍受不住了。

早晨六點，就在下崗之前，哨兵打開了牢門，悄悄地走了進去，他清楚他正在嚴重違反紀律，可是走前不去友善地說上一句寬慰的話，他實在不忍心。

他發現牛虻躺著一動不動，眼睛閉著，嘴唇微張。他默默站了一會兒，然後彎下腰問道：「先生，我可以爲你做些什麼嗎？我僅有一分鐘的時間。」

牛虻睜開了眼睛。「不要管我！」他呻吟道：「不要管我——」

幾乎沒有等那個衛兵溜回到崗位上去，他就已經睡熟了。

十天以後，統領再次前往宮殿拜訪主教，碰巧主教去皮埃維・達・奥泰沃看望一個病人，午後才能回來。當日傍晚，統領正要坐下來準備吃晚餐，僕人進來通報：

「主教閣下希望同您談話。」

統領匆匆照了一下鏡子，看看軍服穿得正不正，裝出一副最威嚴的神氣走進會客室，而後走進了接待室。蒙泰尼里坐在那兒，輕輕地擊著椅子的扶手，眉頭緊鎖看著窗外。

「我聽說你今天找過我，」蒙泰尼里打斷了統領的客套話，略帶點傲慢地說道。他同鄉民們談話的時候從不這樣，「大概是與我想跟你談的那件事有關吧。」

「是跟列瓦雷士有關，主教大人。」

「這我已經猜到了，過去幾天我始終都在思考這件事。可是在我們談起這事以前，我希望聽聽你有沒有什麼新消息告訴我。」

統領局促不安地捋著鬍鬚。

「實際上我去您那兒，是想聽一聽大人有什麼吩咐。如果您仍然反對我上次的建議，我將十分樂意遵從大人的吩咐，因爲，說實話，我現在不知道怎麼辦才好了。」

「出現了新的難處嗎？」

「下個星期四就是六月三日——基督聖體節——無論如何，在這以前都要處理好這個麻煩。」

「不錯，星期四是基督聖體節，可是，爲什麼非要在那時候以前了結不可呢？」

「如若我違背了您的意願，主教閣下，我將非常抱歉。但是如果不能在此之前把列瓦雷士除掉，我就不能對全城的治安負責。所有的山野村夫那天都會彙集到這裡，主教閣下，這您也清楚。他們十有八九可能試圖打開城堡的大門，把他劫出去。他們不會成功的，因爲我自然會嚴加戒備，即使使用火藥和槍彈驅散他們，我也在所不惜。那天是免不了要出事的，這兒的羅馬涅人生性兇悍，一旦他們拔出短刀——」

「我想只要略加小心，就可防止事態發展到拔短刀的地步。我向來知道這個地區的人們很容易相處，只要公正地對待他們。當然了，假如你開始恐嚇或者威脅一個羅馬涅人，他就會變得目空一切。可是你猜測他們打算劫獄，有什麼憑據嗎？」

「昨天和今天早上，我都從我的親信那裡得知，這個區裡謠言四起，老百姓顯然是在圖謀不軌，但是我們難以調查出詳情。如果能辦到，採取防範措施就容易了。就我而言，有了上次受驚嚇的教訓，我寧願做到萬無一失。面對列瓦雷士這樣一隻老奸巨猾的狐狸，我們不能大意。」

「我上次聽說列瓦雷士病得很厲害，既不能動彈也不能說話。他現在好了嗎？」

「他現在大概好多了，主教閣下。他自然病得非常重——除非他一直是在裝病。」

「你說他裝模作樣有什麼根據嗎？」

「呃，醫生好像確信他是真的病了，可是病得十分奇怪。不管怎麼樣，他現在是好起來了，也就比以前更難對付了。」

「他現在幹什麼了？」

「所幸的是他什麼也幹不了。」想到那些皮帶，統領不由得笑嘻嘻地回答，「可是他的舉止有點說不明白。昨天早晨我走進他的牢房，去問他幾個問題，他的身體還沒完全恢復，不能來受審——而且，我覺得，在他復原以前最好不讓外人看見他，以免惹是生非，那樣的話，立刻就會傳出荒唐的謠言。」

「這麼說你去那裡審訊了他？」

「是的，主教大人。我本希望這一回他該通情達理些了。」

蒙泰尼里故意將他上下打量一番，幾乎像是審視一個新奇而又討人厭的動物。然而，統領碰巧正在摸弄他掛佩刀的皮帶，沒有留心蒙泰尼里那副鄙夷的神情。

他若無其事地繼續說道：

「我並沒有對他施加任何特別的酷刑，但我不得不對他嚴加管束——特別是因爲這是一座軍事監獄——而且我覺得，如果稍稍寬容一點也許效果會更好些。因此我對他說，只要他的態度放理智些，我的管束就可以大大放寬。主教大人，您猜他怎樣回答我的？他躺在那裡望了我一會兒，就像一隻關在籠子裡的惡狼，而後他十分和氣地說：『上校，我站不起來，不能掐死你，但是我的牙齒還很鋒利。你最好把你的喉管移得稍遠一點。』他彷彿一隻野貓那樣兇狠。」

「聽到這話我並不感到奇怪，」蒙泰尼里淡淡地回答，「可是我到這裡是想請教你一個問題。你果真相信列瓦雷士關在這兒的監獄裡會對本區的安全構成嚴重威脅嗎？」

「我相信如此，主教閣下。」

「你認爲，爲了避免流血衝突的危險，在基督聖體節以前把他除掉是絕對必要的？」

「我只能再說一遍，如果星期四那天他還在這裡，我相信節日那天會有一場戰鬥，並且我認爲那將是一場慘烈的戰鬥。」

「設想他不在這兒的話，就不會有這樣的危險？」

「在那種情況下，也許什麼騷動都不會發生，也許充其量喊叫幾聲，扔上幾塊石頭。如果主教大人能想出某種辦法除掉他，我就能保證本區的安定。否則，難免一場嚴重動亂。我確信他們正在陰謀策劃新的劫獄計畫，星期四就是他們動手的日子，倘若那天他們忽然發現他並不在城堡，他們的行動就會自動宣告失敗，他們就沒有機會發起戰鬥。如果等到蜂擁的人群拔出短刀，我們才不得不去鎮壓的話，恐怕等不到天黑這個地方就化為灰燼了。」

「那麼你幹嘛不把他押解到拉文納去呢？」

「天曉得，主教大人，那正是我求之不得的！但是我怎能防止那些刁民在途中把他劫走呢？我的兵力不足，抵抗不了武裝攻擊，所有的山民都帶著短刀或燧發槍之類的武器呀。」

「那你依然堅持建立軍事法庭，而且請求我贊同嗎？」

「請您見諒，主教閣下，我只懇求您一件事──幫我阻止騷亂和流血，我不能不承認，像弗雷迪上校那樣的軍事委員會，有時未免過分嚴酷，非但制服不了老百姓，反而把他們激怒。可我以為在這個案子上，設立軍事法庭將是一步聰明的舉措，並且很有可能恢復聖父已經廢掉的軍事委員會。」

統領以極其莊嚴的神氣結束了他簡短的演說，等候紅衣主教回答。良久，那回答才遲遲到來，一旦到來竟出人意料，令人震驚。

「費拉里上校，你信任上帝嗎？」

「主教閣下！」上校目瞪口呆。

「你信任上帝嗎？」蒙泰尼里又重複了一遍，起身俯視著他，眼光平靜而咄咄逼人，上校也站了起來。

「主教閣下，我是個基督徒，在上帝面前的懺悔從未遭到過拒絕。」

蒙泰尼里舉起胸前的十字架。

「救世主因你而死，你就對著他的十字架起誓，表明你對我所說的一切都是實話。」

統領站著不動，茫然地凝視著十字架，他弄不清楚究竟是哪一個瘋了，是他，還是紅衣主教。

「你已經懇求我贊同把一個人處決，」蒙泰尼里繼續說道：「倘若你敢，那麼你就親吻十字架吧，並告訴我你堅信沒有別的方法阻止更多的人流血。記住，如果你對我撒謊，你便危及你那不朽的靈魂了。」

停頓了片刻，統領低下頭，將十字架捧起湊到唇邊。

「我確信這一點。」他說。

蒙泰尼里慢慢地轉身走開。

「明天我就會給你一個準確的答覆，可是我一定要先見見列瓦雷士，獨自和他談談。」

「主教大人——如果我可以進一言的話——我想您一定要後悔的，其實他昨天就通過看守給我捎了個口信，請求面見主教大人，我沒有理會，因為——」

「沒有理會！」蒙泰尼里又重複了一遍，「一個身陷這種境遇的犯人給你捎一個口信，你竟然沒有理會？」

「如果主教大人心中不悅，我非常抱歉，我不希望讓這樣一件無禮的小事打擾您。我現在十分瞭解列瓦雷士，他就想愚弄您，如若蒙您允許，要我說的話，獨自接近他是非常魯莽的，他的確非常危險——因此，我認爲有必要使用一種溫和的身體約束——」

「你真的以爲一個手無寸鐵的病人，置於溫和的身體管制之下，還會有特別大的危險嗎？」蒙泰尼里說道，語氣非常和氣，可是上校覺察出了他那平靜的蔑視，氣得滿臉通紅。

「主教大人覺得怎麼好就怎麼做吧，」他說，態度很生硬，「我不過是希望您免遭聽那傢伙褻瀆言辭的痛苦罷了。」

「你以爲對於一個基督徒來說，什麼才是更加可憐？聽人說一句褻瀆的話，還是對一個瀕臨絕境的同類置之不顧？」

統領站得筆挺僵直，板著一副木雕泥塑般的面孔。蒙泰尼里的態度十分氣惱，所以他顯得特別的客氣，借此表達他的憤懣。

「主教閣下希望什麼時間探視犯人？」他問。

「我立刻就去找他。」

「悉聽主教閣下尊便。如果您肯屈尊等候片刻，我馬上派人去叫他做準備了。」

統領匆匆離開他的座位，他不想讓蒙泰尼里看到皮帶。

「謝謝，我只想看到他現在是副什麼樣子，不用準備了。我直接前去城堡，晚安，上校。你明天就會得到我的答覆。」

chapter 6 熱淚傷痕

聽到牢門打開之後，牛虻轉過眼睛，露出懶洋洋的漠然表情。他認爲又是統領想藉著審訊來折騰他。

幾名士兵走上窄窄的樓梯，短筒馬槍碰在牆上，然後有人恭敬地說：「這裡非常陡，主教閣下。」

他像痙攣似的猛然一震，但隨即蜷縮回去，皮帶勒得他氣喘吁吁。

蒙泰尼里和軍曹以及三名看守走了進來。

「請主教大人略等片刻，我已命手下人去搬椅子，」軍曹神色緊張地開口說道：「請主教大人原諒——如果我們知道您大駕光臨，早就該做好準備了。」

「沒有必要準備，軍曹，請你讓我們獨自談一談。你帶著你的屬下到樓下去等可以嗎？」

「遵命，主教大人。椅子搬來啦。我放在他身旁好嗎？」

牛虻閉著眼睛躺在那兒，但他覺得出蒙泰尼里正注視著他。

「我看他睡熟了，主教閣下。」軍曹張口說道。可是牛虻睜開了眼睛。

「不。」他說。

士兵們正要離開牢房，忽聽得蒙泰尼里驚叫一聲，他們止步回身看時，見他正躬下腰查看那些皮帶。

「誰做的？」他問。

軍曹不知所措地摸弄著帽子。

「這是依照統領的明確指令，主教閣下。」

「這我毫不知情，列瓦雷士。」蒙泰尼里說道，聲音裡流露出深深的痛心。

「我曾對主教大人講過，」牛虻苦笑著回答，「我從不指望他們拍我的頭頂。」

「軍曹，這樣已有多久了？」

「從他越獄失敗的那天起，主教大人。」

「也就是說已經幾個星期了？拿把刀子來，立刻割斷皮帶。」

「悉聽主教閣下尊便，監獄的醫生早就要求拿掉了，但是費拉里上校不答應。」

「立刻拿把刀子來。」蒙泰尼里並沒有提高嗓門，但士兵們看得出，他已經氣得臉色煞白。軍曹從口袋裡掏出一把折疊刀，彎下腰開始割斷捆住胳膊的皮帶。誰料此人手指欠靈巧，笨拙的動作反而使皮帶抽得更緊。儘管牛虻堅持自制，他還是直往後退，而且咬緊牙關。

「你不清楚怎麼做，把刀子給我。」

「啊——啊——啊！」皮帶脫落了，牛虻伸展開臂膀，發出狂喜的長嘆。緊接著，蒙泰尼里又割斷了捆綁腳踝的那一條。

「把鐐銬也給拿掉，軍曹。隨後到這裡來，我想跟你談談。」

他站在窗邊看著，軍曹拿下鐐銬，而後走到他的面前。

「現在，」他說：「把這裡發生的一切都告訴我。」

軍曹很願意。他講述了他所清楚的全部情況，包括牛虻的病情、「懲罰措施」和醫生想管但沒管成的經過。

「可是我以為，主教閣下，」他補充道：「上校給他綁上皮帶是想逼供。」

「逼供？」

「是的，主教大人。前天我聽見上校說，他願意去掉皮帶，如果——」軍曹瞥了牛虻一眼，「他願意回答上校提的一個問題。」

蒙泰尼里握緊了放在窗臺上的那隻手，士兵們面面相覷。他們之前從沒見到過性情溫和的紅衣主教發怒。

至於牛虻，他已經忘掉了他們的存在，獨自體會鬆綁以後的愉快。他的四肢在這段時間裡一直被綁著，現在還能伸展自如、轉動和彎曲，很是愜意。

「你可以走了，軍曹，」紅衣主教說道：「你不必為違反軍令而擔心，我向你提問的時候，你有義務回答我。注意不要讓別人來打擾我們，事情辦完後我自己會出去。」

士兵們關門離開之後，他靠在窗臺上，對著落日看了一會兒，以便讓牛虻多一點喘息的時間。

他離開窗戶，坐在草薦旁邊。

「我已經聽說了，」他說道：「你希望跟我單獨談一談。要是你現在覺得精神還好，可以把要說的話跟我談談，我倒是願意聆聽。」

他說這番話的聲調是冷漠的，並帶著一種生硬、傲慢的態度，這在他顯得很不自然。在皮帶拿掉之前，牛虻對他來說只是一個受到嚴峻虐待和折磨的人，可是現在他回想起了他們上次見面的境況，還有結束的時候自己受到的莫大屈辱。

牛虻懶洋洋地頭枕著一隻胳膊，抬起頭望一眼。他總是善於裝出一副悠然自得的神氣，臉被陰影遮住的時候，誰也看不出他曾經歷過多大的苦難。可是當他仰起頭來時，明朗的夜色映出他是那樣的憔悴和慘白，最近幾天受到虐待的跡象那樣明晰地烙在他的身上，使蒙泰尼里的怒氣平息下來。

「恐怕你病得很厲害吧，」他說：「我很抱歉，這些事我全然不知，否則我早就出面制止了。」

牛虻聳了聳他的肩膀。「兩軍交戰，一切手段都是公平合理的，」他冷淡地說道：「主教閣下由於基督教的理念，從理論上不同意使用皮帶，可是想讓上校瞭解這一點，那就毫不公平了。他無疑不願意讓自己的皮肉也嘗一嘗這種滋味——我的情況也是如此，這是個機緣問題。如今我是最最卑微的人——還能怎樣呢？多謝主教大人到這兒來看我，但是恐怕這也是出自於基督教徒的觀點吧。探望犯人——噢，對了！我給忘了。『對他們中的一個低微小人行功德』——這算不得過分恭維，但『卑微小人』是要感激涕零的。」

「列瓦雷士先生，」紅衣主教中止他的話，「我來這兒是為了你——而不是為了我。倘若你僅僅是個『最最卑微的人』的話，自從上次你對我說了那些話之後，我就永遠不再理睬你；但是，如今你既是犯人又是病人，你就有了雙重權利，使我不能拒絕前來。現在我已來了，你有什麼話要說？或者你把我叫來，僅僅是爲了愚弄一位老人來取樂嗎？」

牛虻沒有回答，轉過身去，用一隻手擋住他的眼睛。

「很抱歉，我想麻煩您一下，」最終他操著嘶啞的聲音說道，「我可以喝點水嗎？」

窗戶旁邊立著一罐水，蒙泰尼里起身將水罐拿來。當他將胳膊摟住牛虻扶他起來的時候，突然覺得冰冷沾濕的手指像一隻老虎鉗緊緊握住他的手腕。

「把您的手給我——快——就一會兒，」牛虻輕聲說道：「那對您有什麼關係呢？只要一分鐘。」

他倒下去，把臉埋在蒙泰尼里的胳膊上。他渾身哆嗦個不停。

「喝點水吧。」過了一會兒，蒙泰尼里說道。

牛虻默默地照他的話做了之後，又躺回草薦上，閉上眼睛。他自己也無法解釋，剛才蒙泰尼里的手觸及他的面頰時，他曾產生一種什麼樣的感覺。他只知道，他一生中再也沒有比這更可怕的事了。

蒙泰尼里把椅子移近草薦，隨後坐了下來。牛虻躺在那裡，紋絲不動，彷彿是一具死屍，蒼白的臉拉得老長。沉默良久之後，他睜開眼睛，那種難以忘懷的眼光死死盯住紅衣主教。

「謝謝您，」他說：「我很抱歉，我想——您剛才問過我什麼話？」

「你還不方便交談，如若你有什麼話要對我說，明天我會盡力來的。」

「請不要走，主教大人——真的，我並沒有什麼。只不過這幾天我——我有點心煩，有一半是裝病——如果您問上校，他就會這樣對您說的。」

「我寧可得出我自己的結論。」蒙泰尼里淡淡地答道。

「上校或許也會這樣。您瞭解，有些時候，他的論斷可是十分機智。看他的外表，您不會想到這一點，可是有時，他能冒出一個絕妙的想法。就拿上上個星期五來說吧——我想那是星期五，不過在這臨死的日子裡，我把日期也搞混了——不管哪天吧，反正我是向他要了一劑鴉片——這我記得清清楚楚。

「他走進牢房，說我可以得到鴉片，只要我願意告訴他是誰把鐵門上的鎖打開的。我還記得他說：『倘若真病，你就會答應；倘若你不答應，我以為這就證明了你在裝病。』我還不曾思考過會有這麼荒謬。這可真夠滑稽的——」

他忽然發出一陣不大和諧的刺耳的笑聲，然後，猝然轉身直面默默無言的紅衣主教繼續說下去，越說越急切，越說口吃得越厲害，以致有些話難以聽得真切。

「您不認爲這很好笑嗎？自然不好笑了，你們這些宗教人士從來就缺乏幽默感——你們把一切都看成悲劇。例如，在大教堂的那天晚上，您是多麼莊嚴啊！還有，我扮演的那個香客一定是扮得多麼叫人憐憫啊！就是今天晚上您到這兒來這件事，我相信您也看不出有什麼滑稽的地方吧。」

蒙泰尼里站起身來。

「我來是想聽聽你有什麼話要說，可是我認爲今晚你太亢奮了。醫生最好給你服用一片鎮靜劑，好好睡上一宿，明天我們再談。」

「睡覺？噢，我會安然入睡，主教閣下，等您同意上校的計畫——一盎司的鉛就是絕、絕好的鎮靜劑。」

「我不懂你的意思。」蒙泰尼里滿臉驚懼之色，轉向他說道。

牛虻又迸發出一陣笑聲。

「主教閣下，主教閣下，誠實是基督教的主要德行，您以爲我不知道統領一直儘量爭取您贊同成立軍事法庭嗎？您還是乾脆同意的好，主教大人。您的同事們處在您的地位都會這樣做的，大家都如此嘛。您這樣做好處很多，壞處極少！真的，不用爲此整夜輾轉反側！」

「請你暫時不要笑。」蒙泰尼里中止了他的話，「告訴我，這些話你是從哪裡聽來的，是誰對你說的？」

「難道上校沒有跟您說過，我是一個魔鬼——而不是一個人嗎？沒有？他沒有跟我說！不錯，我是個十足的惡魔，能看透別人的心思。主教大人這會兒正在想我是個惹人厭的傢伙，希望把我交給別人去該怎樣處置就怎樣處置，免得擾亂您那敏感的良心。猜得很對，是嗎？」

「聽我說，」紅衣主教重又坐到他身邊，板著面孔說：「無論你是如何知道的，這的確都是真的。費拉里上校唯恐你的朋友再來劫獄，所以希望預先阻止這種事發生——就用你剛才說的辦法。你看，我對你很坦誠。」

「主教閣下向來以誠實名聞天下。」牛虻狠狠地插了一句。

「你自然明白，」蒙泰尼里接著說道：「從法律上來講，我無權干涉俗世的事務，我是一位主教，而不是教皇的特使。可是我在本教區有很高的威望，我想，費拉里上校至少要得到我的默許，否則他絕不敢貿然採取這種極端手段。我一直無條件地不認同這個計畫，他一直努力消除我的反對意見。他鄭重跟我說明，下星期四民眾遊行的時候很可能發生武裝劫獄，難免有一場流血事件。你聽清楚我的話了嗎？」

牛虻漫不經心地看著窗外，他掉過頭來，有氣無力地答道：「是，我聽著呢。」

「也許你身體真的不太好，難以支撐今晚的談話。我明天早晨再來好嗎？這是個非常嚴重的問題，我要你全神貫注。」

「我甘願現在把它談完，」牛虻帶著同樣的聲調回答，「您的話我聽得清清楚楚。」

「那麼，」蒙泰尼里繼續說：「如果因為你的緣故，真有發生騷亂和流血事件的危險，我會因反對上校的主張而承擔很大責任。我確信他的話至少是有幾分道理，另外，我又認為在某種程度上，他的判斷稍有些偏差，因為他個人對你懷有敵意，況且他很有可能誇大了這種危險。因為我已親眼看見了這種可恥的野蠻行徑，這一點在我看來可能性更大。」

他看了一眼堆在地上的皮帶和鐐銬，又接著說：「如果我同意的話，我就殺了你；如果我拒絕，我就要冒殺死無辜民眾的危險。我認真地考慮過，殫精竭慮地想在這可怕的兩難處境中尋找一條出路來。現在我終於做出了決定。」

「自然是殺死我，拯救無辜的民眾——這是一個基督教徒所能做出的唯一抉擇。『如果是右手冒犯你，就砍下來扔掉』，等等，我不幸成了主教閣下的右手，但我卻冒犯了你。結論很明顯，你不能不用長篇大論直截了當地告訴我嗎？」

牛虻帶著一種冷漠和輕蔑的神氣懶洋洋地說，好像對整個話題都厭倦了。

「呃？」他在片刻以後又問，「主教閣下，您是做出了這樣的決定嗎？」

「不！」

牛虻改變了他的姿勢，雙手枕在頭後，瞇起眼睛看著蒙泰尼里。

紅衣主教低著頭，彷彿陷入了沉思，一隻手輕輕地拍打著椅子扶手。啊，那個熟悉的老姿勢！

「我已經做出決定，」他終於抬起頭來說道：「我想，我要做一件絕無先例的事。當我聽說你要求見我的時候，就決意到這兒來，把一切都告訴你。我已經這樣做了，並且把這件事交到你自己手裡。」

「我——我的手裡？」

「列瓦雷士先生，我到你這裡來，不是以一位紅衣主教或法官身分，我到你這兒來，是作爲一個人探望另一個人。我並不強制你告訴我，說你清楚上校所害怕的劫獄計畫。我非常清楚，倘若你清楚，那是你的秘密，而你也不會說。可是我要求你站在我的位置想想，我已垂垂老矣，無疑，餘生的日子已屈指可數。我不願意帶著沾滿血污的手走進墳墓。」

「主教閣下，難道它們還沒有沾滿鮮血嗎？」

蒙泰尼里的臉色變得有些煞白，可他還是鎮定自如，繼續說道：

「我畢生致力於反對高壓手段和殘暴行爲，無論何時遇到，都一律反對。我一向不贊成死刑，不管它採取什麼形式。前任教皇在位的時候，我反覆強烈抗議成立軍事委員會，而且因此失勢。直到現在，我所擁有的威望和權力都用之於仁慈的事業。請你相信，我所說的都是真話。

「現在我是進退兩難，如果拒絕統領的主張，我就把全城百姓置於騷亂的危險之中，其後果不堪設想。這樣就會拯救一個人的生命，但他卻玷污了我所信仰的宗教，並且誹謗、冤枉和侮辱了我本人——即便相對來說這是一件小事——並且我確信假如放他一條生路，他會接著去做壞事。但是——這畢竟是救人一命啊！」

他停頓了一會兒，而後繼續說道：

「列瓦雷士先生，據我所知，你的所作所爲，樁樁件件似乎都是邪惡的、促狹的。我早就確信你是一個爲所欲爲、兇狠殘暴和目空一切的人。在某種程度上，我現在依然對你持這種看法。然而，在過去的兩個星期，我卻發現你是一個勇敢的人，你對你的朋友忠實不渝，你使那些士兵熱愛你，而且佩服你，並不是每個人都能做到這一點；我以爲或許是我看錯了你，你的身上有某種好的東西，這種東西從你的表象是看不出來的。我懇求於你心中善的一面，鄭重請求你，憑你的良心如實告訴我——如果你處在我的位置，你會怎麼辦？」

接下來是長時間的沉寂，隨後，牛虻抬起頭來。

「至少我會自己決定我的行爲，而且承擔行爲的結果。我不會低三下四地跑到別人面前，儼然是一副軟弱的基督徒模樣，祈求別人給我解決我的問題！」

這一攻擊來得如此突然，他那異乎尋常的憤激和熱情，與一分鐘前那種懶洋洋的裝模作樣形成驚人的對照，真好像他突然扔掉了假面具，現出了本相。

「我們無神論者明白，」他氣憤地說道：「假使一個人必須承擔一件事情，他就一定要盡力承擔。假如他被打垮了──哼，那他就活該。可是一位基督徒會跑到他的上帝抑或他的聖徒跟前號哭，如果他們不肯幫助他，就去找他的敵人──他總能找到一個轉嫁他的負擔的肩膀。

「在你們的《聖經》、彌撒書或那些僞善的神學書裡，難道就沒有一條可遵循的教義，以致您非得到我這兒來，求我告訴您怎麼辦嗎？天啊，您怎麼能這樣！難道我的包袱還不夠嗎？您一定得把您的責任加在我的肩上？去找您的耶穌，他要求您獻出所有一切，您最好也這麼做吧。總之，你殺的僅僅是一個無神論者──一個咬不準『示潘列』（出自《聖經》《舊士師記》中的故事。基列人（Gilead）把守約旦河渡口，為了不讓以法蓮人（Ephraimites）逃走，用Shibboleth示潘列考驗過河的人，把此字念成Sibboleth西潘列的人則會被處死。故凡念不準Shibboleth示潘列的人便是敵人。）的人，當然算不得什麼大罪孽！」

他停住話頭，喘了口氣，而後重新慷慨陳詞：

「您竟然也談起了殘忍！你要知道，那頭笨驢即使審訊我一年，也不能像您這樣傷害我。他是沒有頭腦的，他所能想到的只不過是把皮帶拉緊而已，當緊得不能再緊的時候，他也就無計可施了。哪個傻瓜都會這麼做！可是您呢──『簽上你自己的死亡判決書吧，我太心軟了，下不了手。』噢！基督徒才會想出這個點子──一位性格溫和、仁慈為懷的基督徒，看到皮帶勒得太緊，臉色都會煞白！在您走進來的時候，彷彿一位仁慈的天使──看到上校的『野蠻行徑』那麼驚訝──我就該清楚好戲就要開始了！

「您爲什麼這樣看我？夥計，自然還是贊同了，然後回家吃您的飯去。這件事不值得這麼大驚小怪。告訴您的上校，他可以槍斃我，絞死我，什麼辦法方便就用什麼辦法好啦——活烹了也成，只要他覺得那樣有趣——趕快把這件事了結！」

牛虻幾乎改變了面容，使人對面而不相識了。他因憤怒和絕望而發狂，氣咻咻的，渾身顫抖，眼裡閃耀著綠色光芒，像一隻憤怒的貓的眼睛。

蒙泰尼里已經站起身來，正在靜靜地俯視著他。他還不大懂這一陣瘋狂責備的用意，但知道這是從極端絕望的心境中發出的，明白了這一點，也就寬恕了牛虻所有過去對他的侮辱。

「噓！」他說：「我並不希望這樣傷害你。我確定沒有計劃把我的負擔轉嫁到你身上，你的負擔已經太沉重了，我從來都沒有對一個活人有意做過——」

「你在說謊！」牛虻兩眼噴著怒火，高喊道：「你主教的位置是怎麼來的？」

「主教的位置？」

「啊，您把那回事忘記了？那麼容易就忘記了！『如果你希望這樣，亞瑟，我可以向他們說我不能去。』那就是說，要我替您決定您的終生道路——那時候我才十九歲，如果那件事不算醜陋的行徑，可就太可笑了。」

「住口！」蒙泰尼里絕望地高叫一聲，伸出雙手捧住腦袋。他又放下手來，慢慢地走到窗前。

他坐在窗臺上，一隻胳膊撐在欄杆上，前額埋在胳膊上。牛虻躺在那裡看著他，身體哆嗦個不停。

蒙泰尼里站起身走回來，他的嘴唇灰一般的慘白。

「十分對不起。」他可憐地努力保持著他平日的鎮靜態度，說道：「可是我一定要回家去，我——身體不舒服。」

他渾身簌簌發抖，牛虻的怒氣頓然消失。

「神父，您認不出來——」

蒙泰尼里直往後退。

「希望不是！」最終他小聲說道：「上帝呀，無論如何都不要是那樣！我是不是發瘋了——」

牛虻用一條胳膊支撐起身體，握住他那顫抖著的雙手。

「神父，您難道從不清楚我真的沒被溺死嗎？」

那雙手突然變得冰冷，僵硬了。霎時間，死一般的沉寂籠罩了一切，接著，蒙泰尼里跪下來，將臉伏在牛虻的胸脯上。

當他仰起頭來時，太陽已經沉下去了，西邊的紅霞正在慢慢暗淡下去。他們已經忘記了時間和地點，忘記了生與死，甚至忘記了他們現在是敵人。

「亞瑟，」蒙泰尼里低聲說道：「真的是你嗎？你是從死亡中回來的嗎？」

「從死亡那兒——」牛虻顫抖著說。他將頭枕在蒙泰尼里的胳膊上躺著，猶如一個生病的孩子躺在母親的懷抱中。

「你回來了——你總算回來了！」

牛虻長嘆一聲。「是的，」他說：「您又可以打擊我，或者殺死我了。」

「噢，噓，親愛的！現在還說這些話做什麼？我們像兩個在黑暗中迷路的孩子，彼此都把對方錯當成了鬼魂，可現在我們已經尋找到了對方，我們已經走入了光明的世界，我不幸的孩子，你變得太可怕了——你多大呀！你看起來好像沉沒在世間憂患的汪洋大海裡了——而你從前是充滿人生的歡樂的啊！亞瑟，真的是你嗎？我常常夢見你回到我身邊，但是醒來以後看見的，是被黑暗包圍的一片荒漠。我如何能清楚我不會再醒來，發覺全都只是夢呢？給我一點明確的證據——告訴我事情的全部經過。」

「我的遭遇很簡單，我藏在一隻泊港的貨船上，偷渡去了南美洲。」

「到了那裡之後呢？」

「到了那兒，我就——活著唄，倘若您想這麼說的話，之後——啊，除了神學院之外，由於您教過我哲學，我還看到了另外一些東西！您說您曾夢見過我，不錯，我也夢見過您——」

他中斷話頭，身體不停地哆嗦。

「有一次，」忽然他又繼續說道：「我正在厄瓜多爾的一個礦場幹活——」

「不會是做礦工吧？」

「不是，是給礦工當下手——跟苦力一起幹雜活，我們在坑道口有一個棚屋可以睡覺。一天晚上——我正在生病，就跟最近的病情一樣，白天還得在毒日頭底下搬石頭——我一定是頭暈眼花了，因爲我看見你從門口走進來。您舉著和牆上一樣的一個十字架，您正在禱告，從我身邊走過，頭也沒回一下。我喊：您幫幫我——給我一劑毒藥，抑或是一把刀子——給我一樣東西，讓我在瘋掉前結束這一切，但是您——啊！」

他抽回一隻手遮住眼睛。蒙泰尼里仍然握著他的另一隻手。

「我從您的臉上看到你已經聽見了，可是您一直沒有回頭。您禱告完了，親吻了一下十字架，然後您回頭掃了我一眼，小聲說道：『我十分抱歉，亞瑟，可是我不敢表露出來，他會不高興的。』我看了一眼您的『主』，只見那木雕的神像在發笑。

「後來我醒過來，看見棚屋和生痲瘋病的苦力，我明白了，我明白您更關心的是向您那個魔鬼一樣的上帝邀寵，而不是把我從地獄裡挽救出去。這番情景我一直記在心頭，只是您剛才撫摸我的時候我才忘記了。因爲我剛剛犯過病，而且我曾愛過您，而現在，我們之間是兩軍對壘，是戰爭，除此而外不可能有別的關係。您握著我的手做什麼？您難道看不出來在您信仰您的上帝時，我們就只能成爲敵人了嗎？」

蒙泰尼里垂下頭來，親吻著那隻殘廢的手。

「亞瑟，我怎麼能不相信主呢？我憑著我的信仰才熬過了那些可怕的歲月，如今主把你還給了我，我怎能反而對主懷疑呢？你要記得，我原以爲我把你殺死了。」

「您還可以再來殺死我。」

「亞瑟！」

這一聲呼喊流露真實的恐懼，然而牛虻沒有聽到，繼續說道：「我們還是坦誠相待，無論我們做什麼，不要猶豫不決，您和我都站在一個鴻溝的兩邊，要想隔著鴻溝牽起手來，希望太渺茫了。如果您已經決定，您不能或不願意放棄那個東西」——他瞥了一眼掛在牆上的十字架——「那您就必須同意上校的——」

「同意！我的上帝——同意——亞瑟，可是我愛你啊！」

牛虻的臉抽搐得非常可怕。

「您更愛誰，是我還是他？」

蒙泰尼里慢慢地站起來。連他的靈魂都嚇得枯萎了，他的身體好像萎縮了，猶如一片遭霜打的樹葉，變得虛弱、老態龍鍾了。他從這一場夢裡醒過來，只見周圍是一片黑暗和空虛。

「亞瑟，你就可憐可憐我吧——」

「在您用謊話把我趕出去並且變成甘蔗園的奴隸時，您又給了我多少憐憫呢？聽到這個您就哆嗦——啊，這些心慈的聖人！這就是一個迎合了上帝旨意的人——反正去死的不是別人，只是他的兒子。您說您愛我——您的愛害得我夠悲慘的了！您以為幾句甜言蜜語就可以讓我把過去的一切一筆勾銷，變回當年的亞瑟嗎？

「我曾在噁心的妓院洗過盤子；我曾經替比他們的畜生還要殘暴的農場主當過馬童；我曾經在走江湖的雜耍班子裡做過小丑，戴上帽子，掛上鈴鐺；我曾在鬥牛場裡替鬥牛士們做這做那；我曾屈服於任何隨便侮辱我的渾蛋；我曾忍饑受餓，被人唾棄，被人踩在腳底下；我曾乞討發黴的殘羹剩飯，可還遭人拒絕，由於狗要吃在前頭。

「哦，說這些廢話有什麼用？我怎能把您帶給我的恩德講給您聽呢？而現在——您愛我！您對我的愛到底有多少？夠不夠讓您為我拋棄您的主？噢，您的主，您的這位永恆的基督，為您做了些什麼——他為您遭受了什麼苦難，才使您愛他甚於愛我？就為了那雙被釘穿的手，您就對他這麼敬愛？看看我吧！看看這裡，還有這裡，還有這裡——」

他撕開襯衣，露出那些可怕的傷疤。

「神父，您的上帝是一個大騙子。他的傷痕是假的，他的痛苦完全是做戲！只有我才有權佔據您的心！神父，您讓我歷盡一切痛苦和折磨。想一想我過的是怎樣一種生活吧！但是我沒死！我承受了這一切，用心地把握住我的心靈，因爲我會回來，而且和您的上帝爭鬥。

「我曾把這一目的當作一面盾牌，捍衛住我的心靈，這才使我免於發瘋，免於第二次去死。現在，等我回來之後，我發覺他依然佔據我的位置——這個僞善的受難者，他在十字架上只被釘了六個小時，真的，然後就死而復生！神父，可我在十字架上釘了五年，而且我也死而復活了。您打算拿我怎麼辦？您打算拿我怎麼辦呀？」

他沒辦法說下去了。蒙泰尼里坐在那裡，像一尊石雕像，或者說像一具直立的殭屍。起初，在牛虻那懸河瀉水般滿腹怨恨的衝擊下，他曾微微顫抖過，肌肉曾機械地抽搐，猶如受到鞭笞，而現在他卻一動不動了。

經過許久的沉默，他仰起頭來，壓抑而又耐心地說道：

「亞瑟，你能給我更明白地解釋一下嗎？你把我搞昏了，嚇壞了，我不懂你的意思。你究竟向我要求什麼？」

牛虻轉身看著他，臉上神情恐怖。

「我什麼也不要求，誰會逼迫別人愛他呢？您能在我們兩者之中自由抉擇，看您更愛哪一個？倘若您更愛他，那您就選擇他吧。」

「我不懂你的意思！」蒙泰尼里疲倦地重複道：「我有什麼可選擇的？過去的一切已無法挽回了。」

「您必須在我們中間做出選擇，倘若您愛我，那就從您的脖子上拿下十字架，然後和我一塊兒走。我的朋友們正在安排另一次越獄行動，有了您的幫助，他們的計畫就更容易實現，隨後等我們安全越過邊境，您就公開承認我是您兒子；然而，假如您對我的愛不足以使您做出這一切——假如這個木雕的人偶比我對您更加重要——那就去找上校，告訴他您同意他的主張了。要走，您馬上就走，不要在我面前害得我痛苦，我已經夠難受的了。」

蒙泰尼里仰起頭來，微微發抖。他開始懂了。

「我自然會和你的朋友聯繫，可是——和你一起走——這絕對不可能——我是一位教士。」

「我不接受教士的任何恩賜，我不再妥協了，神父，我已經嘗夠了妥協和妥協後果的滋味。要麼您拋棄您的教士職位，要麼把我拋棄。」

「我怎麼可能放棄你呢？亞瑟，我怎麼可能放棄你呢？」

「那麼您就放棄他，您必須得從我們中間做出選擇。您打算把您的愛分兩份——一半給我，一半給您那魔鬼一般的上帝嗎？我不會接受他的殘羹。如果您屬於您的主，就不再屬於我。」

「你要把我的心扯成兩半嗎？亞瑟！亞瑟！你想把我逼瘋嗎？」

牛虻猛然一掌拍在牆上。

「您必須得從我們中間做出選擇。」他重複說道。

蒙泰尼里從他的胸前拿出一個小盒子，裡面放著一張又破又皺的紙條。

「看！我相信你，如同相信上帝一樣。上帝是木雕泥塑的偶像，我用一把錘子即可砸碎，而您用一個謊言欺騙了我。」

牛虻縱聲大笑，隨後把它遞了回去，「十九歲的年輕人多麼天真可笑啊！拿起一把錘子，砸爛東西，看來何其容易！現在舊景重現——只不過被錘子砸爛的是我罷了。至於您，世上還有很多人可以受您的謊言欺騙——他們甚至不會發覺您。」

「隨你怎麼說吧，」蒙泰尼里說道：「我處在你的地位，也許會像你一樣冷酷無情——上帝曉得。你要我做的事我辦不到，亞瑟，但是我會做我能做到的事，我會安排你逃走，等你安然無恙，我會到山裡死於非命，抑或服用過量的安眠藥——隨你選擇。你贊同嗎？我只能這麼做，這是一樁大罪，可是我以爲他會寬恕我的，他更加仁慈——」

牛虻張開雙手，發出一聲尖叫。

「哦，太過分了！太過分了！我對您做過什麼錯事，竟使您把我看成這樣？您有什麼權力——說我好像是對您報復！難道您看不出我只想救您嗎？難道您永遠不明白我愛您嗎？」

他抓緊蒙泰尼里的雙手，並且用熾熱的親吻和淚水沾滿了它們。

「神父，跟我們一起走吧！您爲什麼還留戀這個教士和偶像的死氣沉沉的世界呢？這些東西充滿年代久遠的塵土，它們腐爛了，它們臭氣熏天！走出這個瘟疫肆虐的教會——跟我們一起走向光明吧！

「神父，只有我們才有勃勃生機和青春氣息，只有我們才是永遠不盡的春光，只有我們才是光明的未來！神父，黎明就要降臨到我們的身上——您在日出之時還會悵然若失嗎？醒醒吧，讓我們忘掉可怕的噩夢——醒來吧，我一直都在愛著您，甚至在您當初殺死我的時候也是一樣愛您的——您還會再殺死我嗎？」

蒙泰尼里掙脫他的雙手。「噢，上帝憐憫我吧！」他叫道：「你有一雙酷似你母親的眼睛！」

一陣異樣的沉默突然降臨在他們中間，是那樣的深沉和持久。在朦朧暮色中，他們四目對視，他們的心恐懼得停止了跳動。

「你還有什麼話要說嗎？」蒙泰尼里小聲說道：「能——給我一絲希望嗎？」

「不。我的生命除了和教士戰鬥別無他用，我不僅僅是一個人，我還是一把刀子。倘若您讓我活下去，您就是允許動用刀子。」

蒙泰尼里轉身向著牆上的十字架：「上帝啊！請聽我說句話——」

他的聲音在空蕩蕩的沉寂中消失，沒有回音。只是牛虻身上那個善於嘲諷的惡魔又蘇醒了。

「對他喊響亮點，或許他是睡著了——」

蒙泰尼里像被猛然一擊似的驚起。好一會兒，他站在那兒，直愣愣地盯著前方——而後他坐在地鋪邊上，雙手蒙住了臉，哭了起來。

牛虻不住地哆嗦，身上直冒冷汗，他清楚淚水象徵著什麼。他拉起床單蒙在頭上，以免自己聽見。

他這麼一個活生生、精力充沛的人，必須去死，這已經夠受了，哪有閒情聽他哭泣。但他隔不斷那聲音，它迴響在他的耳邊，敲擊著他的腦子，震盪著他渾身的血脈。蒙泰尼里嗚嗚咽咽哭個不停，淚水從指縫中間滴下來。

他最終停止了哭泣，還用手帕擦乾了眼淚，好像一個剛剛哭泣過的小孩。等他站起來時，手帕從他的膝上落到地上了。

「再談下去也沒有用了，」他說：「你明白嗎？」

「我瞭解。」牛虻回答，漠然而又順從，「這不是您的錯，您的上帝餓了，您必須餵飽他。」

蒙泰尼里轉過身來看著他，將要挖開的墳墓也不會比他們更加靜謐。他們沉默地看著對方的眼睛，似乎一對生離死別的情人，隔著他們沒法跨越的鴻溝。

牛虻先低下他的眼睛，他縮下身體，蒙住自己的臉。蒙泰尼里明白這個姿勢的意思是「去吧」！他轉身走出牢房。

頃刻之後，牛虻忽然跳起來。

「哦，我受不住了！神父，回來吧！回來吧！」

牢門關上了。他慢慢地扭過頭來，瞪大的眼睛露出呆滯的眼光，他知道一切都完了，那個蓋利人（指耶穌基督）占了上風。

整整一夜，下面院子裡的荒草在那兒輕輕搖動著——那些草不久就要枯死，被人用鏟子連根鏟掉。整整一夜，牛虻孤零零地躺在黑暗中哭泣。

chapter 7

慷慨就義

軍事法庭在星期二上午開庭。審訊草草了結，僅僅流於形式，前後勉強持續有二十分鐘。其實也不必多費時間，不准被告人辯護，出庭做證的只有那個被打傷的密探、騎兵隊長和幾名士兵。提前起草好判決書。蒙泰尼里已經派人來過，表達了統領想要得到的非正式認同意見。因此，法官（費拉里上校、本地龍騎兵少校和兩名瑞士警衛團軍官）沒有多少事情可以做，宣讀了起訴書，證人做了證，在判決書上簽了字，然後煞有其事地向犯人宣讀一遍。

牛虻只默默地聽著，當他被依照慣例問到還有什麼話要說的時候，他只不耐煩地揮一揮手，將那個問題岔開。

蒙泰尼里丟下的手帕藏在他的胸前，昨晚他一直親吻著手帕哭泣，好像它是一個活人。此時，他形容枯槁，面色憔悴，眼旁還掛著淚痕，但是「判處槍決」的判決詞好像對他並沒有產生多大影響。念出這個詞的時候，他的瞳孔放大一些，僅此而已。

「把他押解回牢房。」統領在所有的形式完成之後說道。

軍曹很明顯快要哭出來，他觸碰了一下牛虻的肩膀。牛虻正紋絲不動地坐在那兒，此時他微微一震，隨即轉過身來。

「啊，是，」他說：「我忘了。」

統領的臉上彷彿流露出了一絲同情。他並非是個本性殘忍的人，對於他在這個月裡的所作所爲，他內心也感到些微的羞愧，如今他的主要目的已經達到，他願意在他的權限之內做出任何小小的讓步。

「你不用再戴上鐐銬了。」他說，同時看了一眼牛虻瘀血又紅腫的手腕。

「他可以待在他自己的牢房裡。死囚牢裡黑咕隆咚，而且陰森森的，」他轉身對著他的侄子補充說：「其實，這不過是一種形式。」

他不斷咳嗽，顯然神色不安地兩腿交替著支撐他的身體。他隨即叫回正押著犯人離開房間的軍曹：「等一等，軍曹，我有話想跟他說。」

牛虻紋絲不動，對於統領的話沒有一點反應。

「倘若你想給你的朋友和親人做個了斷——我想，你應該有親人吧？」

牛虻毫無反應，統領的聲音好像落在了聾子的耳朵裡。

「好吧，想一想再來告訴我，抑或告訴牧師，我負責給你辦。你最好還是找牧師吧，他立刻就來，他會陪你過夜。如果還有什麼別的要求——」

牛虻仰起頭來。

「告訴牧師我寧可獨自待著，我無親無友，也沒信可送。」

「可是你要悔過呀？」

「我是無神論者，我什麼都不需要，只求安靜。」

他用一種冷漠、平靜的聲音說著，沒有挑釁或憤怒的意味，然後慢慢轉過身去。到了門口，他又站住了。

「我忘了，上校，我想拜託你一件事。請你明天不要讓他們把我捆起來，更不要遮住我的眼睛，我會站著一動不動。」

星期三早上日出的時候，他們把他領進院子。他的腿比往常瘸得更厲害，他走起路來明顯吃力，並且疼得很嚴重。

他沉沉地依靠在軍曹的胳膊上，但是臉上那種疲憊、馴順的表情卻完全消失了。那些在空虛的寂靜中曾將他壓垮的魔鬼般的恐懼，那些陰影世界裡的幻象和夢境，都與產生這一切的黑夜俱逝，一旦旭日東昇，陽光照耀，敵人的嘴臉呈現在他的面前，激起了他昂揚的鬥志，他便無所畏懼了。

執行槍決令的六名士兵扛著短筒馬槍，依著長滿常青藤的牆壁排成一排。越獄未遂的那天晚上，他曾爬上這堵滿是窟窿且搖搖欲墜的牆壁。他們站在一塊兒不禁失聲痛哭，每個人的手裡都扛著短筒馬槍，竟然派他們處決牛虻，他們感到這是一件令人聞風喪膽的事情，幾乎無法想像。

牛虻，以及他那睿智的談吐，持續不斷的笑聲，他那光明磊落、富於感染力的勇氣，曾像和煦的陽光射進他們麻木而悲慘的生活。即使死去，也要死在他們手中，這對他們來說似乎是泯滅天堂裡的明燈。

在院子裡那棵無比碩大的無花果樹下，他的墳墓正在等著他，那是在夜間由不情願的人挖的，淚水曾落在鐵鍬上。當他路過時，他垂下了頭，面帶微笑。看著這黝黑的土穴和附近正在枯死的野草，他深深地吸了一口氣，聞著剛剛翻過的泥土的清香。

軍曹在那棵樹附近停住了腳步，牛虻帶著最燦爛的微笑回頭看了看他。

「軍曹，我就站在這裡嗎？」

那人默默地點了點頭，他的喉頭好像梗塞了，他悔恨自己沒能夠進上一言救他的性命。統領以及他的侄子、指揮槍決的馬槍兵中尉、一名醫生和一名牧師全都站在院子裡，他們滿臉嚴肅地走上前來。但是一見牛虻含笑的眼睛放射出的光芒，他們便不由得有些慌亂了。

「早安，先生們！啊，可敬的牧師大人，您也起得這麼早！你好嗎，上尉？這可是比我們以前的會面更愉快的一個場合，不是嗎？我看見你的胳膊還用繃帶吊著，這是由於我那槍沒瞄準。這幫好漢會瞄得更準——小夥子們，對嗎？」

他瞥了一眼士兵們的陰鬱面孔。

「不管怎麼說，這一回是不需要繃帶的。哎呀呀，你們何必爲這事哭喪著臉哪！把你們的腳跟併攏，顯示一下你們百發百中的槍法。你們不久就要有大量的活兒要做了，叫你們不知道該怎樣應付才好，最好是事前多操練上幾回。」

「我的孩子。」牧師上前中斷他的話，同時命令其他的人後退，留下他們獨自談談。「再過幾分鐘，你就要站在你的創造者面前了。難道留給你懺悔的這幾分鐘，除了說這些話，就沒有別的用處了嗎？我懇求你想想，倘若不去悔過頭頂所有的罪過，躺在那兒是件多麼恐怖的事情！等你站在你的審判者面前時，再想悔過可就太遲了。難道你要嘴唇上帶著輕蔑的玩笑走近那威嚴的神座嗎？」

「可敬的牧師，你是在說笑話嗎？臨死前懺悔這一條訓誡，只有你們才用得著，我們將會動用大炮，而不僅僅是六支陳舊的短筒馬槍，那時你就會看到我們要開多大的玩笑。」

「你們將會動用大炮？噢，可憐的人啊！你依然不知醒悟，沒有意識到你是站在懸崖的邊上嗎？」

牛虻轉過頭去瞥了一眼敞開的墳墓。

「這麼說來，牧師大人的想法是，只要把我放在那兒，就算把我了結了？也許你還會在墳頭放一塊石頭，阻止我『三天之後』復活？不必害怕，牧師大人！我不會侵犯低價演出的專利。我會像隻老鼠那樣，靜靜地躺在你們把我扔下的地方。無論怎樣，我們都將會動用大炮。」

「噢，仁慈的上帝，」牧師喊道：「寬恕這個不幸的人吧！」

「阿門！」騎兵中尉用一種深沉的低音念誦了一聲，同時，上校和他的侄子在胸前虔誠地畫了「十」字。

由於再耗下去明顯不會有什麼效果，於是牧師放棄了徒勞的努力。他走到一旁，搖頭晃腦朗誦著一段禱告文。簡短的預備工作沒多耽擱，之後就宣布結束。

牛虻自覺地站在指定的地方，仰望了一會兒旭日東昇時紅黃交融的燦爛光輝。他再次聲明不要遮住他的眼睛，他臉上那副咄咄逼人的表情，迫使上校無可奈何地答應了。而此時他們都忘記了他們是在折磨那些士兵。

他笑吟吟地面對他們站著，短筒馬槍在他們手中抖動。

「我已經預備好了。」他說。

中尉向前跨了一步，激動得聲音有些發抖，他以前從沒發過執行死刑的口令。

「預備——舉槍——射擊！」

牛虻搖晃了幾下，隨即又恢復了平衡。一顆子彈打偏了，擦破了他的面頰，幾滴鮮血落在他白色的圍巾上。另一顆彈丸打在他膝蓋上方。煙霧散去以後，士兵們看到他依然在微笑，正用那隻殘廢的手擦拭他臉頰上的鮮血。

「槍法太差勁了，夥計們！」他說。他那響亮而清晰的聲音打斷了那些可憐的士兵目瞪口呆的窘態：「再來一次。」

這排馬槍兵發出一片叫喚聲，他們瑟瑟發抖。剛才每個人都故意將槍口瞄偏，暗自希望那致命的一彈是身旁的人射出，而非出於自己的手。

牛虻站在那兒，朝著他們微笑。他們僅僅把死刑變成了屠殺，這件恐怖的事情即將再次開始。剎那之間，他們失魂落魄，他們放下短筒馬槍，無可奈何地聽著軍官氣憤的詛咒和呵斥，驚恐萬分地瞪著已被他們槍決可還沒被殺死的人。

統領朝著他們的臉揮動拳頭，惡狠狠地命令他們各就各位而且舉槍，早點完成這件事情。他已經同士兵們一樣一蹶不振，不敢去看那個一直巍然不動、不肯倒下的可怕人影。當牛虻對他說話的時候，他嚇了一跳，聽見那嘲諷的聲音直打哆嗦。

「今天早晨你拉出來一支蹩腳的行刑隊，上校！讓我看看能不能把他們整飭得像個樣兒。來吧，夥計們！把你們手裡的家什舉得高一點，你把槍偏左一點。抖擻起精神來，夥計，你舉的是馬槍，不是煎鍋！你們全都預備好啦？那麼來吧！預備——舉槍——」

「射擊！」上校衝上前來搶先叫道。這個人居然發出槍斃自己的命令，那成何體統。

又是一陣混亂無序的槍聲，士兵的隊列亂作一團，個個瑟瑟發抖，瞪大眼睛注視前方。有個士兵甚至沒有開槍，他把槍扔到地上，蹲下來呻吟說：「我不能——我不能！」

煙霧慢慢消散，然後冉冉上升，融入晨曦。他們看到牛虻已經倒下，他們看到他還沒有死。在最初的一分鐘裡，軍官和士兵都呆立不動，彷彿變成了石頭，望著那個可怕的身影在地上扭動、掙扎。

接著醫生和上校跑上前去，大叫一聲，因爲他支著一隻膝蓋撐起自己，依然面對士兵縱聲大笑。

「又打偏了！再來一次，夥計們——看你們能不能——」

他忽然搖晃起來，隨後就往一側倒在草上。

「他死了嗎？」上校輕聲問道。

醫生彎下身來，一隻手搭在牛虻那血淋淋的襯衣上，小聲回答：「我看是吧——感激上帝！」

「感激上帝！」上校重複說道：「可算結束了！」

他的侄子輕輕地觸碰了一下他的胳膊。

「叔叔！紅衣主教來了！他就等在門口，希望進來。」

「什麼？他不能進來——我不許他進來！衛兵在幹什麼？主教大人——」

大門開了之後又合上，蒙泰尼里站在院子裡，用凝滯而可怕的目光望著他眼前的場面。

「主教大人！我必須請求您——這個場面對您不合適！剛剛行刑完畢，屍體還沒——」

「我是過來看他的。」蒙泰尼里說道。

統領這時覺得有些詫異，從他的聲音和舉動來看，他好像是一個夢遊的人。

「噢，我的上帝！」一名士兵忽然叫了起來，統領連忙扭頭看去。

果然——躺在草地上那個血肉模糊的軀體又開始掙扎、呻吟起來。醫生跪下身去，托著牛虻的腦袋放到自己的膝蓋上。

「快！」醫生絕望地喊道：「你們這些野蠻人，快來啊！看在上帝的面上趕快結束！這真叫人不能忍受！」

鮮血汩汩，噴射到醫生手上，他擁在懷裡的那個肉體在劇烈地抽搐，也使得他從頭到腳不住地顫動。他發瘋似的尋求幫助，牧師從他身後俯下身子，將一支十字架放到那個垂死的人的嘴唇上。

「以聖父和聖子的名義——」

牛虻靠著醫生的膝蓋抬起身子，瞪大眼睛直視十字架。

在一片冰封雪凍般的沉寂中，他慢慢抬起那隻被打斷的右手，將那個雕像推開。它的臉上塗了一道血污。

「神父——您的——上帝——高興了？」

他的頭向後一仰，沉甸甸地落到醫生的胳膊上。

「主教閣下！」

由於紅衣主教還沒從恍惚中清醒過來，所以上校又重複了一遍，聲音更大。

「主教大人！」

蒙泰尼里抬起頭來。

「他死了。」

「的確死了，主教閣下。您現在不回去嗎？這種場景真是恐怖。」

「他死了。」蒙泰尼里又說了一遍，而且再次彎身看著那張臉，「我碰過他，他死了。」

「身中六發子彈，您還能指望他活著？」中尉輕蔑地低聲說道。

醫生低聲回答：「我想他見了血，有點惶恐不安。」

統領緊緊地抓住蒙泰尼里的胳膊。

「主教閣下——您最好還是別再看他了，您容許牧師送您回家嗎？」

「是——我就走。」

他慢慢轉過身，離開那血跡斑斑的草地，牧師和軍曹跟在他身後。他走到門口停了一下，帶著一種陰慘、呆滯的驚詫神情，回頭望一望。

「他死了。」

幾個小時過後，麥康尼走進山坡上的一座小屋，告訴馬蒂尼再也沒有必要去搏命了。第二次營救的一切準備工作已經全部完畢，由於計畫比上一個計畫容易一些。按照安排，次日早晨，當基督聖體節的遊行隊伍經過城堡所在的小山時，馬蒂尼應該衝出人群，從懷中拔出手槍，對著統領的臉射擊。在之後的混亂中，二十名武裝人員忽然衝向大門，衝進城堡，逼迫看守就犯，闖入犯人的牢房，隨後把他救走，殺掉抑或制伏所有妄圖干涉的人。他們從大門口邊打邊撤，保護另一隊騎馬的武裝走私販子撤退。第二隊人馬把他帶到山裡藏匿起來。

他們這夥人中，僅僅是瓊瑪對這個計畫毫不知情，這是依照馬蒂尼的特殊要求才瞞過她的。

「一旦聽到這個計畫，她立刻就會悲慟欲絕。」他說。

當那位走私販子進入花園時，馬蒂尼打開玻璃院門，走到遊廊迎接他。

「有消息嗎，麥康尼？啊！」

走私販子把寬邊草帽拂到腦後。

他們一起坐在露臺上。兩個人誰也不開口。從看見帽檐下那張臉的瞬間，馬蒂尼就明白了一切。

「什麼時候？」沉默許久之後他說，那聲音聽起來沉悶而疲倦。

「今天早晨，太陽升起的時候，是軍曹告訴我的。他在場，親眼看見。」

馬蒂尼低下頭，從袖子上抽去一條鬆散的線頭。

虛僞啊虛僞，這也算是虛僞，他預備明天死去，而現在，他心所嚮往的那片土地消失了，就像金色晚霞幻化出的仙境，隨著黑夜來臨而消失一樣。他又被趕回日夜交替的世界——這兒有格拉西尼和蓋利，有寫密碼和出版小冊子，有黨內同志之間的紛爭和奧地利密探的陰謀詭計——革命的那老一套枯燥機械的日常工作使得他心煩。在他的內心深處有一片偌大的空地，一個荒漠般的地方，既然牛虻都已經死了，那就再沒人能夠填滿這個地方了。

有人向他問了一個問題，他仰起了頭，奇怪還有什麼值得討論的。

「你說什麼？」

「我在說，當然應該由你來把這個消息告訴她。」

馬蒂尼的面龐浮現了生氣，可也露出巨大的恐慌。

「我如何忍心去告訴她呢？」他喊道：「你倒不如叫我去把她殺死，噢，我如何忍心去告訴她——我怎麼可以呢？」

他握緊雙手蒙住他的眼睛。雖然沒有看到，他卻感覺到他身旁那個走私販子猛然驚起，於是抬起頭來。瓊瑪正站在門口。

「西薩爾，你知道了嗎？」她說：「一切都結束了，他們把他槍斃了。」

chapter 8 覺醒

「讓我俯身於上帝的神座前邊。」蒙泰尼里站立在高大的祭壇上，用他那平穩的聲調高聲吟誦著讚美詩。四周簇擁著他手下的教士與侍祭者。

本來就很寬闊的教堂如今被裝飾得金碧輝煌。從來賓們身上所著的異彩紛呈的衣服到掛著琳琅滿目幔帳和花環的廊柱，無處不閃耀著絢麗的光輝。

教堂敞開著的入口處掛著鮮紅的帷幕，灼熱的六月陽光透過帷幕的褶皺散發出耀眼的紅色光芒，彷彿被陽光照耀著的麥田裡的火紅罌粟花瓣。修道會的會友們手擎著蠟燭和火炬，各個教區的教友們高舉著十字架和旗幟，使兩邊的小祭壇煥發出不同以往的神采，遊行的旗幟重重疊疊地垂掛下來，鍍了金的旗杆和流蘇在拱門下熠熠生輝。

在彩色玻璃窗戶光輝的映襯下，唱詩班教士們的白色法衣變得五彩繽紛。陽光映射到內殿的地板上，橘紅色、紫色和綠色的方形光斑相互交錯著。祭壇後面還掛著一道閃亮的銀色織錦。紅衣主教穿著及地的白色長袍，在這銀白色織錦和其他飾物以及祭壇上耀眼燈光的襯托下，他的身形站在那裡，彷彿一尊被賜予生命的大理石雕像。

依照往常節日遊行的慣例，他僅需要負責主持彌撒就行了，而不參與慶祝活動。於是恕罪祈禱一完成之後，他就離開了祭壇，慢步走向主教的寶座，在他所經過的道路之處，兩旁的侍者與教士們都深深地鞠躬，向他致敬。

「似乎主教閣下身體欠佳，」一位神父對身邊的同伴低聲耳語道：「他的表情有些不太尋常。」

蒙泰尼里低下頭，接受鑲嵌寶石的主教教冠。擔當副主祭的教士將那教冠戴在他的頭上，端詳了他一下，隨後俯下身來湊到他耳旁說：「主教閣下，您不舒服嗎？」

蒙泰尼里稍稍轉過身來，但他的眼神卻沒有做出任何回應。

「請您見諒，主教閣下！」那位教士小聲說道，同時行了一個屈膝禮，隨後走回自己的位置，不住地責怪自己打攪到了主教的祈禱。

熟悉的儀式仍在進行著，蒙泰尼里筆直地端坐在那兒，一動也不動。閃閃發光的主教冠和金絲錦緞法衣將陽光折射得奪目不已，白色的袍子長長地垂下來，沉重的褶皺拖在紅色的地毯上。百十支蠟燭散發出的光照映到他胸前的紅寶石上，同時也照映到他那深邃而平靜的雙眸裡，可是他的眼裡卻絲毫沒有反射出光。當聽到「請賜福吧，主教閣下」時，他才俯身彎向香爐賜福。

陽光與寶石的光輝交相輝映，或許他想起了山中那偉大而又恐怖的冰雪精靈，頭頂著彩虹，身披著飛雪，伸出雙手向人間播撒祝福抑或是詛咒。

到進獻聖餅的時刻了，他走下寶座，跪在了祭壇前邊。他的一舉一動都顯得如此呆板，似乎包含著異常的死寂。然後他便起身折返回他的寶座上。

身著節日禮服的騎巡隊少校正坐在總督的後面，他湊上前來小聲對那位負傷的上尉說道：「老紅衣主教一定已經精疲力竭了，看他的舉動簡直如同一台機器一樣。」

「活該！」上尉小聲回答，「自從那道可惡的大赦令頒佈以後，他就總是和我們過不去。」

「但他贊同設立軍事法庭這點，還是做出了讓步。」

「確實，他終於做出妥協了，可那是耗了他很長時間才做出了決定。天啊，天氣太悶了！遊行時候我們一定都會中暑的。遺憾的是，我們不是紅衣主教，沒有一路上能遮在頭上的華蓋——噓——噓——噓！我叔叔正在注視著我們呢！」

費拉里上校正轉過身來惡狠狠地瞪著兩位年輕的軍官，經歷過昨天清晨那件肅穆的事情之後，現在的他正處在一種虔誠莊重的狀態之中，因而他想責備他們對他所謂的「國家之痛楚需要」缺少正確的認識。

司儀開始發號施令，使參加遊行的人們各得其所。費拉里上校起身離開了自己的位子，隨後走到內殿欄杆的前邊，招呼其他的軍官陪伴在他的身邊。

完成彌撒之後，聖餅被安放在聖體龕子的水晶罩子裡邊，儀式的主持者和協助他的教士們退到法衣室裡更衣。這時教堂裡忽然響起了一陣竊竊私語聲，蒙泰尼里依然筆直地端坐在他的寶座上，紋絲不動。人們喧鬧的浪潮似乎在他的四周及下方湧起，隨後又在他的腳下逐漸平息下來。

有人將一隻香爐端送到他的面前，他機械地伸出了手，又機械地把香插進香爐裡，目不斜視。

這時教士們已經從法衣室裡走了出來，恭謹地站在內殿裡靜候他走下來，可是他依然一動也不動。副主祭走上前去為他摘下主教冠，猶豫了一下輕聲喚他：

「主教閣下！」

紅衣教主教緩緩地轉過頭來。

「你在說什麼？」

「您確信此次的遊行不會使您受累嗎？外邊可是驕陽似火！」

「驕陽又有什麼要緊？」蒙泰尼里說道，聲音冰冷卻非常有分寸，教士以為自己又一次冒犯了他。

「請您寬恕，主教閣下，我看您的身體似乎欠安。」

蒙泰尼里一言不發地站了起來。他在寶座臺階的最高那層停住了腳步，操著同樣那麼有分寸的語調問道：「那是什麼？」

他的手指向白色錦緞上一片鮮紅的亮斑。

「那僅僅是穿過彩色玻璃映照進來的陽光而已，主教閣下。」

「陽光？有那麼紅嗎？」

他走下階梯，跪在祭壇前，緩緩地來回晃動著香爐。當他把香爐遞還回去的時候，方格形狀的陽光灑落在他的頭頂和那雙向上仰望的無神的雙眼上，也在他那潔白的法衣上投下了火紅的光亮。此時他手下的教士們正聚攏在他左右，準備折疊起他的白色法衣。

他從副主祭手裡接過鍍金的聖體龕子，然後站立起來。與此同時，唱詩班和風琴驟然響起，奏響昂揚的旋律：

讚美光榮的聖體，
啊，我的主，把它的神秘歌唱，
並歌頌超越一切價值的鮮血；
世界萬世不易的君主，
曾居於高貴的母體，
是他為世人贖罪而將鮮血拋灑。

儀仗人員邁著緩慢的步伐走上前來，在他的頭上有絲綢的華蓋被撐起。這時，副主祭們分列於他的左右，在後面將長袍的裙裾拉直。

當兩位侍祭彎下腰從內殿的地板上提起他的法衣時，排在遊行隊伍最前端的世俗會友們莊嚴地排成兩隊，用手托起點亮的蠟燭，從中殿的左右兩側緩步前行。

蒙泰尼里高高地屹立於祭壇旁邊，在華蓋下面紋絲不動。他平穩地高高舉起聖體龕子，注視著他們依次經過。他們成雙成對，手持著十字架、神像和旗幟，徐徐向內殿的臺階前移，跨過擺滿花環的寬闊的中殿，穿過掀起的鮮紅的帷幕，然後走進陽光沐浴的街道上。

他們的歌聲也隨著他們漸行漸遠，最終變爲嗡嗡的聲音，漸漸地融入周圍人群的嘈雜聲之中。由人形成的潮水滾滾地向前湧動著，腳步聲在中殿此起彼伏。

各個教區的教友身著長袍、罩著面紗不斷從這裡經過。之後出來的便是從頭到腳一襲黑衣的悲信會會士，他們的眼睛透過面罩上的小孔，閃爍著若有若無的光芒。緊隨其後跟上來的是嚴肅莊重的修道士，其中包括身披暗黑色長袍、光著褐色腳板的托缽修道士和身著白色長袍、莊嚴肅穆的多明會修道。

緊跟在他們後面的是這個地區的世俗官員。其後是騎巡隊、馬槍隊和當地的警官。再其後是身著節日禮服的統領以及時刻陪伴著他們的同僚。

一位助祭高高舉著巨型十字架，跟在隊伍的後面，左右伴隨著的兩名侍祭端著閃閃發光的蠟燭。這時帷幕被掀得更高了，以便他們能順利穿過門口。

此刻蒙泰尼里正站立在華蓋下邊，透過帷幕望著那鋪著地毯的街道，掛著旗幟的牆壁，身著白袍的孩子們向路邊拋灑著玫瑰花。啊，玫瑰花，如此鮮紅的玫瑰花啊！

遊行的隊伍依次前行。一個方隊接著一個方隊，一種顏色連著一種顏色，忽而是寬大的白色法衣，莊嚴而得體，忽而是華麗的祭服和精緻的刺繡長袍。剛剛經過的還是一根高大而又細長的鍍金十字架，高聳於燃燒的蠟燭之上；現在又換成全都身著白色長袍，神情莊重的大教堂的神父們。

一位牧師徐步走下內殿，在兩把火炬中間手捧主教十字杖，侍祭們緊隨其後也向前移動，手中的香爐跟隨著音樂有節奏地晃動著。儀仗人員把華蓋擎得更高，同時默默地數著他們的步伐：「一，二；一，二！」蒙泰尼里走上了所謂的「十字架之路」。

他踱下內殿臺階，穿過中殿，經過風琴雷動的走廊，又穿過那揭起的紅色帷幕——它簡直紅得駭人。隨後走到了灑滿陽光的街道上。

散落在街道上的火紅玫瑰已經枯萎了，被人們無情的腳步踏到同樣鮮紅的地毯上。他在門口處略頓了一下，這時，幾位世俗的官員上前來接替了舉華蓋的儀仗人員。接著，遊行的隊伍繼續前行，他手捧聖體龕子走在隊伍的正中央。簇擁在他四周的唱詩班歌聲抑揚頓挫，手中的香爐和橐橐的步伐迎合著節拍有規律地晃動。

主使基督的肉體變成麵包，主使基督的鮮血變成了酒——又是鮮血，總是鮮血！呈現在他面前的地毯如同一條鮮血匯成的河流，玫瑰也像滴落在石頭上的鮮血一樣——噢，上帝！難道你的天和你的地都已變成血紅色了嗎？啊，這對你來說又算得了什麼，萬能的主——你，難道連你的雙唇也塗抹了鮮血了嗎？

讓我們深深地鞠躬，讓我們膜拜偉大的聖餐！他透過透明的蓋子看著水晶龕子裡的聖餅。從聖餅滲透出來的——從鍍金的聖體龕子的四角滴下來的——濺到他的白色法衣上的那是什麼？他看到它滴下來——從他手中滴下的，是什麼？

院子裡的荒草被人踐踏成了紅色——全都染紅了——如此多的鮮血。一滴一滴，從面頰上流下，從被釘穿了的右手上流下，受了傷的肋骨處，也有一股熱血洶湧而出。甚至有一束頭髮上也沾染了鮮血——前面的頭髮被汗水打濕，黏黏地黏在額上——啊，這是死亡的汗水，它來自駭人的痛楚。

唱詩班的歌聲更加高亢了，那麼意志昂揚：稱讚聖父上帝，稱讚聖子、聖靈，受集於上帝一體。天地萬物千秋萬代讚頌的恩惠。噢，無法再容忍了！上帝正高坐在天堂華麗的寶座上，用鮮紅的嘴唇扯出微笑，俯視著人間的死亡與痛楚。

這還不能滿足嗎？就算加上這套虛僞的讚美與祝福，難道還不夠嗎？基督的身軀啊，你爲了挽救人類而粉身碎骨；基督的鮮血啊，你爲了替人類贖罪而直到枯竭。難道這還不夠嗎？

啊，得更響亮地呼喚他，也許他正熟睡呢！

心愛的孩子，難道你真的熟睡了嗎？難道你真的永不蘇醒了嗎？墳墓就這麼忌妒它的勝利嗎？親愛的孩子，那黑色的深坑就連片刻也不肯放過你嗎？

水晶罩裡的東西在此時做出了回答，流淌著的鮮血說道：

「你已經做出了選擇，難道你已經爲之後悔了嗎？你的心意不是已經得到了滿足嗎？看看那些衣著華麗、穿金戴銀的人，他們正走在光明中，因爲他們，我陷入這漆黑的深坑中不得解脫。看看那些撒玫瑰花的孩子們，聽聽他們的歌聲是不是非常悅耳？因爲他們，我的嘴巴被泥土塵封，那些玫瑰是由我心臟中湧動出的鮮血染紅的。看看那些人們是如何彎下身來，啜飲你長袍邊滴落下來的鮮血的，是他們，都是因爲他們，我才會流血，以便能夠遏制他們那永無止境的貪婪欲望。《聖經》上寫著：『假使有人能爲朋友獻身，這種愛是無比偉大的。』」

「噢，亞瑟啊，亞瑟。還有比這更加偉大更加無私的愛嗎？倘若一個人犧牲了他最親最愛的人，這還不夠偉大嗎？」

那個聲音再次做出回答。

「誰是你最心愛的人？事實上，並不是我。」

他正要開口，那些話卻凍結在了他的舌頭上。唱詩班的歌聲掠過他們身旁，如同吹過凍結水面的北風一樣，使他們沉默不言。

「我們向偉大的聖體頂禮，我們向光榮的鮮血獻祭，把它們吃下去，喝下去，我們幸福無比。喝下它，基督徒們。喝下它，你們全部都喝下！這不就是屬於你們的嗎？由於你們，野草被鮮血染紅；由於你們，活人的軀體枯萎，並被撕爛。吃下它吧，食人肉的野蠻人；吃下它吧，你們全部都吃下！這是屬於你們的盛宴，你們的慶典；這是值得你們慶賀的日子！趕快來享受你們的節日吧，加入到遊行的隊伍裡，與我們一同前行！女人和孩子，青年與老人——都過來分享一份人肉吧！」

它又回答道：「我把自己藏匿在何處？《聖經》上不是寫著：『他們將要在城裡到處遊蕩，他們將會登上牆壁，他們將會爬上屋頂，他們將會像小偷一樣翻越到室內？』假如我在山頂上爲自己建一個墳墓，那他們就不會將他掘開嗎？假如我在河床爲自己挖一個墳墓，那他們就不會將他摧毀嗎？毋庸置疑，他們就彷彿獵狗一般善於追尋他們的獵物，而那些從我傷口淌下的鮮血正好供他們吮吸。你沒有聽出來他們在唱著什麼嗎？」

遊行終於結束，所有的玫瑰花都已被拋撒散盡，人們走進大教堂的大門，在猩紅的帷幕之間唱起來：膜拜聖體吧，那是聖母瑪利亞之子，爲了拯救人類，他被釘在十字架上，釘子刺穿他的軀體，任憑鮮血流淌。

待到他們停止歌唱，蒙泰尼里走到門口，穿過成排的靜默中的修道士和教士。他們都跪在各自的位置上，手裡捧著點燃的蠟燭。他看到他們用如饑似渴的目光盯著他手捧的聖體，他很明白他們為什麼在他經過時將頭低垂。是因為黑暗的血液從他的白袍褶皺上流淌下來，他用他的雙腳在大教堂的地板上留下了一串深深的紅色足印。

他穿過中殿來到內殿欄杆跟前，儀仗人員在那裡停下腳步，他自華蓋下走了出來，登上祭壇的臺階，手捧香爐的侍祭跪於左右兩邊，教士擎著火炬也跪了下來。他們雙眼緊緊盯著聖體，在明亮的火光中閃爍著貪得無厭的光芒。

他用那被鮮血浸染的雙手高擎著已被謀害的親人殘缺的軀體，緩緩走到祭壇前邊。被邀來分享聖體的人群中又爆發出歌聲：

「噢，拯救受難者吧，向下界人敞開天國大門；我們的敵人從四面八方逼近，請賜示你的援助，你的力量。啊，現在到了他們過來分享聖體的時刻了——去吧，親愛的孩子，走向痛楚的末日，敞開天堂之門，放進這一群趕也趕不走的餓狼，地獄底層的大門也已經向我敞開了。」

副主祭將盛有聖體的龕子安置在祭壇上，這時蒙泰尼里屈身下來，頹然跪倒在祭壇的臺階上。鮮血從上方的白色祭壇流淌下來，滴落到他的額上。唱詩班洪亮的歌聲再一次響了起來，迴蕩於拱門和穹頂之間：

萬世稱頌您偉大的名字，
永恆的上帝，三位一體；
噢，請賜給我們無盡的時日。

讓我們在真正故土與你同在。阿門！

噢，幸福的耶穌，他能夠倒於自己的十字架之下！

噢，幸福的耶穌，他能說：「一切都已結束！」

末日審判永遠沒有完結，它如同運行於宇宙間的星星一般永恆。它是永不死去的蟲，它是無法熄滅的火焰。無盡的時日——無盡的時日儘管很疲憊，但他仍然耐著性子在儀式剩餘的時間中做自己分內的事，依照規矩繼續進行那些對他來說毫無意義的儀式直到完結。

在祝福結束之後，他又跪倒在祭壇前，用手捂住自己的臉。一位教士正在誦讀免罪表，用抑揚頓挫的聲音，彷彿是來自他已經不再從屬的那個世界。

誦讀聲終止了，他站了起來，伸出手示意人們安靜。一些人已經走向了出口，見此情形又立刻轉身回來，大教堂裡響起陣陣私語聲：「主教閣下有話要說。」

他手下的教士也頗感意外，都圍聚到他的跟前，其中一人連忙輕聲問道：「主教閣下，您現在有話想向大家說嗎？」

蒙泰尼里沉默著揮手示意他退下。教士們轉身退離，竊竊私語起來。這事有些不尋常，甚至不合規矩，但作爲紅衣主教他有權力這樣做。無疑，他要宣布的事意義重大，也許是羅馬頒發新的改革法令，抑或是聖父的特別聖諭。

蒙泰尼里從祭壇的臺階上俯視著抬頭仰望的人們的急切的臉。他高高立於他們之上，幽靈一樣，平靜而蒼白。

「噓——噓！安靜！」遊行隊伍中的領隊低聲命令道，眾人的私語聲漸漸平息下來，一陣狂風淹沒於嘩嘩作響的樹梢。他終於開口，一字一頓地說道：

「《約翰福音》上有這樣一句話：『神愛世人，甚至把自己的獨生子賜給他們，使信仰他的人，永不滅亡，獲得永生。』今天是爲了祭奠那些因挽救你們而遇害的受難者的聖體和聖血的節日。上帝用他的羔羊洗滌了世間的罪惡，聖子也因你們的罪惡而與世長辭。

「如今你們彙集於此，來參加這個神聖的節日，分食賜予你們的聖體，並對這恩賜做出感謝。我深知，今天早上你們前來參加這次盛宴，享用受難者的聖體時，你們的內心充滿了愉悅，因爲你們憶起了聖子受難，聖子爲了拯救你們而犧牲了自己。

「可是，告訴我，你們當中可曾有人想過另一個人——聖父的受難？他奉獻出自己的兒子，將他釘死於十字架上。你們可否想像當他走下神座，俯視卡爾佛萊的時候，他有多麼痛苦呢？

「今天，在你們排著肅穆的長隊遊行時，我仔細觀察到，你們的內心是充滿愉悅的，爲你們的罪惡已被赦免，爲你們自己得到了拯救。但是我懇請你們思考一下，這樣的拯救付出了怎樣的代價。那代價自然高得超乎尋常，它遠比紅寶石珍貴，那可是血的代價啊。」

一陣微弱卻持久的戰慄迴蕩在聽眾之中，內殿裡的教士們躬身向前交頭接耳起來，但紅衣主教仍舊繼續著自己的發言，於是大家又安靜了下來。

「今天是我在跟你講話：我就是我。我目睹了你們的懦弱和痛苦，目睹了你們膝下的孩子，明知他們死亡的命運，可我的內心卻又如此地愛憐他們。隨後我又望著我那心愛的兒子的眼睛，我知道贖罪的血就在那裡。因此我棄他而去，留下他慘遭殺身之禍。

「這就是救贖，他爲了你們而死去，黑暗將他吞噬。他死了，永遠地離開了我。噢，我的兒子，我的兒子！」

紅衣主教的聲音化作長久的哀號，人們都驚詫不已，低語聲紛紛四起。所有的教士都從自己的位置上站了起來，副主祭們走上前來搭住紅衣主教的雙肩。但他奮力掙脫他們，突然轉身面向他們，眼裡燃燒著怒火，如同一隻狂暴的野獸。

「你們想幹什麼？血還不能滿足嗎？等著吧，你們這些野獸，輪到你們的時候，統統都會滿足你們的！」

他們連忙退下，蜷縮在一起哆嗦，沉重地喘著粗氣，臉色像粉筆一樣蒼白。蒙泰尼里又轉身面向會眾，他們也不斷地戰慄著，如同遭到颶風侵襲的麥田。

「是你們殺死了他！是你們殺死了他！我卻不得不承受這煎熬，因爲我不願意你們去死。現在，你們來到了我的面前，帶著虛僞的讚頌和不潔的禱告，我後悔——後悔居然做下了這樣的事情！你們所有的人才是應該在罪惡中腐朽，在骯髒的地獄之中永不得超生。而應該活下來的是他才對。

「你們那骯髒的靈魂一文不值，怎能配得上如此高的代價？可是已經太遲了——太遲了！我大聲疾呼，可他又怎能聽到我的呼喊？我叩擊他墳墓的門，然而他又能醒過來嗎？孤身站在荒蕪的沙漠裡，環顧四周，我那親愛的兒子正埋在那片血跡斑斑的土地裡，留給我的，只有那片虛無縹緲的天空。是我拋棄了他，你們這些毒蛇的後代啊，都是因爲你們，我才拋棄了他！

「將你們恩人的聖體拿去吧，因爲這是屬於你們的！我把它扔給你們，就好像把一根骨頭扔給一群狂吠的餓狗那樣！你們這次盛宴的代價已經得到了支付。那麼來吧，盡情地狼吞虎嚥吧，你們這些饕餮人肉的野人，吸食人血的吸血鬼——專食腐屍的野獸！

「看到那些滴落下祭壇的血液了嗎？那是從我親愛的兒子心頭湧出的熱血——因爲你們而湧的血啊！喝下它吧，讓它染紅你們的雙唇！快去搶奪聖體，大快朵頤吧——再也不要來打攪我！這是特意爲你們準備的遺體——快看看它吧，它已被撕得七零八碎，鮮血淋漓了，飽受酷刑的生命仍然在跳動著，瀕死的痛楚使它戰慄不已。把它拿去吧，基督徒們，盡情享用吧！」

他提起裝有聖體的龕子，高高舉過頭頂，使勁向地上摔去。當金屬邊框敲擊到石頭上時，教士們衝上前去，二十隻手制服了這個瘋子。

到了這個時候，人群中才打破死寂，轉而成爲歇斯底里的喊聲。椅子被掀翻，長凳被摔到地上。人們都湧向門口，相互踐踏著，慌亂之中撕掉了帷幕，扯下了花圈。騷動的人群擁到街道上。

牛虻就這樣壯烈地犧牲了，但他的死似乎爲人們帶來了覺醒。人們義憤塡膺，紛紛走上街頭，向這吃人的宗教發起了堅決的反擊！

尾聲

「瓊瑪，樓下有人想要見你。」馬蒂尼壓低聲音說道。

這十天裡，他們總是在不經意之中採用這樣的音調，彷彿只有通過這種語調和緩慢的言談舉止才能表達出他們內心的悲痛。

瓊瑪的袖子高高捲起，腰上繫著布圍裙，正站在桌邊，摞起準備分發的一盒盒彈藥。她從一大早起，就一直站在這兒工作，這會兒已經是陽光燦爛的下午了，她的面龐由於疲憊而顯得分外憔悴。

「是個男的嗎？西薩爾？他想要幹什麼？」

「我不清楚，親愛的，他不肯告訴我，他說一定要親自和你談談。」

「那好吧。」她解下圍裙，放下連衣裙的袖子，「我看我不得不出去見他，可是，他很有可能是一個密探呢。」

「總之，我會在旁邊的房間裡，隨叫隨到。等到把他打發走了，你最好趕快去休息一會兒，你今天一直站著太辛苦了。」

「噢，沒關係！我倒寧願工作。」

她走下樓梯，馬蒂尼一言不發地跟在後面。她這幾天裡看上去似乎老了十幾歲，頭上的白髮原本只是細細的幾綹，現在都已經變成了寬寬的幾道。現在大多時候她都是低垂著眼簾，即使偶然抬起頭來，她眼神深處的那恐懼，也會使馬蒂尼不禁打個冷戰。

在小客廳裡，她看到一個略顯笨拙的人，雙腳併攏站在屋子的中央。聽到她進來時，他仰起了頭，表情有些怯懦。從他的身形和他的神情來看，她確信他是一名瑞士衛兵。他身著一件農民才穿的襯衣，而這件衣服明顯不是他自己的，同時不住地四處張望，彷彿在擔心被人發覺。

「您會說德語嗎？」他操著濃重的蘇黎士口音問。

「會說一點，我聽說你想要見我。」

「您就是波拉夫人嗎？我給您捎來了一封信。」

「一封——信嗎？」她開始哆嗦起來，不得不用一隻手支在桌上以穩住自己。

「我是那兒的一名看守。」說著，他指向窗外山上的城堡，「這是——上星期被槍決的那個人託我帶來的。他是在臨死的前一天夜裡寫的這封信，我承諾過他，一定會把它親自交給您。」

她低下了頭。這麼說來，他終究還是寫了這封信。

「之所以過了這麼久才帶來，」那名士兵繼續說道：「是因爲他叮囑我，不可以把它交給任何人，除了您之外。但是我脫不開身——他們老是盯著我，我只能借來這套衣服，這才得以過來。」

他將手伸進襯衣，在胸前摸索一會兒，終於摸出一張由於悶熱天氣而被弄得又髒又皺還濕漉漉的小紙條。他局促不安地站了片刻，大概是由於緊張，不住地倒騰著雙腳，然後抬起一隻手來摸摸後腦勺。

「您不會對別人提及這件事情吧。」他怯懦地說，半信半疑地看了她一眼，「我真的是冒著生命危險到這兒來的。」

「我當然什麼也不會說。不過，請您等一下——」

就在他轉身準備離去之時，她叫住了他，然後伸手去掏皮夾。他看到了，一個勁兒地向後退去，似乎有些惱怒。

「我不會要您的錢的，」他絲毫不客氣地說：「我這麼做是爲了他——因爲他請求我幫忙，他始終對我都那麼好——上帝會保佑我的！」

他的聲音變得哽咽起來，她不由得仰起頭。他正用滿是污垢的袖子拂拭著眼角的淚水。

「我們不得不開槍，」他壓低了聲音繼續說道：「我和夥伴們沒有辦法，服從命令是軍人的職責。我們開始假裝沒有瞄準胡亂開槍，結果卻被要求重新來過——還受到了他的嘲諷——說我們是一支蹩腳的行刑隊——他一直對我很好——」

屋子變得無比寂靜。片刻之後，他筆直地站起來，拙劣地敬了一個軍禮，便離去了。

她手裡緊緊攥著那張紙，呆呆地站了一會兒，然後坐到敞開的窗戶邊上開始讀那封信。信是用鉛筆寫成，密密麻麻的，甚至還有幾處的字跡非常難以辨認。可是開頭的幾個字卻再清晰不過，那是用英文寫的：

「心愛的傑姆，」信上的字忽然間彷彿又變得模糊不清了。她再一次失去他了——又失去了他！一看到這個曾經那麼熟悉的小名，失去親人的痛楚再次席捲而來，吞噬著她。

她茫然地伸出雙手，似乎那些堆積在他身上的泥土同樣沉重地堆積在她的心上。

接著，她又將信紙重新拾起，繼續往下讀：

明天日出的時候，我就會被處決了。我曾經應允過要把一切都告訴你，如果我要遵守我的承諾，那麼現在是唯一也是最後的機會了。然而，其實你我之間並沒有多少解釋的必要。我們總是能夠互相理解對方，根本無須太多的言語，甚至在我們很小的時候就形成了這種默契。

所以，你瞧，親愛的，你完全不必為了一記耳光這樣的往事而悲慟欲絕。雖然那次打得確實很痛，可是諸如此類的沉重的打擊，我早已承受過很多次，我依然頑強地挺過來了——甚至有好幾次還做出了反擊——我還在這裡，正如我們曾經一同讀過的那本兒童讀物（書的名字我已經忘記了）中的那條鯖魚那樣，「活蹦亂跳的，可！」雖然這已經是我的最後一跳了。

到了明天早上，就成了「Finitala Commedia」。（義大利語，劇終。）我們不妨把它翻譯成：「雜耍演出結束了！」我們仍將會感激諸神，至少他們已經恩賜給了我們這些仁慈。儘管並不是太多，可是多多少少還是有的。為了這個以及其他的那些恩惠，我們也要誠摯地表示感激！

關於明天早上的事，我想對你和馬蒂尼說，我真的十分高興，十分滿足，已不敢再奢望命運做出更好的安排了。還有以下的話，我也希望你能轉達給馬蒂尼。他是個好人，好同志，他一定能夠瞭解的。

看，親愛的，我就知道那些無可救藥的人們會替我們做一件好事，而給他們自己惹來麻煩。他們這麼迫不及待地重新動用秘密審問和秘密槍決的手段，我能預料到倘若你們這些留下的人能夠彼此信任，並堅定不移地團結起來，給他們以猛烈地抨擊，你們一定能夠見到宏偉事業的實現。至於我自己嘛，我將走進院子，懷著輕鬆愉悅的心情，就如同一個放假回家的兒童一樣。

我已經完成了屬於我的使命，死刑就是對我所上交的作業的最好證明。他們殺了我，是由於他們對我的恐懼，我心何求？但我還是有一個心願。一個即將死去的人也是有權利希冀他的一個幻想的。

我的心願就是，你一定知道我之所以一直對你那麼粗暴，久久不能忘掉往日的怨恨的原因吧。你自然清楚這是為什麼，我告訴你，僅僅是由於我願意寫信給你。

我是那麼愛你，瓊瑪。在你還是一個不怎麼好看的小女孩時，我就愛上你了。那時的你還穿著方格花布連衣裙，繫著一塊皺巴巴的圍巾，紮著一根小辮子，無精打采地耷拉在身後。現在，我依然深深地愛著你。

還記得那天我吻你的手嗎？當時你可憐巴巴地求我「再也不要這樣做」，我深知這種行為有些輕浮，可是請你一定要寬恕我。現在我又在親吻這張寫有你名字的信紙了，也就是說，我吻了你兩次，而兩次都沒有徵得你的同意。

就寫到這裡吧！再見，親愛的。

信上並沒有署名，然而末尾寫有他們兒時一塊兒學的一首詩：

無論我活著

還是死去

我都是一隻快樂的牛虻

自在地徜徉半小時後，馬蒂尼走進了屋裡。少言寡語了半輩子的他，這會兒卻猛然驚醒了過來。他丟掉攥在手中的一張佈告，撲上前來一把抱住她。

「瓊瑪！看在上帝的面上，這到底怎麼回事？別這樣哭啊——你向來都不哭的！瓊瑪，親愛的！」

「沒什麼，西薩爾，待會兒我會將一切都告訴你的——我——現在不知如何開口。」

她慌忙把那封沾滿淚水的信塞進口袋裡，然後站起身來，倚在窗邊將臉探出窗外，以掩飾滿臉的淚痕。

馬蒂尼一言不發，失神地咬著自己的鬍鬚。經歷了這幾年漫長的歲月，現在的他居然像學童一般失態——而她居然絲毫沒有覺察到！

「大教堂敲響了鐘聲。」片刻之後她才緩緩地說，這時她已經恢復了平靜，轉過身來，「一定是有人去世了。」

「我就是拿這個過來想要讓你看的。」馬蒂尼答道，用與平常一樣的聲音。

他拾起丟在地上的佈告，黑框中赫然用大號字印著下面幾個字：

我們一直所敬仰的紅衣主教閣下坎農・蒙泰尼里大人，由於心臟動脈瘤破裂，在拉文納與世長辭了。

她飛快地掃了一眼那佈告，望向馬蒂尼。馬蒂尼聳了聳肩膀，答覆了她用眼神提出的問題。

「夫人，你覺得除此之外，我們還有其他選擇嗎？『心臟動脈瘤破裂』這樣的措辭真是毫無破綻。」

經典新版世界名著：7
牛虻【全新譯校】

作者：〔愛爾蘭〕伏尼契
譯者：曹玉麟
發行人：陳曉林
出版所：風雲時代出版股份有限公司
地址：10576台北市民生東路五段178號7樓之3
電話：(02) 2756-0949
傳真：(02) 2765-3799
執行主編：朱墨菲
美術設計：吳宗潔
行銷企劃：林安莉
業務總監：張瑋鳳

初版日期：2019年6月
版權授權：鄭紅峰
ISBN：978-986-352-702-2

風雲書網：http://www.eastbooks.com.tw
官方部落格：http://eastbooks.pixnet.net/blog
Facebook：http://www.facebook.com/h7560949
E-mail：h7560949@ms15.hinet.net
劃撥帳號：12043291
戶名：風雲時代出版股份有限公司

風雲發行所：33373桃園市龜山區公西村2鄰復興街304巷96號
電話：(03) 318-1378
傳真：(03) 318-1378
法律顧問：永然法律事務所 李永然律師
北辰著作權事務所 蕭雄淋律師

行政院新聞局局版台業字第3595號 營利事業統一編號22759935

定價：380元

國家圖書館出版品預行編目資料

牛虻 / 伏尼契著. -- 初版. -- 臺北市：風雲時代, 2019.05
面； 公分

ISBN 978-986-352-702-2 (平裝)

884.157 108004598